KB114497

올 스탯
슬레이어

올 스탯 슬레이어 7

비츄 장편소설

초판 1쇄 찍은 날 § 2016년 1월 8일
초판 1쇄 펴낸 날 § 2016년 1월 15일

지은이 § 비츄
펴낸이 § 서경석

편집책임 § 김현미

펴낸곳 § 도서출판 청어람
등록번호 § 제387-1999-000006호
등록일자 § 1999. 5. 31
어람번호 § 제1-2333호

주소 § 경기도 부천시 원미구 부일로 483번길 40 서경B/D 3F (우) 14640
전화 § 032-656-4452 팩스 § 032-656-4453
http://www.chungeoram.com
E-mail § chungeorambook@daum.net

ISBN 979-11-04-90593-3 04810
ISBN 979-11-04-90378-6 (세트)

올스탯 슬레이어 7

FUSION FANTASTIC STORY

비츄 장편소설

CONTENTS

올 스탯
슬레이어

CHAPTER 1

로브를 입은 11명이 모였다.

로브 모자 사이로 흘러내린 붉은색 머리카락, 어두운 와중에도 빛나는 황금색 눈동자, 그리고 특유의 이상한 말투.

균형자들이었다.

균형자 중 한 명이 말했다.

"그녀가 움직이기 시작했다."

"……."

모두가 조용해졌다.

"그대들은 지금 두려움을 느끼고 있나?"

"……."

"솔직히 그 시기의 그녀는 우리 중 그 누구도 감당할 수 없겠지. 그녀도 분명 괴로울 거야."

"언제부터 입니까?"

"오늘 밤부터 시작될 거라고 하는군."

"목표는 정해졌습니까?"

"새벽을 베는 자여. 그대는 아니니 걱정하지 않아도 좋다."

"딱히 걱정한 것은 아닙니다."

한동안 침묵이 내려앉았다.

"그보다 새벽을 베는 자, 프리온이여. 그쪽에 아무래도 일이 심상치 않게 돌아가는 것 같던데."

"아닙니다."

"…그대가 그렇다면 그렇겠지. 그대가 알아서 할 것이니. 소문이 사실이라 해도 우리가 움직이기는 힘들 것이야."

모두가 자리에서 일어섰다. 그때, 프리온이라 불리던 남자가 말했다.

"…초대장을 보내려 생각하고 있습니다."

"그럴 필요는 없을 것 같군."

"설마……?"

남자가 말했다.

"그녀가 움직였으니."

프리온도 고개를 끄덕였다.

"초대장은… 취소해야겠군요, 시체에게 초대장은 필요 없을 테니."

*　　　*　　　*

'오~ 하나님 맙소사!'

킴 이등병은 다리가 풀려 주저앉았다. 그는 지금 나타난 남자가 누군지는 잘 모른다. 그러나 눈치챌 수 있었다.

'저 남자가… 플래티넘 슬레이어……!'

킴은 한국 출신이다. 한국이란 나라가 그렇게 작은 나라도 아니고 5천만이 넘는 인구 중 아는 사람보다 모르는 사람이 훨씬 많기는 하지만 그래도 입대 후엔 이 질문을 꼭 한 번씩은 들었다.

'혹시 플래티넘 슬레이어와 아는 사이냐?'

그 질문을 들을 때마다 킴은 언제나 가슴 찌릿한 전율을 느꼈다. 비록 미국 시민권자고 한국에 그다지 애국심 같은 건 없지만 그래도 묘한 기분이 들었다.

같은 한국인이 전 세계 최강의 플래티넘 슬레이어라는 사실은 킴에게 묘한 자긍심과 자부심을 불어넣어 주었다. 그리고 그 플래티넘 슬레이어가 지금 눈앞에 있다.

외모는 지극히 사람 같았다. 장난스레 말하듯 팔이 여섯 개에 다리가 여덟 개쯤 되는 괴물이 아니었다.

'플래티넘 슬레이어가 왔다……!'

릴리라고 불린 어린 여자아이 형태의 균형자가 턱을 높이 들었다. 키가 작으니 턱을 들고 현석을 내리깔아 봤다.

"넌 뭐냐? 미물."

현석은 대답하지 않았다. 상황을 파악하는 건 그렇게 오래 걸리지 않았다.

주변은 피투성이다. 어깨 아래로 팔이 잘려 나간 군인도 보인다. 여자 균형자의 입가에 핏물이 줄줄 흐르고 있는 것도 보였다.

현석이 말했다.

"자리 잡아."

인하 길드원들이 각자의 자리를 잡았다. 종원이 씨익 웃었다.

"오케이. 딜러진 대기 완료."

눈앞에 균형자 둘이 보였다. 저 둘은 레드스톤을 드롭하는 개체다. 그리고 업적 보상까지 주는 아주 훌륭한 개체다. 예전에도 싸운 적이 있었는데 자신들은 한국의 던전들을 클리어하면서 그때보다 전력이 훨씬 강화됐다. 민서가 말했다.

"어려운 업적 판정."

욱현 역시 스펠을 외우기 시작했고 그 옆에 연수가 섰다. 킴은 일어설 생각도 하지 못하고 멍하니 이들을 쳐다봤다.

'이들이… 플래티넘 슬레이어와 함께한다는 그 길드인가?'

길드의 이름은 알려지지 않았다. 적어도 이등병인 킴은 몰랐다. 그런데 그 길드가 해낸 일들은 안다.

미국 내에 발생했던 몬스터 웨이브를 단일 길드로 격파했던 입지전적의 기록을 쌓은 길드다.

파루치앙이 혀를 낼름거렸다.

"네놈이 그 플래티넘 슬레이어란 놈인 것 같군. 네놈을 찾아가기로 했던 라파스텔 놈은 도대체 어디 있지? 임무 수행 따윈 때려치고 띵까띵까 놀고 있나?"

그 옆에서 여자 균형자가 깔깔대고 웃었다.

"사마귀 놈들이 그렇지 뭐."

이 말에 현석은 또 다른 힌트를 얻을 수 있었다.

이들은 분명 조직 체계를 가지고 있다. 그러나 인간들처럼 긴밀한 연락 체계를 가진 건 아닌 듯했다.

만약 그런 게 있었다면 그 균형자는 현석의 손에 이미 죽었다는 걸 알고 있었을 테니 말이다.

파루치앙이 말했다.

"뭐… 어차피 네놈은 죽을 운명이었으니 나를 탓하지는 마라."

그때, 뒤쪽에서 발포 명령이 떨어졌다.

"발포!"

파루치앙은 비릿하게 웃었다.

"잔챙이 놈들이 무슨……."

그와 동시에 현석이 공격했다. 현석의 움직임은 일반인들의 눈으로는 거의 잡기조차 힘들 정도로 빨랐다.

현석은 오른발을 살짝 내밀어 균형자의 균형을 무너뜨린 뒤 오른팔을 크게 휘둘렀다.

이등병 킴은 침을 꿀꺽 삼켰다.

'엄청난 속도다!'

콰과과광!

거대한 폭발음이 들렸다. 주먹과 안면이 부딪쳤는데 폭탄이 터지는 것 같았다. 킴은 두 눈을 끔뻑거렸다.

'그리고 엄청난 파괴력……'

총알로도 흠집 하나 낼 수 없었던 파루치앙의 실드 게이지가 깎여 나가는 게 눈에 보였다.

현석은 공격을 쉬지 않았다. 균형자에 대한 파악은 거의 끝났다. 이들보다 상위 개체가 있는 건 분명하지만 지금 일선에 나서는 균형자들은 자신에게 상대가 되지 않는다는 걸 알고 있었다.

릴리가 외쳤다.

"파루치앙! 어째서 놈들을 봐주고 있는 거야!"

봐주고 있는 게 아니었다. 파루치앙은 폭풍우처럼 몰아치는 현석의 공격을 방어하느라 진땀을 빼고 있는 중이다.

또다시 발포 명령이 떨어졌다.

"발포!"

그들이 발포한 탄은 다른 길드원들에 비해 여유가 있는 이명훈에게 건네받은 탄이다. 이름이 NC탄이며 한국에서 이미 효과가 입증되었다고만 들었다. ㈜소리에서 대(對) 균형자용으로 개발한 특수탄이란다.

파루치앙이 한차례 팔을 크게 휘둘러 현석을 뒤로 물렸다.

"이 하찮은 미물들이!"

그때 종원이 앞으로 나섰다.

"네 상대는 여기야."

홍세영이 종원의 옆을 스쳐 지나갔다. 맨 처음 움직인 건 종원이었으나 그보다 세영의 검격이 빨랐다.

"더블 샤이닝 샤워."

14개의 레이피어가 균형자를 노렸다. 그리고 그와 거의 동시에.

"트리플 라이트닝 스매시!"

하종원의 전격을 머금은 해머가 땅을 내려쳤다. 민서가 딜러들을 향해 꾸준히 버프를 걸어줬다.

"너희들을 반드시 죽여 버리고야 말겠다! 끄, 끄하악!"

릴리의 입에서 비명이 토해졌다.

"화이어 애로우 트랩."

불길이 릴리를 집어삼켰다.

세영—종원—욱현의 콤비네이션이었다. 종&영 콤비는 이제 정욱현이라는 막강한 메이지를 얻어 훨씬 강해졌다.

맥스 대령은 자신이 지휘관임도 잊고 순간 말을 잊었다. 이 말도 안 되는 광경에 머리가 텅 비어버린 것 같다.

"이… 이럴 수가……."

키클롭스를 사냥하기 위해 전투기 편대와 무인드론이 출격했다. 그래 봐야 겨우 그 움직임을 막는 것이 한계였다. 그런데 그 강한 키클롭스를 단신으로 죽인—키클롭스의 괴성이 들려오지 않는 것을 보아 아마 죽었을 것이다—균형자를 상대로 완전히 우위를 점하고 있었다. 플래티넘 슬레이어와 그가 속한 길드의 능력은 실로 경이로운 것이었다.

쿠과과광!

복싱으로 단련된 주먹은 패시브 스킬, 상급 체술과 함께 엄청난 시너지 효과를 이루며 파루치앙을 난타했다.

파루치앙의 눈에 핏발이 섰다.

"제기랄!!! 어째서 해제가 되지 않는 거냐!"

인간들이 발포한 탄환에 맞은 뒤로 파루치앙은 본신의 힘을 끌어낼 수 없었다.

본신으로 변하는 걸 막는 탄환, 이름하여 NC탄이었다.

"변해! 변하라고! 변하란 말야!"

릴리가 바락바락 악을 썼다. 파루치앙은 현재 현석의 공격에 무차별 난타를 당하고 있는 중이고 릴리는 인하 길드 앞에서 맥을 못 추고 있다. 릴리의 눈이 황금색으로 번쩍거렸다.

"모두! 모두 죽여 버리겠다!"

그리고 또 목소리가 들려왔다.

"죽이긴 뭘 죽여. 몬스터 주제에."

갑작스레 들려온 목소리에 맥스 대령을 비롯한 군인들의 어깨에 힘이 풀렸다. 플래티넘 슬레이어만 와도 충분하다고 생각했는데 또 막강한 전력이 지원을 와줬다.

미국 내 최강의 길드 TS다. 플래티넘 슬레이어는 미치지 못해도 미국 내에서 최고라 불리는 길드가 와준 거다.

TS의 길드장 에디슨이 말했다.

"우리의 임무는 현장 지휘관인 맥스 대령님을 포함한 군인들의 안전 확보와 무사 구출에 있습니다. 현 시간부로 이 사건은 플래티넘 슬레이어에게 모든 권한을 넘깁니다."

에디슨은 그렇게 말하고선 공격을 퍼붓고 있는 플래티넘 슬레이어를 쳐다봤다.

'아무리 본체가 아닌 균형자라고 할지라도… 저런 막강함이라니.'

오면서 지켜봤는데 이건 슬레잉이 아니라 농락 수준이었다. 마치 균형자들을 상대하기 위한 예행연습이라도 하는 듯했다.

'플래티넘 슬레이어가 정말 마음만 먹었으면 벌써 상황은 종료됐을 거야.'

분명 TS 길드는 미국 내 최강의 길드다. 누구나가 첫 손에 꼽는 그런 길드다. 스스로도 많이 강해졌다고 생각했다. 그러나 플래티넘 슬레이어는 도저히 따라잡을 수 없고 도저히 넘을 수 없는 벽이 되어 이 자리에 서 있었다.

전세는 완전히 기울었다. 플래티넘 슬레이어와 파루치앙의 대결은 플래티넘 슬레이어의 압도적인 승리로 끝났다.

파루치앙이 울부짖었다.

"이 하찮은 미물 새끼들아!"

울부짖은 파루치앙은 레드스톤을 드롭하며 사려졌다.

[균형자를 사냥했습니다.]

[어려운 업적으로 인정됩니다.]

[어려운 업적 보상으로 보너스 스탯 +10이 주어집니다.]

현석에게는 다른 알림음도 들렸다.

[하드 모드 규격을 초과한 스탯으로 인한 페널티로 인해 50퍼센트 차감되어 지급됩니다.]

현석이 인하 길드와 합류했다. 릴리라는 균형자 역시 슬레잉되어 레드스톤을 드롭했다.

TS의 길드원들은 침묵을 지킨 채 인하 길드원들을 쳐다봤다.

'예전보다 훨씬 더 강해졌다.'

플래티넘 슬레이어는 물론이고 인하 길드원 전원이 강해졌다.

그리고 TS의 길드원들은 인하 길드원들이 어떻게 강해졌는지 알고 있었다. 이미 그들도 그 맛(?)을 한 번 봤었다.

'결코 불가능한 업적… 마저도 쉽게 일궈내는 플래티넘 슬레이어.'

그건 뭐 아무래도 좋다. 진짜 중요한 건 이거다.

'이젠 우리도 쩔 받는다!'

그는 매우 행복해졌다. 미국 내에 산재해 있는 PRE-하드 던전을 인하 길드와 함께 클리어할 수 있게 됐다. 더 정확하게 말하자면 플래티넘 슬레이어가 쩔을 해준단다.

활이 현석의 주위를 빙글빙글 돌았다.

—주인님, 아직 안 죽었는데요?

명훈도 그걸 이미 알고 있다. 항시 탐색을 가동 중이다. 세영 역시 이미 알고 있었고 다들 이미 알고 있었다.

분명 균형자는 죽었다. 그런데 그때 참호 위로 뭔가가 불쑥 나타나 태양을 가렸다.

살색, 그리고 커다란 눈동자.

그 대단하고 무시무시하다는 몬스터 키클롭스였다.

—아까 그 파루치앙인가 뭔가 하는 놈, 잔뜩 폼만 잡더니 얘도 처리 안 하고 왔네요. 병신… 이 아니라 음, 조금 모자랐던 친구 같아요.

불과 얼마 전까지 세계 최악의 몬스터였던 싸이클롭스보다도 훨씬 강한 키클롭스다. 군인들과 TS 길드원들은 기겁했다. 갑자기 몬스터의 거대한 얼굴이 튀어나왔으니까 놀랄 법도 했다. 그러나 인하 길드원들은 매우 평온해 보였다. 사실 민서나 평화는 좀 무섭긴 했으나 한 사실을 깨닫고는 마음이 평온해졌다.

'오빠랑 같이 있으니까.'

세상에서 제일 안전한 방패가 옆에 있다. 디펜더 김연수도 물론 최정상급 슬레이어인 것은 맞지만 그래도 현석만큼 안전하지는 않다. 가여운 키클롭스는 현석의 공격 여섯 방에 최후를 맞이했다.

킴 이등병은 허탈해져서 웃음이 나오고 말았다.

'도, 도대체 누가 괴물인 거야?'

그렇게 힘들여서 때리는 것 같지도 않은데 최강의 몬스터(?) 키클롭스가 그냥 죽었다.

그렇게 인하 길드는 미국에 도착하자마자 필드 보스 몬스터 키클롭스 1개체를 슬레잉했다.

균형자 둘을 잡은 건 알리지 않았다. 균형자들끼리의 연락 네트워크가 형성되어 있지 않다고 판단했기 때문이다.

플래티넘 슬레이어가 균형자들을 죽였다는 게 알려지면 균형자들의 움직임이 빨라질 수도 있다.

실제로 파루치앙은 현석에게 갔던 균형자(라파스텔)가 아직 살아 있고 임무를 내팽개친 채 놀고 있다고 생각하는 듯했으니까.

그래서 일부러 그 사실을 묻었다. 현석을 제외한 다른 슬레이어들은 균형자와 싸우면 패배할 가능성이 매우 높다. 기다려야 했다.

다음 날.

현석의 묵고 있는 호텔. 방문 앞에서 뭔가가 깨지는 소리가 났다. 언제나 그렇듯 현석에게 차라도 끓여주려고 했었다. 방문 앞까지 올 땐 제법 기분이 좋았다. 그랬었는데 평화의 얼굴이 하얗게 질렸다.

"오빠……?"

믿을 수 없는 일이 벌어졌다.

*　　　*　　　*

현석은 꿈을 꿨다. 정말로 꿈인 줄 알았다. 처음 시작은 이랬다.

"한낱 미물에게서 수컷의 향기가 난다. 미물이지만 제법이구나."

그 다음은 이랬다.

"제대로 하지 않으면 죽을지도 모른다. 각오를 하는 것이 좋을 것이야."

한참의 시간이 흐른 뒤, 다시 목소리가 들려왔다.

"그대는… 나를 놀랍게 하는구나."

그리고 또 한참의 시간이 흐른 뒤에는 이랬다.

"그대는 정녕… 나를 받아들일 수 있는 것인가?"

현석은 꿈속에서 재차 통합 필드를 펼쳤다.

[통합 필드를 개방합니다.]

'이건… 꿈이다.'

가끔 그런 경우가 있다. 꿈을 꾸고 있는데 이게 꿈이라는 것을 자각하고 있는 경우. 현석은 그렇게 생각했다. 지금 이 상황은 꿈이 틀림없었다. 분명 그는 호텔 안에서 잠들었었다.

[규격 외 스페셜 퀘스트. '리나 J. 알리세인 퓨리티어 슬레잉' 발동합니다.]

꿈에서 퀘스트를 받았다. 꿈치고는 너무 생생했다.

'뭔가…….'

꿈 치고는 느낌이.

'뭔가… 뭔가 이상하다.'

너무.

'이건…꿈이 아닌가?'

지나치게.

'도, 도대체 이게 무슨!'

생생했다.

[리나의 인정을 받았습니다. 160/270.]

그리고 꿈치고는 지나치게 힘들었다. 이건 꿈이 아니었다.

갑자기 나타난 '리나'라는 여자를 쳐다보면서 현석은 복잡한 감정이 들었다. 사실 지금 이게 꿈인지 아닌지조차도 불투명했다.

분명 꿈일 거라고 생각은 하고 있지만 꿈이 아닌 것 같았다. 뭔지 정확하게 기억은 잘 안 나는데 시스템 알림에 따르면 리나의 인정을 받았으며 270번 중 160번을 채웠다고 했다.

리나의 말투는 묘했다.

“그대는 정말 제법이구나. 비록 내 첫 발정기라지만… 이 정도로 버틸 수 있는 수컷이 세상에 존재할 줄은 정말로 몰랐음이니. 버텨라. 버틴다면 내가 일전에 약속했던 대로 그대는 나의 모든 것을 가질 것이다.”

이렇게 말하다가도 또 갑자기 얼굴이 시뻘겋게 달아오르면서 뜨거운 숨결을 내뱉었다. 마치 이중인격자 같았다.

“어서 날 안아줘.”

이중인격자 같기도 하고 정신병자 같기도 했다. 일전에 약속했던 대로라고 하는데 현석은 이 여자를 처음 본다. 약속 같은 건 한 기억도 없다.

[리나의 유혹 스킬이 발동합니다.]

[내성 스탯이 저항합니다.]

[내성 스탯 +1. 현재 내성 스탯 106.]

[저항에 실패합니다.]

심장이 두근거리기 시작했다.

리나가 현석을 쳐다봤다. 리나는 마치 입맛을 다시듯 혀로 입술에 침을 묻히며 현석에게 가까이 걸어왔다.

“정말… 마음에 들어요, 당신.”

[정력 스탯 –170 판정을 받습니다.]

[능력치를 과도하게 사용합니다. 이는 정력 스탯에 악영향을 끼치며 S/P의 손실로 이어집니다.]

균형자와의 전투에서도 승리했던 현석은 지금 매우 곤란한 상황에 빠졌다.

여태까지 정력이 총 170포인트만큼 감소했고 이제 16포인트 남았다. S/P 역시 403이었는데 60 정도 밖에 안 남았다.

퀘스트 때문인지는 몰라도 오늘 시스템은 마치 튜토리얼 때처럼 친절한 알림음을 계속해서 보내줬다.

[S/P가 0이 되면 사망에 이를 수 있습니다.]

비록 그 친절한 알림음의 내용이 사망 선고이기는 했지만 말이다.

지금 자신이 곤란한 상황에 빠진 건 알고 있었다. 그렇지만 멈출 수 없었다. 내성 스탯 106으로는 저항이 어림도 없는 듯했다.

현석은 자신의 S/P를 확인했다.

—S/P: 68/403.

이제 68남았다. 한 번 사정하는 데 2포인트씩 깎이다가 이제는 많이 지친건지 8포인트씩 뭉텅뭉텅 깎여 나가고 있다.

어느새 210번이 지났다.

'아… 이러다 정말 죽겠다.'

아무래도 이건 꿈은 아닌 것 같았다. 꿈이 이렇게 생생할 리가 없다. 꿈인 듯, 꿈이 아닌 듯, 꿈 같은 애매모호한 느낌이다.

하지만 한 가지는 확실했다. 이대로면 정말 죽을지도 모른다는 것이다.

온몸이 후들후들 떨려왔다. 심각하게 죽음의 위협을 느꼈다.

[정력 스탯 -30 판정을 받습니다.]

[능력치를 과도하게 사용합니다. 이는 정력 스탯에 악영향을 끼치며 이는 S/P의 손실로 이어집니다.]

[S/P가 0이 되면 사망에 이를 수 있습니다.]

정력 스탯이 계속 깎여 나갔다.

[반복 숙달로 인해 '유혹 저항' 스킬이 생성됩니다.]

숫자를 210번이나 채우고 나서야 '유혹 저항' 스킬이 생겼다. 정확하게 확인할 새도 없이 저항 스킬을 펼쳤다.

[유혹에 저항합니다.]

[저항에 실패합니다.]

결과는 처참했다.

리나가 양팔로 현석의 목을 감싸 안았다. 현석은 뜨겁다고 느꼈다.

"당신 같은 남자는 처음이에요."

처음의 리나는 여기 없었다. 그녀는 마치 아기 고양이처럼 현석의 품에 안겨 애교를 부렸다.

[경고합니다.]

[현재 S/P 수치 11. S/P 수치가 0이 되면 사망할 수 있습니다.]

이건 정말 위험하다고 본능이 자꾸만 알려줬다. 이렇게 치열한 전투는 슬레이어로 각성한 이후 처음이었다.

[현재 S/P 수치 1. S/P 수치가 0이 되면 사망할 수 있습니다.]

현석은 결단을 내렸다. 여태껏 쌓아왔던 잔여 스탯의 일부를 정력에 투자했다. 정력 1당 스태미너가 1씩 증가한다. 잔여 스탯을 무려 30개나 투자했다. 그걸 로도 턱도 없이 모자랐다.

한국 내 PRE-하드 던전과 키클롭스, 균형자 등을 잡으면서 얻었던 잔여 스탯 200개에 장사, 날쌘돌이 등의 칭호 효과로 인한 보너스 스탯 1,536개. 도합 1,730여 개의 스탯이 남아 있는 상태다.

'퀘스트를 완료하려면 아직도 50번은 남았어.'

빠르게 계산을 했다.

'칭호 스탯도 2개 있으니 불가능을 개척하는 자에 투자한다 하면…….'

이대로면 정말 죽는다. 신중하게 생각해야 했다.

'아니야. 일단 200개만 정력 스탯에 투자하면 200만큼의 S/P가 오를 거야.'

다행히 정력 스탯을 올리면 S/P의 절대치와 더불어 1포인트가 더 올랐다.

'그러면 총 200의 S/P가 올라갈 거고. 잔여 스탯은 넉넉하니까 칭호 스탯은 남겨놓는 게 좋겠지.'

처음에는 S/P 포인트가 2씩 감소했고 지금은 10씩 감소하고 있다. 원래 지쳐 있으면 피로가 더 크게 느껴지는 법이다. 마찬가지로 S/P가 너무 적으면 그 감소폭이 훨씬 커졌다.

그럴 바에야 지금 200개 정도의 스탯을 투자하는 게 더 현명한 선택이었다.

[리나의 인정을 받았습니다. 211/270.]

현석은 안도의 한숨을 내쉬었다. 정말 위험할 뻔했다.

현재 S/P 포인트는 200.

퀘스트를 완료하려면 아직 59번이나 더 숫자를 채워야 했다.

'제기랄……!'

그나마 온전히 제정신을 유지하고 있는 게 다행이라면 다행이었다. 모르긴 몰라도, 내성 스탯이 아예 없었다면 잡아먹혔을 것 같은 그런 기분이 들었다.

현석은 결국 270번의 업적(?)을 해내고야 말았다.

여태껏 일군 업적 중에서 가장 어려웠고 또 죽을 뻔했던 업적이었다.

만약 남들은 보통 1개도 갖고 있지 않은 잔여 스탯을 수백 개나 갖고 있지 않았다면 정말 죽었을 거다. 그렇게 생각하면 모골이 송연해졌다.

어쨌든 퀘스트는 클리어됐고 이어 알림음이 들려왔다.

[리나가 만족합니다. 퀘스트 조건 충족. 270/270.]

[업적을 판정합니다.]

시간이 조금 오래 걸렸다. 그 사이 리나는 현석의 품에 안겨서 콧소리를 냈다.

[결코 불가능한 업적 승인이 거부됩니다.]

시간이 조금 더 지났다.

[결코 불가능한 업적—S 로 인정됩니다.]

'업적에도… 등급이 있다고?'

그냥 업적이 아니고 그린 등급이었다. 머릿속에 떠오르는 이미지가 분명 그랬다. 화이트 등급을 넘어선 그린 등급의, 그것도 결코 불가능한 업적—S였다.

알림음이 계속 이어졌다.

[결코 불가능한 업적—S 달성으로 인해 보너스 스탯 700이 주어집니다.]

[하드 모드 규격을 초과하는 스탯으로 인한 페널티를 산정합

니다.]

[규격 외 퀘스트 클리어로 인해, 페널티 적용이 취소됩니다.]

게다가 페널티 적용이 취소까지 됐다. 대부분의 슬레이어들이 이지 혹은 노멀 모드일 때에 하드 모드 규격이 싸이클롭스를 잡은 적이 있었다. 그땐 페널티를 받았다. 그런데 지금은 페널티를 안 받았다. 보너스 스탯 700퍼센트가 고스란히 적용됐다.

[최초의 '결코 불가능한 업적—S'를 달성했습니다.]
[업적으로 인정됩니다.]
[결코 불가능한 업적으로 판정됩니다.]

결코 불가능한 업적이란다. 이걸로 또 보너스 스탯이 100 주어졌다. 그러나 여기엔 페널티가 붙어 50만큼 산정되었다. 억지로 꿈이라고 생각은 했으나, 결과적으로 하룻밤 사이에 270번의 사정을 했고 보너스 스탯을 750개나 획득했다.

목소리가 들려왔다.

"당신… 이름이 뭐예요?"

처음에는 끈적하고 색기 넘치는 목소리였는데 이제는 아니었다. 마치 사랑스러운 애인을 대하듯 달콤하고 부드러운 목소리였다.

[리나 슬레이어의 칭호를 얻습니다.]

보통 몬스터를 처치하면 칭호를 얻는다. 오크 슬레이어, 트롤 슬레이어처럼 말이다. 그런데 지금은 리나 슬레이어라는 칭호를 얻었다. '리나'라는 것이 몬스터의 이름인 것 같았다.

현재 현석이 가진 슬레이어 칭호 중 가장 효과가 좋은 것은 바로 '균형자 슬레이어'다. 모든 전투 능력치가 70만큼 증가하는 어마어마한 효과를 가지고 있다.

'균형자를 슬레잉했을 때도… 페널티는 고스란히 적용이 됐다.'

이 리나라는 여자 역시 균형자일 확률이 매우 높았다.

황금색 눈동자, 붉은 머리카락, 창백한 피부. 분명했다. 그런데 일반적인 균형자가 아니라 '리나'라는 이름이 따로 붙어 있었다.

게다가 페널티 적용도 안 됐다. 이게 의미하는 바는 간단했다. 현석이 하드 모드를 초과한 스탯을 가지고 있다면 리나 역시 하드 모드를 훨씬 초과하는 능력치를 가진 몬스터라는 거다.

"뭐예요? 이름도 안 가르쳐 줄 건가요?"

그래서 시스템이 온갖 알림음을 통해 정보를 줬을 거다. 이지혹은 노멀 모드 규격을 훨씬 뛰어넘은 싸이클롭스를 처음 슬레잉할 때와 마찬가지로 말이다.

슬레이어 칭호인 리나 슬레이어. 이 효과는 여태껏 받아본 일반적인 칭호 효과와는 그 궤를 달리하는 엄청난 효과를 가진 칭호였다.

"어라. 누가 온 것 같은데요?"

쨍그랑.

뭔가가 깨지는 소리가 났다. 입구에는 평화가 서 있었다.

"오빠……?"

"어, 평화야. 잘 잤어?"

평화가 고개를 두리번거렸다.

"방금 여기에 누가 있었던 것 같은데……."

'여자가 있었던 것 같은데'라고 말하고 싶은걸 겨우 참았다.

그녀는 똑똑히 봤다. 분명 여자가 있었다. 자세히는 못봤지만 붉은색 머리카락을 갖고 있었다. 그것도 새하얀 나신으로 현석에게 안겨 있었다.

'잘못 봤겠지. 잘못 봤을 거야.'

최대한 아닐 거라고 부정했다.

"창문 열어놓고 잤어요? 그러다 감기 걸리면 어쩌려구요."

창문을 닫았다. 창문을 닫는 평화의 손끝이 미세하게 떨렸다.

창문을 닫은 그녀는 현석을 쳐다봤다.

"오빠……?"

[S/P의 급격한 저하와 정력 스탯의 과도한 사용으로 인한 페널티가 적용됩니다.]

[모든 능력치가 80퍼센트만큼 감소합니다. 남은 시간: 36시간 15분 30초.]

[슬레이어의 외관이 변화합니다. 남은 시간: 36시간 15분 30초.]

"오빠! 어디 아파요?"

아무리 봐도 아파 보였다.

다크서클이 눈 밑까지 축 내려오고 하룻밤 사이에 말라비틀어진 것 같은 그런 느낌이었다. 건장한 체격의 현석은 어디로 사라지고 꼭 해골 같아 보였다.

"어, 어디 아픈 거 아니죠?"

평화가 울상을 지었다. 아무리 봐도 이건 중환자의 모습이었다. 그것도 죽음을 앞 둔.

"괘, 괜찮아 평화야."

"병원 가서 정밀 검사라도 받아야겠어요."

한 20년은 폭삭 늙은 듯한 지금 이 모습은 간밤의 전쟁(?)으로 인한 페널티다.

"조금 쉬면 괜찮아질 거야."

"오빠. 그래도요… 저 지금 너무 걱정돼요. 오빠 제발 부탁이니까 병원에 같이 가요."

울먹거리는 평화를 현석은 겨우 달랠 수 있었다. 평화를 달랜 현석은 저도 모르게 입을 쩍 벌렸다.

'리나 슬레이어… 이건 도대체 뭐냐……! 이게 무슨 말도 안 되는…….'

간밤의 일이 정말로 꿈인 것 같았다. 지금 체력적으로 너무 지쳐서인지 머리도 제대로 안 돌아갔다.

리나 슬레이어라는 칭호가 생겼다. 간밤에 생긴 변화는 겨우 그게 끝이 아니었다.

아무래도 이 '리나'라는 것을 슬레잉한 모양인데—사실이야 어찌 됐든 시스템에서 슬레이어 칭호를 부여했으니까—아무래도 이 리나라는 건 여태껏 듣도 보도 못한 엄청난 몬스터였던 것 같다.

'보상이 엄청났던 것 같은데… 확인을…….'

보상 알림을 듣기는 들었는데 제대로 듣지 못했다. 그래서 확인을 하려고 했는데 지금 상태로는 그마저도 불가능할 것 같다.

"평화야, 나 조금만 더 잘 테니까 소란 피우지 말고 있어줘. 부탁이야."

현석은 정신력을 쥐어짜내 간신히 말을 끝낸 뒤에 쓰러지듯 잠에 빠져들었다.

*　　　*　　　*

이번에 얻게 된 칭호는 특별했다. '몬스터의 종류'가 아니라 '몬스터의 이름'을 가진 슬레이어 칭호가 붙은 거다. 비록 정식 슬레잉인지는 아직 모르겠지만 어쨌든 '네임드 몬스터'의 슬레이어 칭호를 갖게 된 거다.

"뭐 이런 사기적인 칭호가 다 있어?"

안 그래도 사기인 현석이 사기를 언급했다. 그만큼 리나 슬레이어의 칭호 효과는 대단했다.

—(리나 슬레이어): 힘 300, 민첩 300, 지성 300, 체력 300, 내성 200, 정력 200이 증가합니다.

리나 슬레이어는 모든 전투 능력치를 무려 300이나 올려줬고 거기에 비전투 능력치인 내성과 정력 스탯도 무려 200씩 끌어올려 줬다. 리나 슬레잉의 보상은 이게 끝이 아니었다. 그린 등급의 결코 불가능한 업적—S는 물론이고 또 다른 칭호가 생겼다.

—정력의 대가: S/P 감소로 인한 사망의 위험을 업적으로 변환하여 생환 조건 충족(정력 스탯 +200, S/P 절대량 +300).

여기에 정력의 대가라는 칭호가 생기면서 정력 스탯을 또 200만큼 올려줬다. 불과 하루 전, 겨우(?) 186에 불과했던 정력이 이제 816에 달하게 됐다.

약 400에 불과했던 S/P 포인트가 이제는 무려 4,022 포인트가 됐다. 여기에 정력의 대가 칭호 효과로 +300 판정을 받아 절대량이 무려 4,300이 넘게 됐다. 하루 전보다 절대량만 정확히 10배만큼 늘었다.

—S/P: 1810(+300)/5210(+300).

증가분까지 포함하면 약 600의 S/P 포인트로 하룻밤에 270번의 사정이 가능했었으니 단순 계산으로 그 10배인 2,700번 사정을 할 수 있다는 소리다.

'리나 슬레이어라니…….'

일반적인 슬레잉은 분명 아니었다. 꿈도 아니었다.

[모든 능력치가 80퍼센트만큼 감소합니다. 남은 시간: 28시간 15분 30초.]

[슬레이어의 외관이 변화합니다. 남은 시간: 28시간 15분 30초.]

페널티는 정말 지독했다.

'이게 사람이냐, 해골이냐?'

간만에 페널티를 얻었다. 모든 능력치가 50퍼센트 이하로 감소했다. 회복하는데 약 36시간 정도 시간이 걸린단다.

이제 28시간 정도 남았다. 덕분에 TS 길드와 함께하는 PRE—하드 던전 클리어는 2일 정도 미뤄지게 됐다.

"플래티넘 슬레이어가 지독한 몸살에 걸렸다는군."

"설마… 플래티넘 슬레이어가?"

"에이, 말도 안 돼."

"키클롭스도 혼자서 때려잡는 인간인데……."

"그래도 감기는 걸리나 보지. 아니면 물갈이를 하든가."

온갖 오해가 쌓이고 쌓였다.

종원도 어이없다는 듯 허허 웃었다.

"야, 너 밤새 뭔 짓을 했길래 이렇게 해골이 됐냐?"

"……."

대답할 수 없었다. 밤이 깊어갔다.

'그 여자는 도대체 뭐였지. 분명히 균형자였는데……'

* * *

TS의 길드장 에디슨은 인하 길드를 볼 때마다 조금 당혹스러웠다.

지금은 PRE—하드 던전을 클리어하러 가기 위해 한데 모여 있었다. 그런데 인하 길드원들에게선 긴장감을 조금도 찾아볼 수 없었다. 싸이클롭스까지도 슬레잉이 가능한 현 시대에 있어서도 PRE-하드 던전 클리어는 매우 어려운 일이다.

상당히 많은 수의 하드 모드 슬레이어가 생겼음에도 불구하고 그 이전 단계인 PRE-하드 던전을 깨기 힘들다는 게 아이러니하기는 했지만 말이다.

'아무리 인하 길드라지만… 조심성이 너무 없는 것 아닌가?'

하지만 그 말을 차마 입 밖으로 내지는 못했다. 누가 뭐래도 상대는 플래티넘 슬레이어와 그가 속한 인하 길드다. 의구심이 드는 것은 어쩔 수 없지만 그 의구심을 표출할 수는 없었다.

현석이 말했다.

"다들 준비 됐지?"

"오케이."

알림음이 들려왔다.

[PRE-하드 던전에 입성하시겠습니까? Y/N]

TS 길드원들은 긴장했다.

PRE-하드 던전은 결코 만만하지 않다. 최소한 10일 이상은 꼬박 걸리는 던전이며 보스 몬스터 키클롭스는 40명 이상이 한꺼번에 덤벼들어도 피해 없이 이길 확률이 거의 없었다. 더군다나 붉은 광선이라도 발사하게 되면 사망자가 속출하게 된다.

'어라……?'

그런데 이상했다.

"지금… 길을 제대로 찾아가고 있는 거 맞죠?"

"그, 그렇겠지."

"아, 아무리 그래도 이건 좀……."

명훈은 트랩퍼 계의 플래티넘 슬레이어다.

물론 제한적인 능력을 가지고 있다. 하지만 민서와 현석 그리고 평화—평화도 M/P 차징을 익혔다—의 도움이 있으면 명훈은 트랩퍼 계의 플래티넘 슬레이어라고 말할 수 있다. 조루 스킬이지만 연달아 사용할 수 있으니 말이다.

"집중 탐색."

집중 탐색은 '탐색'에 무식하게 스탯을 투자한 괴짜 이명훈이 얻은 스킬이다.

단순히 스킬 레벨을 올리고자 한다면 스킬에 스탯을 투자하는 게 최고다. 물론 그렇게 하는 사람은 없다. 기본적으로 M/P가 받쳐 주지 않으면 그런 스킬 따윈 있으나마나니까.

'인하 길드… 역시 이상하다.'

플래티넘 슬레이어와 인하 길드의 헬퍼들이 계속해서 M/P 차징을 써주고 있고 트랩퍼는 전혀 막힘없이 길을 찾았다. 상식적으로 이건 말이 안 된다.

'하기야, 저 길드한테 상식을 바라는 게 말이 안 되지.'

TS의 길드장 에디슨은 앞서가는 플래티넘 슬레이어를 힐끗 쳐다봤다. 그도 이상함을 느꼈다.

'그러고 보니… 트랩에 한 번도 안 걸렸어.'

정말 말이 안 된다.

아무리 좋은 길을 찾아가도 트랩은 있게 마련이다.

벽이 갑자기 열리면서 창과 화살이 튀어나오고 독이 쏟아지고 그러는 게 정상이다.

그러나 지금은 아니었다. 그린 등급의 최하급 몬스터들은 욱현의 불덩이에 눈 녹듯 녹아내렸다.

'PRE-하드 던전이 이렇게 쉬운 곳이었나?'

아니다, 절대 아니다. 보통 40명이나 80명이 들어가서 아주 힘겹게 클리어하고 업적 보상을 받는 곳이다.

'업적'이란 단어가 붙으면 일단 굉장히 힘든 일이다. '아주 쉬운 업적'도 사망자 없이는 이루기 힘들었다.

현석이 말했다.

"조금만 쉬겠습니다. 저희는 M/P를 조금 채울 테니 TS 길드 여러분들은 아까 순번을 짠 대로 전투 필드를 유지시켜 주시면 감사하겠습니다."

"아…아, 예."

TS의 길드원들은 약간 허탈해졌다. PRE-하드 던전을 클리어한 건 기쁘지만 이렇게 쉽게 클리어될 줄은 몰랐다. 벌써 5번째 룸을 깼다. 뭐 이런 경우가 다 있나 싶다.

그들의 존재 이유는 '전투 필드 개방'에 있었다. 그것 말고는 할 게 없었다. 말 그대로 쩔을 받는 게 이런 건가 싶었다. '쩔'의 절정은 바로 보스 몬스터 레이드에 있었다.

'이럴 수가…….'

보스 몬스터 레이드에 앞서 여유 시간은 10초다. 10초 동안 전열을 가다듬는다. 그리고 보스 몬스터 레이드에 걸린 시간은 겨우 12초였다.

'2, 2초 만에 키클롭스를 때려잡았어……?'

붉은 광선은 매우 위험한 특수 스킬이다. 그런데 그걸 쓸 시간을 아예 안 줬다. 뭔가 쿠과광! 소리가 들리는가 싶더니 아주 위험한 몬스터인 키클롭스가 사라졌다.

2초 동안 주먹질을 한 5번 정도 한 것 같다. 그랬더니 보스몹이 죽었다.

'아니 도대체 이건…….'

말 그대로 눈 깜짝할 사이에 끝났다. 이런 보스 몬스터 레이드는 상상도 못 했다. 공헌도는 0퍼센트. 다시 말해 플래티넘 슬레이어가 100퍼센트의 공헌도를 차지했다.

[공헌도 100퍼센트에 따른 추가 보상 등급의 판정 중입니다.]

[보상 등급 요소를 분석합니다.]

현석은 공헌도 100에 따른 추가 보상 판정을 또 받았다.

[공헌도 100에 따른 참여 인원 1명.]

[보스 몬스터 슬레잉 소요 시간: 1.48초.]

[키클롭스의 공격 횟수: 0회.]

[슬레이어의 공격 횟수: 5회.]

[전체 타격 횟수에 대한 유효 타격 횟수: 5회.]

[전체 방어 횟수에 대한 유효 방어 횟수: 0회.]

[공격 성공률 100퍼센트 인정.]

[방어 성공률 측정 불가—퍼펙트 클리어.]

키클롭스는 공격을 단 한 번도 못 했다. 이건 퍼펙트 클리어로 분류가 되며 보너스 스탯 +10 판정을 받는다. 물론 페널티 때문에 5밖에(?) 못 받지만 말이다.

한국에서 총 14개의 PRE—하드 던전을 클리어했고 그중 9회를 퍼펙트 클리어했다. 그리고 이번이 10회째였다.

[퍼펙트 클리어 10회 달성으로 인한 특수 칭호가 부여됩니다.]

현석이 저도 모르게 씨익 웃었다.

'역시 예상이 맞았어.'

시스템은 딱 떨어지는 숫자를 좋아한다. 10회에 맞추어 뭔가가 생기는 경우가 많았다. 아마 이번에도 그럴 거라고 막연히 생각했었다.

일부러 키클롭스의 움직임을 제한하면서 때리느라 무려 5번씩이나 공격했다. 괜히 실수로라도 얻어맞았다가는 퍼펙트 클리어 판정을 못 받을 테니까 말이다. 물론 현석의 회피율을 뚫고 공격할 수 있느냐는 또 다른 문제이긴 하지만 어쨌든 공격을 아예 못하게 하는 게 최고다.

그러느라 5번이나 공격을 해야만 했다. 참고로 일반 슬레이어들은 수십 명이 모여서 수십, 수백 대, 아니, 수천 대는 때려야 한다.

[퍼펙트 클리어 10회 달성. 업적의 등급을 판정합니다.]

그런데 복병도 있었다. 플래티넘 슬레이어라고 무조건 좋은 일만 일어나는 건 아니었다.

[불가능한 업적으로 판정됩니다.]

[불가능한 업적 보상으로 보너스 스탯 +30이 주어집니다.]

[하드 모드 규격을 초과한 스탯으로 인한 페널티로 50퍼센트만큼 차감되어 지급됩니다.]

누구나가 동경하는 '불가능한 업적'을 일궈냈는데 기분이 몹시 나빠졌다. 불가능한 업적만큼은 피하길 바랐는데 하필이면 불가능한 업적이다.

민서가 고개를 갸우뚱했다.

"오빠, 표정이 왜 그렇게 안 좋아?"

"불가능한 업적 떴어."

인하 길드원 전원의 표정이 나빠졌다. 현석은 불가능 업적은 피해야 한다. 노멀 모드에 있을 때 불가능 업적 10회에 이르자 업적 시스템마저 제한받았었다.

TS 길드원들은 지금 이 순간을 가장 황당한 순간으로 꼽았다.

'아니, 불가능한 업적을 받았는데 왜 저래?'

'너무 낮은 등급인가? 설마 불가능 위에 결코 불가능, 그 위에 뭔가가 더 있나?'

'하기야 플슬한테는 불가능 업적이 너무 약한 보상일 수도 있겠지.'

가장 황당하지만 또 가장 행복하기도 했다.

'플슬 옆에만 있으면 전 세계 2인자가 되는 것도 꿈은 아니다!'

'부스러기라도 주워 먹으면 2등이 되는 거다!'

변화는 또 있었다. 퍼펙트 클리어 10회 달성에 따른 새로운 칭호가 생겼다.

결과를 확인해 본 현석은 순간 뒤통수를 얻어맞은 것 같은 기분이 들었다. 이런 종류의 보상은 처음이었다.

'드디어… 올 스탯 슬레이어와 직접적인 연관이 있는 칭호다!'

*　　　*　　　*

'스탯창.'

슬레잉을 마치고 숙소로 돌아온 현석은 스탯창을 열어봤다.

그간 달라진 걸 몇 가지 꼽아보자면 슬레이어 칭호로 키클롭스, 균형자, 리나 슬레이어가 생겼다는 거다.

―(키클롭스 슬레이어): 힘 50, 민첩 50이 증가합니다.

―(균형자 슬레이어): 힘 70, 민첩 70, 지성 70, 체력 70이 증가합니다.

―(자이언트 터틀 슬레이어): 체력 10, 민첩이 10이 증가합니다.

―(싸이클롭스 슬레이어): 힘 30. 민첩 30이 증가합니다.

―(리나 슬레이어): 힘 300, 민첩 300, 지성 300, 체력 300, 내성 200, 정력 200이 증가합니다.

칭호 효과만 따져서, 그중에서도 힘 스탯만 따져봐도 450만큼의 보너스 스탯을 얻었다. 덕분에 전투 능력치도 영향을 꽤 많이 받았다.

(1)힘: 828(+450).
(2)지성: 558(+370).
(3)체력: 558(+370).
(4)민첩: 558(+460).

본신 능력으로만 힘이 800이 넘는 데다가 칭호 효과로 인해 450을 추가로 받아 거의 1,300에 가까운 능력을 갖게 됐다. 그리고 현재 현석이 갖고 있는 최초 진입 칭호는 다음과 같았다.

—장사 +7: 힘 스탯 800 최초 진입으로 인한 칭호(보너스 스탯: 960).
—날쌘돌이 +4: 민첩 스탯 500 최초 진입으로 인한 칭호(보너스 스탯: 192).
—현인 +4: 지성 스탯 500 최초 진입으로 인한 칭호(보너스 스탯: 192).
—돌쇠 +4: 체력 스탯 500 최초 진입으로 인한 칭호(보너스 스탯: 192).

여기에 현석은 보너스 스탯 1,500개와 칭호 스탯이 2개를 남겨놓고 있는 상태. 더불어 현석의 H/P, M/P, S/P의 절대량. 그리고 저항력 수치는 다음과 같았다.

(1)H/P: 812,303/812,303.

(2)M/P: 414,726/414,726.

(3)S/P: 5210(+300)/5210(+300).

(4)저항력: 2,240.

또 기본 칭호 외에 퍼펙트 슬레이어라는 것이 새로 생겼는데, 이게 상당히 독특했다.

'퍼펙트 슬레이어라…….'

퍼펙트 슬레이어는 올 스탯 슬레이어라는 클래스와 직접적인 연관이 있는 최초의 칭호였다.

—퍼펙트 슬레이어: SS등급 레이드 퍼펙트 클리어 10회 달성(올 스탯 슬레이어 특수 스킬 개화—잔여 사용 횟수: 1).

올 스탯 슬레이어가 가지는 특수 스킬에 대해 여태까지 의문은 가지고 있었다.

올 스탯 슬레이어만의 메리트, 그게 없었었으니 말이다.

현석이 생각에 빠져 있는 그때 갑자기 좋은 향기가 났다. 아카시아 꿀 향기와 비슷한, 달콤한 냄새였다. 그리고 현석은 이 냄새를 기억해 냈다.

"그대는 무슨 생각을 그렇게 하고 있지?"

현석은 옆을 봤다.

'도, 도대체 언제 여기…….'

현석은 전투 필드를 거의 항시 가동시키고 있다(통합 필드보다 전투 필드의 M/P 소모가 적어서 전투 필드를 펼쳐 놓는다). 그런데도 인기척조차 느끼지 못했다. 균형자였다, 리나라는 이름을 가진.

그때에는 이중인격자 같은 모습을 보이며 섹스를 하자 애원했었는데 지금은 아니었다. 균형자의 정체가 무엇이든 간에 일단 겉으로는 근엄해 보였다.

'뭔가… 느낌이 다르긴 다르다.'

뭐라고 딱 꼬집어 말하기는 힘들었으나 여태까지의 균형자들과 느낌이 조금 달랐다. 그 균형자는 붉은색 머리카락을 귀 뒤로 쓸어 넘겼다.

"그대의 머릿속에 나의 존재가 단 1퍼센트만이라도 있다면 나는 그걸로 만족한다."

리나를 슬레잉한 것—일단 슬레잉이라고 표현하기로 한다—으로 인해 엄청난 보상을 받았다. 당장 슬레이어 칭호 효과만 해도 전투 능력치를 전부 300씩 올려 버리고 비전투 능력치 200씩 올려 버리는 어마어마한 효과를 가졌다.

균형자 슬레이어가 전투 능력치 70을 올려주는 것과 비교하면 정말 엄청난 수치라고 할 수 있었다. 그 말을 달리하면 리나는 일반적인 균형자보다 훨씬 더 강한 균형자라 할 수 있겠다.

'그러고 보니 리나 슬레잉은 그런 등급의 결코 불가능한 업적이었고… 하드 모드 규격 초과 페널티도 없었어.'

그 말은 리나 역시 하드 모드 규격 외의 몬스터라는 소리다. 현석은 최대한 침착을 가장했다.

"리나… 씨라고 했었죠?"

무표정하던 그녀가 고개를 돌려 현석을 쳐다봤다. 밤바람이 새어 들어와 그녀의 머리카락을 살짝 훑고 지나갔다. 그녀의 입가엔 희미한 미소가 걸려 있었다.

"다시 한 번 내게 말을 해주면 좋겠군."

"뭐라구요?"

뭔가 하고 생각해 보니, 아무래도 이름을 불러준 것을 의미하는 것 같았다.

"리나 씨. 이거 말입니까?"

"그대는 나의 처녀성을 가져갔다. 나의 몸뿐만 아니라 마음까지도 복종시켰다. 그대에게 내 미리 말을 했을 터. 그대는 나의 모든 것을 가져도 좋다."

현석은 모른다. 리나 J. 알리세인 퓨리티어가 보냈던 편지는 장난 편지로 둔갑되어 세영의 손에 휴지통에 들어갔으니까.

"나의 이름을 걸고 약속했다. 나는 그렇게 태어난 존재다. 그대에게 나의 모든 걸 바치겠다."

리나는 저렇게 말하지만 사실 현석은 죽을 뻔했다. 다시 말해 복상사 당할 뻔했다.

현석은 끔찍했던(?) 그 날을 잊지 못하고 있다.

"그대가 원한다면 나는 나의 모습을 바꾸겠다."

리나의 모습이 아주 약간 변했다.

창백한 피부에 혈색이 돌기 시작했고 강렬한 붉은 머리카락은 옅은 붉은색으로 변했으며 황금빛 눈동자는 옅은 갈색으로 변했다. 다시 말해 사람에 더 가까워졌다.

"……."

현석은 아무 말도 못했다. 균형자라는 걸 알고 있다. 그래서 거부감이 있기는 있다.

그러나 그 모든 걸 차치하고서라도 그녀는 정말로 아름다웠다.

'몬스터다. 정신 차려.'

리나의 특수 스킬 유혹을 사용한 것 같지는 않았다. 아니, 유혹을 사용한 건 정말 아니었다. 어떤 알림음도 듣지 못했다.

방 안을 가득 채운 아카시아 꿀 향기와, 찰랑이는 옅은 붉은색의 머릿결, 그리고 입가에 머금은 가벼운 미소와 따뜻한 눈길은 현석의 심장을 뛰게 만들었다.

"그대는 내가 반갑지 아니한가?"

"……."

반갑고 자시고 할 것도 없었다. 리나는 분명 몬스터다. 그렇게 생각했다.

"나는 그대가 보고 싶었다. 그대가 내 곁에 없을 때에, 나는 심장이 반으로 쪼개지며 폐부가 찢어지는 듯한 고통을 느껴야만 했다."

현석은 리나를 쳐다봤다. 이쪽을 해할 의사는 없어 보였다.

'시스템에 의한 퀘스트인가… 아니면 균형자가 정말로 감정을 갖고 있는 건가.'

조금 혼란스러웠다. PRE—하드 모드까지의 몬스터는 무조건적인 척살 대상이었다. 인간과 대화할 수도 없는, 말 그대로 괴물이었다.

그러나 하드 모드에 진입하고 나서 약간 달라진 것 같았다.

"그대를 지켜봤다. 그대의 주위에는 암컷이 많다."

현석이 움찔했다.

"그 암컷들을 보면서 나는 괴로워했다. 나의 심장에 자그마한 애벌레 한 마리가 들어온 것 같았다. 그 애벌레가 나의 심장을 갉아먹는 듯했다."

"……."

"묻겠다. 이 감정이 질투인가?"

질투가 아마 맞을 거다. 그런데 균형자가 질투라니…….

리나는 씁쓸하게 웃었다.

"나는 암컷들이 싫다. 목숨을 빼앗고 싶다."

현석의 몸에 힘이 들어갔다. 그건 결코 있을 수 없는 일이다.

"그런 짓……."

리나가 말을 끊었다.

"하지만 내가 그리 한다면 그대는 나를 미워하겠지."

미워하는 게 아니라 증오할 거다.

몸을 섞었다고는 하나 그 역시 슬레잉의 일부였다.

유혹 스킬에 걸려들었었으며, 살기 위해서 정력 스탯 200개를 올려가며 퀘스트를 수행했다. 그리고 현석은 지극히 상식적인 사람이다. 제아무리 좋다고 달려든다 해도, 상대는 몬스터다. 본신은 사마귀 형태를 가진 흉측한 괴물일 거란 생각이 들었다.

"나는 그대가 싫어하는 행동을 하지 않겠다. 나의 모든 것을 걸고 약조하겠다. 그대를 갖겠다는 욕심도 갖지 않겠다. 다만… 그대의 그림자 속에 숨어, 그대를 지켜보는 것 정도는 허락해 주면 좋겠다. 그대와 멀어지면… 내가 너무 괴롭다."

그때, 목소리가 들려왔다.

"너는 누구냐?"

현석이 벌떡 일어섰다. 이곳은 28층 스위트룸이다. 목소리의 주인공은 창문을 통해 들어온 것 같다. 이런 짓이 가능하면서 사람의 언어를 사용하는 건 균형자밖에 없다.

남자 균형자였다. 눈이 양 옆으로 째졌고 턱이 뾰족해서 전체적으로 날카로운 인상이었다.

"이상하군. 플래티넘이란 놈에게 파견된 것은 나밖에 없을 텐데. 그러고 보니 생김새도 좀 요상하고. 너, 뭐냐?"

"……."

리나가 천천히 일어섰다. 현석은 조금 의아했다. 리나와 저 균형자는 전혀 모르는 사이인 것 같다.

'뭘… 하려고?'

리나는 습관인 듯, 머리카락을 귀 뒤로 쓸어 넘겼다.

"그대의 소속을 밝히라."

"까고 있네. 너야말로 누구냐? 왜 남의 임무에 끼어들었지?"

"이런 파견 임무 따위에 동원되는 하찮은 자여. 그대의 본분을 알라."

남자 균형자는 피식 웃으며 혀를 낼름거렸다. 마치 파충류처럼 황금색 눈동자가 가늘어졌다. 예전 균형자들에게선 찾아볼 수 없던 특징이었다.

"뭐라는 거야, 이 미친년이?"

리나가 살짝 뒤를 돌아봤다.

"그대는 잠시 눈을 감고 있도록 하라. 그대에게 나쁜 모습을 보이기 싫으니."

현석은 순간 정신을 잃었다. 리나가 갑자기 다가왔고 뭔가에 얻어맞은 것 같은 느낌이 들었다. 전투 필드를 펼치고 있어서 통증이 있는 건 아니지만 느낌은 있었다.

시간이 조금 지났다. 현석은 정신을 차렸다. 아카시아 향기가 현석의 코를 간지럽혔다.

"그대, 정신을 차렸는가?"

"……."

현석은 기절한 상태였다. 그사이 전투 필드가 해제됐다. 지금 이건 굉장히 무방비 상태다. 균형자의 무릎을 베고 누워 있는 상태라니. 세상이 알면 깜짝 놀랄 거다. 아니, 세상이 아니고 인하 길드가 안다 해도 난리가 날거다. 플래티넘 슬레이어가 균형자의 무릎에 머리를 맡기고 기절해 있었다.

'하지만 이 균형자는 나를 해칠 생각이 전혀 없어. 도대체 무슨 일이 일어난 거지?'

아까의 그 남자 균형자는 이 자리에 없었다.

"무슨 일이… 일어난 거죠?"

"잘 타일러 보냈다. 인간 수… 아니, 정정하겠다. 인간 남성들은 여성이 나서는 걸 싫어하는 모양이더군. 여자다운 여자라는 것이 있다는 것을 알고 있다. 그래서 나는 그대에게 여자답지 않은 모습을 보이고 싶지 않았다."

무슨 말인지 알겠다.

'그렇다면 아까의 그 균형자는 리나가 쫓아냈다는 건가?'

그런데 그렇다고 보기엔 주위가 너무나 깔끔했다. 한바탕 싸움이라도 일어났다면 분명 난리가 났을 텐데 주위는 깨끗했다.

인하 길드원들도 찾아오지 않았다. 굉장히 조용했었다는 뜻이다.

"나는 나를 가진 이에게서 경어를 듣고 싶지 않다."

리나가 고개를 살짝 숙였다.

"그대에게서 리나… 라는 말이 듣고 싶다."

* * *

현석은 쓰러졌다. 그러자 리나의 기세가 변했다. 리나의 머리카락이 다시금 붉게 변했고 눈동자가 황금색으로 변했다.

"그대는 새벽을 베는 자에게 가서 전하라. 지금 이 시간부로 리나 J. 알리세인 퓨리티어는 이 사람을 나의 부군으로 인정하며 나의 모든 것을 바칠 것이다."

"미친 소… 뭐, 뭐라고? 리, 리나?"

끝에 소심하게 한 글자를 덧붙였다.

"요?"

"프리온에게 전하라 일렀다. 부군이 잠든 자리에서 그대의 목숨을 취하고 싶지 않음이니."

리나가 남자 균형자를 차분히 쳐다봤다. 남자 균형자는 진땀을 삘삘 흘렸다.

"정말로 리나 J. 알리세인 퓨리티어 님이십니까?"

"……."

리나는 대답하지 않았다.

"아, 알겠습니다. 그렇게 전하도록 하겠습니다."

남자 균형자가 사라졌다. 리나는 현석의 머리를 자신의 무릎 위에 올려놓고 현석을 빤히 쳐다봤다. 그사이 리나의 머리카락과 눈동자 색깔이 다시 변했다. 창백했던 피부에도 좀 더 혈색이 돌기 시작했다.

잠 든—사실은 기절한—현석의 얼굴을 쳐다보다가 손가락을 들었다. 현석의 머리카락을 쓸어보려고 10번은 넘게 시도했다가 결국 건드리지 못했다.

"아……."

엄청난 고뇌와 갈등을 하듯 그녀는 한참을 제대로 움직이지 못하다가 이내 손을 축 늘어뜨렸다. 현석이 일어났을 때에 그녀는 아주 소심하게, 아주 작은 목소리로 말했다.

"그대에게서 리나… 라는 말이 듣고 싶다."

그리고 얼마 뒤, 현석의 방으로 욱현이 찾아옴과 동시에 리나는 모습을 감췄다. 욱현이 고개를 갸웃했다.

"길장님. 뭔가 좋은 냄새 나는데요? 이거 아무리 봐도 여자 냄새인데……."

"설마요."

"뭐, 이해합니다."

욱현은 쿡쿡대고 웃었다. 그도 여자를 많이 만나 봤다. 지금 여기서 나는 냄새는 분명 여자 냄새였다.

"그나저나 올 스탯 슬레이어 특수 스킬 개방은 언제쯤 하실 거죠? 다들 엄청 기대하고 있던데."

현석이 어깨를 으쓱했다.

"이제 하려고 합니다."

욱현이 황급히 일어섰다.

"어어, 잠깐만요. 지금 하시면 안 됩니다. 민서가 엄청 잔소리 할 겁니다. 길드원들 데려올게요. 안 그래도 다들 길장님 몸 걱정하면서 또 기다리고 있거든요."

어느새 활이 현석의 어깨 위에 앉았다.

—활이도 기대가 되어요. 주인님이 얼마나 섹시해질까 상상하면 너무 흥분… 이 아니라, 음… 그러니까 그게…….

활이 1.5배가량 더 크게 불타올랐다. 현석은 피식 웃고서 활을 살살 긁었다.

올 스탯 슬레이어의 특수 스킬 개방. 바로 퍼펙트 슬레이어의 칭호 효과를 사용하려는 거다.

'시작… 해보자.'

알림음이 들려왔다.

[퍼펙트 슬레이어 칭호 효과. 올 스탯 슬레이어 특수 스킬 개화—잔여 사용횟수: 1회. 사용하시겠습니까? Y/N]

CHAPTER 2

올 스탯 슬레이어의 특수 스킬을 개화할 수 있게 됐다.

[퍼펙트 슬레이어 칭호 효과. 올 스탯 슬레이어 특수 스킬 개화—잔여 사용횟수: 1회. 사용하시겠습니까? Y/N]

잔뜩 긴장한 현석은 마음을 다잡고 'Y'를 선택했다.

[칭호 효과로 인한 올 스탯 슬레이어의 특수 스킬 개화에는 몇 가지 제약이 있습니다.]
[올 스탯 슬레이어의 D~F 등급 스킬 중 랜덤으로 선택됩니다.]

여태까지는 몰랐는데 올 스탯 슬레이어의 스킬에는 등급이 있는 듯했다. 일반적인 화이트 등급, 옐로우 등급 같은 게 아니라 알파벳으로 이루어진 등급 말이다.

[D~F 등급 스킬 중 랜덤으로 스킬을 선택합니다.]

시간이 약간 흘렀다. 어느새 인하 길드원들도 현석 앞에 모였다.

현석을 방해하지 않겠다는 듯 두 눈만 초롱초롱 빛내면서 현석을 쳐다보기만 했다.

이윽고 현석의 입이 옅은 탄식을 토해냈다.

"아……."

스킬이 결정됐다. 등급은 D였다.

[D 등급 올 스탯 슬레이어 특수 스킬 '잠능 폭발'이 생성되었습니다.]

민서가 호들갑을 떨었다.

"오빠 뭐야? 뭐야? 뭐야?"

현석은 스킬창을 열어봤다.

[올 스탯 슬레이어 특수 스킬.]

(1)잠능 폭발.

―등급: D 등급.

―스탯을 소모하여 슬레이어의 능력을 일시적으로 끌어 올리

는 스킬.

—능력치 강화 비율: +1,000%

—최초 스탯 소모: 모든 스탯 —200.

—스탯 소모 비율: 모든 스탯 —100/분.

능력치 강화 비율 +1,000퍼센트. 그야말로 엄청난 거다. 모든 능력치가 1,000퍼센트 증가한다는 소리다. 이것은 단순히 공격력이 10배 높아진다는 것과는 다른 얘기다.

연수가 우물쭈물 말했다.

"그런데… 스탯 소모가 너무 크잖아?"

현석이 아무리 스탯을 많이 가지고 있다고는 해도 최초 전투 스탯 소모가 200에, 분마다 전투 스탯이 100씩 줄어든단다.

현석의 경우는 끽해야 3분 정도밖에 못 펼친다. 3분 쓰고 나면 스탯이 남지 않는다. 물론 지금 잔여 스탯이 1,500개 있기는 하지만 1분마다 스탯이 400개씩 사라지는 셈이니 이것까지 포함한다고 해도 그래 봐야 4분 정도밖에 못 쓰는 스킬이었다.

종원이 현석의 어깨를 탁탁 두드렸다.

"야, 안 그래도 사기캐가 너무 좋은 것만 독식하면 안 되지. 그거 쓸 일이 얼마나 있겠냐마는… 어쨌든 올 스탯 슬레이어도 특수 스킬이란 게 있기는 있었네."

현석이 어깨를 으쓱했다. 현석이 으쓱하자 종원은 쫄아서 두 발자국 멀어졌다.

"형, 나 때리려고 한 거 아니지? 난 위로였어."

시간이 흘렀다. 현석이 말했다.

"컨디션 조절 잘들 해두세요. 내일부턴 다시 던전 클리어에 들어갈 거니까."

* * *

TS의 길드원들은 요즘 살판났다. 플래티넘 슬레이어와 함께 다니니 그동안 쌓지 못했던 업적을 쓸어 담았다. 한편으로는 플래티넘 슬레이어가 존경스럽기까지 했다.

다른 사람이야 어떻게 되든 상관없이 혼자서 이 던전들을 독식하려 했다면, 할 수 있었을 거다. 그걸 알고 있어서 TS 길드원들은 더욱 감탄했다.

'플래티넘 슬레이어는… 그릇이 다르다.'

그릇이 다르긴 다르다. 잔여 스탯을 똑같이 받아도—페널티 때문에 50퍼센트 차감되어 지급되지만—현석은 '불가능을 개척하는 자'의 칭호를 가지고 있다. 그리고 보스몹 레이드 보상을 독식한다.

TS의 길드장 에디슨이 유니온장 에디에게 보고를 올렸다.

"하루 약 2개. 오늘까지 12개의 던전을 클리어했어. 플래티넘 슬레이어가 대단하긴 진짜 대단하네."

—보상은?

"어려운 업적, 스탯 +15개 그리고 아이템 몇 개를 얻었어."

—아이템 정도는 인하 길드한테 양보하지 그랬어?

"필요 없다고 하더라고."

—그래?

"덕분에 우리 애들만 살판났지. 그런데 이 정도 아이템들을 그냥 줄 정도면 인하 길드는 얼마나 좋은 템으로 무장하고 있는 거야?"

—현재까지 알려진 바에 의하면 디펜더의 방패가 세계 12대 아이템 중 하나지.

어디까지나 '알려진 바에 의하면'이다. 에디가 예상하기로 인하 길드원들의 아이템이 아마 시중에 풀린다면 세계 12대 아이템은 12대가 아니라 20대쯤으로 변하거나 아니면 기존의 12대 아이템들의 목록을 깡그리 갈아치울 것 같다는 생각을 했다.

당장 파악하고 있는 것들도 있는데 세영이 가진 'Invisible Cape(투명망토)' 역시 12대 아이템에 들어가도 전혀 손색없는 아이템이었다.

TS의 길드장 에디슨이 물었다.

"다른 길드들은 불만표출 안 해?"

—당연히 하지. 그래도 어쩔 수 없잖아. 전략상 가장 좋은 선택을 한 것뿐이니까.

강한 몬스터를 상대하기 위해선 약한 슬레이어 여러 명보다 강한 슬레이어 소수가 훨씬 낫다. 인간들의 싸움과는 다르다. 방어력, 공격력, 회피율, 명중률 시스템이 적용되어 있기 때문이다.

몬스터의 방어력이나 회피율을 뚫지 못하는 슬레이어는 100명이 있든 200명이 있든 소용없다.

"그래. 우리는 전략상 가장 옳은 선택을 한 것뿐이야."

그렇다고 일단 대외적으로는 알려졌다. 그러나 그게 전부는 아니다. TS 길드가 받고 있는, 일명 '쩰'은 슬레이어들에게는 둘도 없는 천금 같은 기회다. 이런 기회를 혼자서 독식할 수 있는 건데 아무에게나 이런 권리를 줄 수는 없었다.

TS 길드가 아무리 미국 내 최강의 길드라고는 해도, 에디슨이 만약 에디와 친구가 아니었더라면 이런 기회를 얻지 못했을 수도 있다.

지금까지 12개의 던전을 클리어했다. 겨우 일주일 만에 일궈낸 쾌거다. 플래티넘 슬레이어의 능력과는 별개로 상당히 강행군이었다. 아무리 쉬운 일이어도 일주일 내내 이동하고 움직이고 슬레잉하는 건 체력적으로 상당히 부담이 된다.

"오늘 하루는 휴식을 취한다는군."

—그래. 컨디션 조절 잘해서 남은 던전들도 클리어하라고.

"오케이."

미국 언론들은 이 상황을 대서특필했다. 한국의 영웅, 플래티넘 슬레이어가 균형자들과의 전쟁에 대비하기 위해 슬레이어들을 강하게 육성시키고 있는 중이라고 했다.

그 행운의 주인공은 바로 TS 길드.

"역시 플래티넘 슬레이어야."

"아무리 성인군자라고 해도 타국의 슬레이어들을 이렇게 키워주는 건… 정말 엄청난 거지."

"아니, 그렇게만 생각할 수는 없지. 그는 물론이고 그가 속한 길드원들 역시 보상을 독차지하는 거니까. 정치적으로 판단해야지. 결국 서로에게 이득이 되니 이용할 뿐이야."

"웃기는 소리하고 있네. 그 소식 아직도 못 들었어?"

"무슨 소식?"

"플래티넘 슬레이어는 페널티 때문에 모든 보상을 거의 못 가져간다는 거. 아직도 몰랐어?"

아주 거짓말은 아니다. 일단은 50퍼센트밖에 못 가져간다. 칭호 효과로 수백 퍼센트 뻥튀기 받는 건 말 안 했지만 어쨌든 거짓말은 아니다.

결과적으로 플래티넘 슬레이어는 후발 주자들을 위해 기꺼이 한 몸을 희생하고 있는 성인군자가 되어버렸다. 한 번 좋은 이미지가 생기니 착각이 계속 쌓였다.

한편, 현석은 일주일 동안의 강행군을 끝내고 잠시 휴식을 취하기로 했다.

핸드폰을 확인하니 은영으로부터 메시지가 와 있었다.

—요즘 운동 짱 열심히 하는 중! 몸짱 될 거야.

헬스장에서 인증샷이라고 사진을 하나 찍어 보냈다. 형광색 스판 재질의 나시를 입고 있었고 러닝머신 위에서 찍은 사진이었는데 소꿉친구라고는 하나 확실히 예쁘긴 예뻤다.

'이러면 헬스장 사람들이 죄다 쳐다볼 텐데.'

모르긴 몰라도 남자들의 시선을 전부 빼앗을 거다.

현석은 은영이 이렇게 쫙 달라붙는 옷을 입고 땀을 흘리면서 운동하고 있을 때, 힐끔힐끔 쳐다보지 않는 남자가 있으면 그건 남자가 아닐 거라고 생각하며 메시지를 보냈다.

—열심히 좀 해라. 요즘 더 찐 거 같다ㅋㅋㅋㅋㅋㅋㅋㅋㅋㅋㅋㅋㅋ

ㅋㅋㅋㅋㅋㅋㅋㅋㅋㅋㅋㅋㅋㅋㅋㅋㅋㅋㅋㅋ. 특별히 네 나이만큼 'ㅋ' 붙여줬다. 세봐 31개 맞는지.

아마 은영 성격이면 헬스장에서 운동하다 말고 '야!' 하고 소리를 질렀을지도 모르겠다고 생각하면서 현석은 피식 웃었다.

쉬는 시간을 맞이하여 부모님께 전화도 드렸다. 별거 아닌 안부 인사였는데 부모님은 그 간단한 전화에도 굉장히 좋아하셨다.

세권 같은 경우는 좀 무뚝뚝한 척하면서도 좋아하는 게 눈에 훤히 보였고 해자 같은 경우는 '우리 아들 전화를 다 했네!' 라면서 굉장히 행복해했다.

'전화라도 좀 더 자주 드려야겠네.'

활이 현석의 머리맡에 앉았다.

—주인님, 주인님. 활이 좀 만져 주세요.

현석의 손가락이 닿자 활이 까르르 웃었다.

—주인님, 활이가 정말 사람처럼 변하면 어떨 것 같아요?

"글쎄……."

현석은 소파에 누웠다. 현석의 검지 위에 활이 앉았다. 사실 앉았다기보다는 검지 위에 두둥실 떠 있다는 게 더 맞는 표현일지도 모르겠지만.

"귀엽고 예쁘지 않을까?"

—물론이에요! 활이는 주인님 눈에만 아주 어여쁘고 착하고 귀여운 여성체가 될 거예요.

현석은 피식 웃었다. 활과 같이 있으면 지루할 틈이 별로 없다.

하루 종일 쫑알대며 이런저런 얘기들을 하는데, 가끔 고개를 끄덕이고 손가락으로 만져 주면 까르르 웃음을 터뜨리는게 정말 귀여웠다.

—주인님, 방 안에만 있으면 갑갑하지 않으세요?

"별……."

별로라고 말하려고 하다가 이내 말을 참았다.

만약 활이 정말로 사람이었다면 아마 7살쯤 되는 꼬맹이 일 것 같았다. 지금 그 꼬맹이가 눈을 초롱초롱 빛내며 쳐다보고 있는 것 같은 느낌이 들었다.

"바람이라도 잠깐 쐬고 올까?"

—저, 저는 딱히 산책을 가고 싶은 건 아니어요. 그냥 주인님이랑 같이 있으면 있는 것만으로도 행복한 활이어요.

"그럼 가지 말까?"

활의 몸집이 1.5배 정도 부풀어 올랐다. 원래도 빨간 불인데 더 빨개졌다. 흥분하거나 당황하면 이런다. 활도 기분이 좋은지 꺄르르 밝게 웃었다.

안 그래도 던전 안에서 몬스터만 때려잡고 이동하고를 반복하다 보니 기분 전환도 하고 싶었다. 현석과 활은 밖으로 향했다.

*　　　*　　　*

세상에는 참 많은 사람이 있다. 이 순간에도 여러 가지 직업들이 새로 생겨나고 또 없어진다.

'저런 것도 직업이라 할 수 있을지는 모르겠지만.'

미국. 인디아나 주 서북부에 위치한 Gary.

현석은 인적이 많은 대로를 걸었다. 대로 옆으로는 작은 샛길들이 보였는데 그 샛길들 중 한 곳에서 한 무리가 행인의 금품을 갈취하고 있는 걸 발견했다.

보아하니 덩치 넷이서 사람 한 명을 둘러싸고 돈을 빼앗고 있는 것 같았다.

현석은 굳이 나서서 소동을 일으키고 싶지 않아 조용히 경찰을 불렀다.

피해자는 흑인. 정확하게 나이는 모르겠지만 10대 후반이나 20대 초반쯤 되는 여성이었다.

'돈만 뺏기는 거면… 굳이 끼어들 필요는 없겠지.'

그래 봐야 큰돈도 아닐 테고. 재수 없다 생각하면 될 터였다. 세상에 알려진 것과 달리 현석은 살신성인의 성인군자는 아니니까. 신고는 했으니 이제 갈 길이나 가야겠다고 생각하던 찰나, 익숙한 한국어가 들려왔다.

"이 찌질한 새끼들."

현석은 이마를 짚었다.

'아니, 저 형은 도대체 왜…….'

욱현이었다. 그리고 그런 욱현의 옆에는 연수가 있었다.

'외출은 자유지만 소동을 일으키지는 말아달라고 부탁했는데.'

사실 인하 길드의 외출은 단순한 외출 이상의 의미를 지닌다. 탐색을 사용해 보면 아마 주위에 특수 경호 병력들이 잔뜩 따라붙어 있을 거다.

이미 개개인의 무력 자체가 살인 무기에 버금가는 길드원들이다 보니 큰일이 벌어질 염려는 별로 없지만 그래도 미국 측에서는 플래티넘 슬레이어 일행의 경호에 특별히 신경을 쓰고 있었다. 목소리를 들어보니 옐로우 몽키라든가 Fuck이라든가. 그다지 우호적이지 못한 말들이 많이 들려왔다.

연수가 머뭇거리면서 말했다.

"욱현 형, 현석이가 사고치지 말라고 했잖아요."

"그래도 씨팔, 덩치 넷이서 째깐한 여자애 하나 둘러싸고 저러고 있으면 도와줘야지. 인간 세상이 아무리 각박해졌어도 아닌 건 아닌 거야."

"아니… 형… 아무리 그래도……."

"넌 그냥 가만히 있어. 고추는 자르는 걸 추천한다."

연수는 욱현의 페이스에 완전히 휘말렸다. 어쨌든 연수도 한 덩치 한다. 연수와 욱현 모두 190㎝가 넘는 장신이다.

연수야 원래부터 타고난 디펜더 체형이고 욱현 역시 항상 디펜더로 오해받는 체형이다.

결국 한바탕 싸움이 벌어졌다.

일반인들을 상대로 전투 필드를 펼쳐서 싸우면 위법이기에 욱현도, 연수도 전투 필드를 펼치지는 않았다.

'저러다 총이라도 나오면 어쩌려고?'

한국은 아니지만 미국은 총기 소유가 합법이다.

'뭐… 경호 병력들이 있으니 크게 번지지는 않겠지만.'

놀랍다기보다, 당연하게도 연수와 욱현은 네 명의 남자를 때려눕혔다. 꼴을 보아하니 정말 딱 죽지 않을 정도로 때려놨다.

'그러고 보니 아직도 경찰이 안 왔네.'

벌써 10분이 지났는데도 안 왔다. 출동할 생각이 없는 건가 싶었다. 현석이 앞으로 걸어갔다.

"욱현 형, 그만하시죠. 연수 너도."

욱현과 연수가 동시에 현석을 쳐다봤다.

"길장님?"

"현석아!"

현석이 인상을 살짝 찡그렸다.

욱현도 현석 앞에서는 함부로 행동하지 못한다.

"소란 일으키지 말아달라고 분명히 부탁드렸을 텐데요."

"그래도 이건……."

"연수야, 네가 옆에 있었으면 말렸어야지."

연수도 말리고 싶었다. 하지만 말리지 못했다. 종원이 유독 욱현을 어려워하는 것만큼, 연수도 욱현을 어려워했으니까. 그리고 솔직히 같이 나서고 싶은 마음도 있었다. 욱현만큼 열혈 청년은 아니지만 그래도 정의롭지 못한 일에는 열불을 냈었으니까.

참고로 맨 처음 싸이클롭스 슬레잉 당시, 플래티넘 슬레이어에게 모든 보상을 양도해야 한다고 열변을 토했던 것도 바로 연수였다.

현석은 바닥에 쓰러져서 꿈틀대고 있는 남자들을 힐끗 쳐다봤다.

'현장이야… 미국 측에서 알아서 정리하겠지.'

욱현과 연수는 그 커다란 덩치에 걸맞지 않게 현석의 눈치를 살폈다. 현석이 한숨을 내쉬고서 말했다.

"돌아가서 마저 얘기하죠."

그때, 익숙한 향기가 코를 간지럽혔다. 아카시아 꿀 향기였다.

현석의 눈에 한 여자의 뒷모습이 보였다.

옅은 갈색의 머리카락이 바람결에 나부꼈다.

욱현과 연수는 동시에 탄성을 내고 말았다.

"아……."

저도 모르게 나온 탄성이었다. 그들은 살면서 이렇게 아름다운 여자를 처음 본다. 세영과 평화 그리고 민서가 물론 예쁜 건 맞지만 이 사람의 경우는 뭔가 달랐다.

단순히 예쁘고 아름다움을 넘어서서, 뭐랄까. 기품 같은 것이 느껴졌다. 쉽사리 범접하기 힘든 그런 특유의 분위기가 있었다.

"그대의 아름다운 마음씨가 그대를 해할 뻔했다."

"리나……?"

리나가 한 걸음, 한 걸음 걸음을 앞으로 옮겼다. 사뿐사뿐 걸음을 옮기는 그 모습을 보며 연수는 정신을 못 차렸다. 단순히 걸음을 옮기고 있을 뿐인데 마치 한 폭의 그림 같았다. 리나가 손을 뻗었다. 쭈그리고 앉아 울먹이고 있는 소녀의 목덜미를 잡아 올렸다.

현석은 깜짝 놀랐다.

"무슨 짓이야?"

연수는 몽롱한 눈으로 리나를 쳐다봤다. 리나가 붉은 입술을 열었다. 그녀의 체취는 달콤했지만 말은 결코 달콤하지 못했다.

"만약 나의 부군에게 티끌만 한 상처라도 났다면 나는 네 몸을 갈갈이 찢어 사자의 밥으로 던져 줬을 것이다."

그 순간, 4명의 남자들 그리고 소녀의 몸이 갑자기 녹아내렸다. 현석이 저도 모르게 버럭 소리 질렀다.

"무슨 짓이야!"

리나가 몸을 돌렸다.

리나는 현석을 한참이나 물끄러미 쳐다보다가 작게 말했다.

"내가 한 짓이 아니다. 나는 그대가 싫어하는 행위를 하지 않겠다고 약속했다."

4명의 남자 그리고 1명의 소녀의 몸이 녹아내림과 동시에, 리나를 몬스터로 인식한 듯, 사이렌 소리가 들리기 시작했다.

위이이잉―!!

보고들이 숨 가쁘게 상부로 전달됐다.

―플래티넘 슬레이어와 균형자라 짐작되는 몬스터 1개체 조우, 일반인 사망자 다섯. 긴급 지원 요청합니다.

또 다른 충격적인 보고들도 있었다.

―Gary 관할 경찰서 경찰관 전원 사망했습니다.

―사망 원인은 밝혀지지 않았습니다.

―몸이 모두 녹아내렸습니다. 몬스터의 소행이라 짐작됩니다.

리나가 슬픈 눈으로 현석을 쳐다봤다. 그리곤 고개를 아주 조금 숙였다.

"…그대는 나의 말을 믿지 않는구나."

*　　　*　　　*

리나는 현석을 쳐다봤다.

위이이잉—!

사이렌 소리가 요란하게 울리고, 바로 앞에는 다섯 구의 시체가 바람결에 녹아들고 있었으며 그 옆에는 연수와 욱현이 두 눈을 꿈뻑거리며 현석을 쳐다봤다. 리나가 입을 열었다.

"나는 그렇게 태어난 존재다."

현석 역시 리나를 쳐다봤다. 이미 통합 필드를 펼쳐 놓은 상태다.

리나와 싸울 거란 생각은 하지 않고 있지만 그래도 일단 대비는 해야 했다.

"그대가 아무리 나를 불신한다 해도, 나를 미워한다 해도, 설령 나를 증오한다 해도 나는 그대를 바라볼 수밖에 없다. 그게 나의 존재다. 그대가 나를 믿지 않는다고 해도 좋다. 나는 그대에게 나의 모든 것을 바치겠다 약조했으니."

현석은 여전히 리나가 의심스러웠다. 몬스터이며, 방금 다섯 명의 인간을 죽였다. 현석도 모르는 사이에 알지도 못하는 방법으로 녹여 버렸다.

연수와 욱현은 이 상황이 도저히 이해가 안 됐다. 저 여자는 분명 아름답긴 하지만, 왠지 생김새가 균형자에 가까웠다.

리나가 말을 이었다.

"그대는… 내게 아무것도 묻지 않는구나."

"……."

"리나 J. 알리세인 퓨리티어."

아주 잠깐 말을 멈췄다. 그리고 다시 현석을 쳐다봤다.

"그대가 단 한 번도 묻지 않은 나의 진명이다."

시스템의 알림으로 이름은 이미 알고 있었다. 리나 슬레이어라는 거창한 칭호까지 생기지 않았던가. 안 그래도 대단한 칭호인 균형자 슬레이어를 가볍게 뛰어넘는 엄청난 칭호를 줬었다.

"나는 그대에게 변명할 생각이 없다. 다만, 나는 그대가 싫어하는 행위를 하지 않겠다고 내 진명을 걸고 약조했다. 이 약조를 어긴다면 나의 존재는 이 세상에서 지워진다."

무슨 말인지 도무지 모르겠다. '무슨 뜻이죠?' 하고 물으려다가 이 균형자는 경어를 쓰면 싫어한다는 사실을 떠올리고 반말로 물었다.

"그게 무슨 뜻이지?"

"나는 그렇게 태어난 존재다."

변명할 생각이 없다는 것이 진심인지 이 상황에 대해서는 딱히 말을 하지는 않았다.

"네 말 대로라 한다면… 너는 균형자를 배신하기라도 하겠다는 건가?"

"나는 그렇게 태어난 존재다."

"좀 더 정확하게 설명해 봐."

"…그 이상은 곤란하다. 하지 않는 게 아니라 할 수 없게 되어있다. 하지만 나는 그대에게 나의 모든 것을 바친 이후로, 그대를 위해 존재하게 되었다."

욱현과 연수는 이제 슬슬 무슨 얘기인지 대충 알아들었다.

'그대에게 모든 것을 바친 이후로'란다. 여자의 모습을 한 균형자를 여성으로 정의할 수 있는지는 모르겠지만 어쨌든 여자가 이런 말을 한다는 건 하나밖에 없지 않겠는가.

"나는 언제나 그대의 그림자에 숨어 있겠다. 그대가 나를 부를 때까지 나는 언제나 그대의 그림자 속에 녹아 그대의 부름을 기다리고 있겠다."

리나의 모습이 사라졌다.

욱현은 그제서야 숨을 제대로 쉬었다.

"뭔 놈의 위압감이 저렇지?"

연수가 욱현을 쳐다봤다. 비꼬려는 게 아니라 진심으로 놀라서 묻는 것이었다.

"형님이 위압감을 느끼기도 해요?"

"뭔 소리야? 죽을래? 나도 센 놈 보면 쫄거든."

그때 그들의 앞으로 제이크란 남자가 가까이 다가왔다.

"괜찮으십니까?"

경찰은 아니었다. 미국 몬스터 관리국 소속이란다. 미국 정부와 유니온의 적극적인 협조를 통해 이번 일은 쉽게 넘어가는 듯했지만 현석의 속마음은 복잡했다.

'확실히… 뭔가 있다.'

현석은 호텔로 돌아와 생각에 잠겼다. 여태까지의 상황들을 종합해 봤다.

'가장 먼저… 경매장 암습, 그리고 차희선 씨, 중국 습격 사건, 세브란스에서의 저격 사건 그리고.'

그리고 이번 사건. 사건의 경위는 잘 모르겠지만 5명의 사람이 죽었다. 처음에는 리나가 그런 건 줄 알았다. 정황이 그랬으니까.

그러나 생각해 보면 리나 같은 힘을 가진 존재가 이렇게 자존심도 모두 내팽개친 채 자신에게 매달리고 있는 걸 보면, 또 거짓말 같지는 않았다. 사실은 거짓말이 아니라고 확신하고 있는 중이다.

'게다가 경찰관들이 전부 죽었다고?'

마치 누군가가 함정을 파고 기다린 것 같지 않은가. 그리고 리나가 그 함정을 알아차리고 나타나서 도와줬다고 한다면, 그건 그런대로 그럴듯한 가정이 아닌가. 리나가 아까 말했었다.

'그대가 나를 부를 때까지. 나는 언제나 그대의 그림자 속에 녹아 그대의 뒷모습을 기다리고 있겠다.'

그럴 리는 없겠지만 현석은 그녀의 이름을 한 번 불러봤다.

"리나."

주위는 조용했다.

"리나 J. 알리세인 프론티어."

현석은 혼자서 피식 웃었다. 스스로가 좀 한심해졌다.

"뭘 기대한 거야?"

그런데 이제는 좀 익숙해진 아카시아 꿀 향기가 코에 스며들었다. 그리고 떨리는 목소리도 들려왔다.

"그대……."

리나의 몸이 살짝 떨리고 눈이 조금 붉어졌다.

"그대가 진정 나의 이름을 불러준 것인가?"

"……."

잘은 모르겠지만 리나는 지금 굉장히 행복해하는 것 같았다.

이름을 부른 게 뭐가 그렇게 대단한 일인지는 모르겠지만 어쨌든 그래 보였다.

"그대가 날 미워하는 줄 알았다. 나의 진명이 그대의 입에서 나오게 될 날이 이토록 빠르게 올 줄은 상상도 하지 못했다. 묻겠다. 이것은 꿈인가? 아니면 현실인가?"

"…현실이야."

리나가 성큼성큼 앞으로 걸어왔다. 현석이 반항할 새도 없이 현석을 끌어안았다. 통합 필드를 펼치고 있는데도 반항조차 못했다.

"그대."

"……."

리나가 현석의 귓가에 속삭였다.

"그대여."

"왜?"

"나의 진명은 리나 J. 알리세인 퓨리티어다."

"아……."

이름이 조금 틀렸다. 자신은 리나 J. 알리세인 프론티어라고 불렀다. 실수였다. 리나는 침대에 걸터앉고 현석이 그 앞에 섰다.

"내가 널 부른 이유는……."

"잠시만이라도 좋으니 나의 옆에 앉아줄 수는 없는가."

"……."

리나는 생글생글 웃고 있었다. 전신을 옥죄어오는 위압감과는 별개로 그녀의 표정은 정말 행복해 보였다.

현석이 그 옆에 앉았다. 리나는 현석의 손위에 자신의 손을 살포시 얹었다. 균형자 역시 붉은 피를 가지고 있어서인지 손이 제법 따뜻했다.

"그대, 말을 계속하라."

"오늘 낮에 있었던 일. 제대로 설명해 줬으면 좋겠어."

"그들은 그대에게 위해를 가하려고 했다."

"그래서… 죽였어?"

"그들은 금제에 걸려 있었다. 누군가 정신계 마법을 통해 그들을 움직였고 그들의 육체에 금제를 걸어놨음이다."

현석이 다시 물었다.

"그들은 인간이었어?"

"인간이었다. 그리고……."

리나는 잠시 숨을 들이 마신 뒤에 왼손으로 머리카락을 귀 뒤로 쓸어 넘겼다.

"그리고… 그대가 내게 물어봐 주길 바랐다. 의심하는 것보다 먼저 나를 믿어주길 바랐다."

그랬다가 문득 고개를 살짝 저었다.

"괜한 말로 그대의 마음을 어지럽힌 것 같다."

그러니까 다시 말해, 근엄한 척 하기는 해도 삐졌다는 소리다. 그 사실을 떠올린 현석은 어이가 없어 허허, 웃고 말았다.

리나의 얼굴이 현석의 얼굴에 조금씩 가까워졌다. 아카시아 꿀 향기가 더 깊게 느껴졌다.

"아……."

리나가 짧은 탄성과 함께 현석의 어깨에 머리를 기댔다.

"이 상태로 시간이 정지해 버리면 좋을 텐데."

“……”

“그대, 내게 하나만 약조해줄 수 없는가? 물론 그대의 의사를 존중하겠다.”

“뭔데?”

“내가 정말로 큰 어려움에 빠져서 너무나 힘들고 괴로울 때, 그때 지금처럼 그대의 어깨를 빌려줬으면 좋겠다.”

그리고 현석의 손 위에 얹었던 손으로 현석의 손을 꼭 붙잡고 들어 올렸다.

“그리고 이렇게 해줬으면 좋겠다.”

현석의 손이 리나의 머리 위에 얹어졌다. 리나는 진지한 표정을 지었다.

“인간들은 이 행위를 쓰담쓰담이라고 표현하더군.”

뭔가 거창한 것을 말할 줄 알았는데 그게 아닌지라 약간 맥이 빠졌다.

“그러니까 지금 네 말은 쓰담쓰담을 해달라고?”

“…역시 너무 무리한 부탁이었나?”

“아니, 그런 게 아니라……”

무리한 게 아니고 너무 쉬운 부탁이어서 당황했을 뿐이다.

리나가 몸을 일으켰다. 리나의 긴 머리카락이 비단결처럼 흘러내렸다.

“나는 그대가 좋다. 그대의 어깨에 기대고 있는 것도 좋고 그대의 따뜻한 손도 좋다. 지금 들리는 그대의 심장 소리도 좋다. 그대의 모든 것이 좋다.”

현석은 역시 아무런 말도 못했다. 모르겠다. 리나는 분명 규형자이고 몬스터다. 그런데 방금 조금 동요했다. 그것도 몬스터 여자에게 말이다.

"그대의 숨결이 있는 그대의 어깨만이 나의 안식처이니. 언젠가 상상하고 싶지 않은 그 날이 온다 하더라도 나는 그대에게 미소를 보이리라."

목소리가 옅어졌다. 갑자기 사라졌다. 창문이 열려 있었다.

"리나?"

대답은 들려오지 않았다.

*　　　*　　　*

뭔가가 있다. 조금 더 적극적으로 그 뭔가에 대해 알아봐야 한다. 현석은 인상을 찡그렸다.

'균형자들도 문제인데 이쪽도 문제군.'

처음에는 그냥 우연의 일치인 줄 알았는데, '모종의 단체'가 있다는 것을 기정사실로 하여 염두에 두고 있어야 할 것 같다. 본격적인 적대 행위를 했다고 보기에는 어렵지만 어쨌든 분명 뭔가가 있긴 있다. 이제 그건 확신이었다. 그 어느 유니온, 그 어느 정부에서도 누가 경찰들을 죽였는지 파악하지 못했다. 리나의 말에 따르자면 '정신계 마법'으로 육체에 금제를 걸었다고 했다.

'정신계 마법……'

정신계 마법 같은 건 지금 세상엔 존재하지 않는다. 리나의 말이 거짓이 아니라면 누군가 정신계 마법을 사용하고 있다는 소리다. 퍼즐이 하나 더 맞춰졌다.

'차희선 역시… 정신계 마법에 당했던 건가?'

이 가능성 역시 열어둬야 했다. 지금 돌이켜 생각해 보면 뭔가 석연찮은 구석들이 있었으니까.

'병원 이벤트 때는 내 실드에 타격이 있었었지.'

그리고 병원 이벤트. 그때 분명 실드에 타격이 있었다.

'그런 세력이 있다 가정하면, 내 실드의 능력치를 파악하려고 했던 것일 수도 있어.'

그리고 이 가정이 정말로 사실이라면.

'그렇다면 이번엔 꽤나 치밀한 준비를 했었을 가능성도 있어. 리나가 도와주지 않았다면… 어쩌면 정말로 무슨 일이 일어났을지도 모르겠군.'

위험한 일이 벌어졌을 수도 있다. 그들은 이미 현석의 실드 능력치를 파악했었다. 또한 다른 곳도 아니고 무려 미국의 경찰들을 도륙했다. 이렇게 준비를 했을 정도면 자신의 이동 경로까지 파악하고 있었을 가능성이 높다.

'나를 정말로 어떻게 할 수 있을 거란 확신을 가지고 움직였을 가능성이 높아.'

그럴 수 있겠다는 생각이 들었다. 한국 유니온에도 정식적으로 보고를 넣었다.

'모종의 단체'가 있을 확률이 매우 높다고 판단했다.

—현석아, 네 경호 인력 더 추가할까?

"지금 상황에서 경호 인력 자체는 크게 도움이 안 될 것 같네요. 그리고 당분간은 괜찮을 거라 봅니다. 미국 정부까지도 건드린 상황에서 그들도 함부로 움직일 수는 없을 테니까요."

사실 그것도 그런데 지금은 리나가 옆에 있다. 이 말은 굳이 하지 않았다.

—그런데 미국 경찰들까지 죽일 정도라면… 그 함정이 꽤 치밀했겠네. 너를 잡을 수 있다는 확신이 있었으니까 이런 리스크를 짊어지고 도박을 감행했겠지.

정신계 마법을 믿는 것일 수도 있다. 생각해 보니 리나의 '유혹' 역시 일종의 정신계 마법이었다. 그렇다면.

'그렇다면 내 내성 스탯이… 정신계 마법에 저항할 수 있겠지?'

아마 그럴 것 같다. 리나 덕택에 내성 스탯도 200씩이나 증가했다. 리나급의 정신계 마법이 아니면 저항할 수 있을 거다. 일단 상황 파악은 이 정도로 끝내기로 했다. 성형이 물었다.

—그 균형자는… 아군인 거야?

"그럴 거라고 생각은 하지만 확실하지는 않아요. 저도 잘 모르겠어요."

모른다기보다는 혼란스러웠다. 아무리 아름답다고 해도 역시 몬스터는 몬스터니까. 아예 몬스터로 치부해 버리면 그만이지만, 그게 또 쉽지가 않았다. 마음이 이상했다.

어쨌든 인하 길드는 TS 길드원들을 데리고 PRE—하드 던전들을 클리어했다. 개중에는 이제 500스탯을 넘은 슬레이어들도 있었다.

아직 잔여 스탯을 올리지 않은 인하 길드보다 더 강한 힘을 갖게 된 거다. 물론 인하 길드원들이 잔여 스탯을 올리게 되면 또 확연히 격차가 벌어지겠지만 어쨌든 균형자들과는 어느 정도 싸울 수 있는 힘을 얻게 됐다고 볼 수 있겠다.

현석과 유니온이 세운 '대 균형자 계획'의 첫 번째 단계가 완료됐다. 이 정도 능력이면 이제 PRE—하드 급의 던전들을 클리어가 가능할 거다. 물론 명훈과 같은 엄청난 능력의 트랩퍼가 없으니 인하 길드와 함께 할 때보다 고생이야 하겠지만.

명실공히 미국 내 최강의 길드가 된 TS 길드원들이 현석에게 허리를 숙였다. 길드장 에디슨은 희열을 감추지 못했다.

마의 300스탯을 넘어 400. 그리고 500을 넘었다. 플래티넘 슬레이어가 없었다면 이건 불가능한 일이었다.

"이 은혜를 어떻게 갚아야 할지 모르겠습니다."

"아닙니다. 어차피 저희도 얻은 게 크니까요."

크지 않고 엄청 크다. 저들이 100 얻었으면 현석은 최소 400—1회성 효과이긴 하지만—얻는다. 그러나 속사정을 알 리 없는 에디슨은 감동했다.

'페널티 때문에 거의 90프로 정도 스탯이 손실된다고 들었는데… 생색조차 내지 않고 있어. 역시 플슬의 그릇은 정말 크다.'

현석이 말을 이었다.

"이제 에디슨 씨께서 하실 일은 균형자들의 습격 이벤트가 발발하기 전까지… 미국 내 슬레이어들의 수준을 끌어올리는 겁니다."

"물론이죠. 이미 구체적인 계획과 대상. 그리고 일정까지 모두 잡혀 있습니다. 미국에게 이런 기회를 주셔서 정말 감사합니다."

현석이 '쩔'을 해주고 '쩔'을 받은 그 길드가 또 다른 길드들을 '쩔' 해준다. 그리고 쩔을 받은 길드들은 쩔을 해준 길드에 보상의 일정 부분을 상납하는 형식의 시스템이 구축됐다.

종원이 말했다.

"야, 근데 이거 다단계 아니냐?"

명훈도 고개를 끄덕였다.

"다단계지. 현석이 꼭대기에 있고 그 아래로 전 세계 최상급 길드들이 있는 거고 그 아래 또 다른 길드들이 있고. 계속 새끼를 칠 테니까."

* * *

일본 내 스페셜 슬레이어를 제외하고 가장 강하다고 알려진 슬레이어 유우가 일본 유니온 이치고의 유니온장 야마모토를 찾았다.

"유니온장님. 저는 도무지 이해가 되지 않습니다."

"이해되지 않아도 방침을 따라주세요. 부탁드립니다."

일부러 '부탁'이라는 단어를 썼다. 유우에게는 이런 태도와 단어가 잘 먹히니까. 그렇지만 유우는 물러서지 않았다.

"일본 역시 저력이 있습니다. 발표를 하지 않아서 그렇지 PRE—하드 던전도 이미 클리어가 가능한 수준에 이르렀습니다. 그럼에도 불구하고 굳이 스페셜, 아니, 플래티넘 슬레이어에게 막대한 이득을 안겨다 주면서까지 그를 초빙한다는 건 동의할 수 없습니다."

"PRE—하드 던전을 클리어하는 데 피해가 얼마나 있었죠?"

"총 8명이 죽었습니다."

야마모토는 한숨을 쉬었다. 야마모토가 생각하기에 유우는 자기 신념이 정말 강한 사람이었다. 나쁘게 말하자면 융통성이 별로 없었고 외골수에 가까웠다.

그 성격을 탓하려고 하는 건 아니다. 그 성격 덕분에 지금 이 자리까지 왔다. 다른 건 신경도 안 쓰고 오로지 슬레잉에만 전념하면서 성장해왔으니까.

그래서 이런 정세에도 어두웠다. 야마모토가 말했다.

"혹시 미국 내 PRE-하드 던전 총 52개를 클리어하면서 나온 사망자 수가 몇이나 되는 지 아십니까?"

"한 번 클리어할 때마다 1명 정도는 죽었겠지요."

야마모토가 고개를 저었다.

"설마 그보다 많이 죽었습니까?"

야마모토가 또 고개를 저었다.

"그럼 도대체…?"

야마모토가 슬쩍 가볍게 웃고서 말했다.

"한 번에 1명이면, 총 50명 정도의 사망자가 발생했다고 생각하셨군요."

"예."

야마모토는 이마를 살짝 긁었다.

"곧 발표가 날 겁니다."

"발표요?"

"미국 내 PRE-하드 던전 52개를 클리어하면서 사망자 수가 단 한 명도 나오지 않았다는 발표요."

유우가 야마모토를 쳐다봤다. 야마모토를 쳐다보는 그의 눈빛에는 불신이 깊게 서려 있었다. PRE-하드 던전을 이미 겪어본

몸으로서 52개 던전을 클리어하는데 사망자가 단 한 명도 나오지 않았다는 건 말이 안 된다. 하다못해 몬스터 디지즈 때문에라도 누군가 죽어야 하는 게 상식상 맞다.

'조금만 관심을 갖고 하다못해 인터넷이라도 뒤져 봤으면 이미 알았을 텐데.'

공식적인 발표만 아직 안 났고 이미 이 사실은 널리 퍼져 있는 상태다. 공식적인 발표가 아니라서 믿지 않는 사람도 많았지만 오늘이나 내일쯤 공식적으로 발표가 날 거다.

야마모토가 말을 이었다.

"그리고 미국 내 52개의 던전을 클리어하는데 걸린 기간이 어느 정도인지 아십니까?"

인터넷 조금만 뒤져 봐도 알 수 있는 사실을 모르는 것으로 보아 아마 그 기간도 잘 모를 거다.

인터넷을 하거나 소문에 귀 기울일 시간 있었으면 슬레잉을 더하든지 운동을 했든지 했을 인간이다.

야마모토가 말했다.

"정확히 36일 걸렸습니다. 이동 시간과 휴식까지 모두 고려해서요."

유우는 아무 말도 못했다. 이건 애초에 말이 안 된다.

물론 비행기를 타고 날아다녔겠지만 그래도 미국 구석구석을 돌아다니는데 걸리는 시간만 해도 36일은 넘을 거라고, 유우는 생각했다. 던전들이 죄다 대도시에 있는 것도 아니고 말이다.

"지금 무슨 생각하는지 압니다. 최대한 빠르게 클리어할 수 있는 이동 거리가 가깝고 접근이 용이한 지역의 던전만 클리어한 게 맞긴 합니다. 그러나 그렇다고 해도 36일 동안 52개의 던전 클리어. 유우 씨는 가능하시겠습니까?"

"절대 불가능합니다."

유우의 무력을 떠나서 이건 절대 불가능한 일이다. 자신은 PRE—하드 던전을 하나 깨고 나오는데 20일이 넘게 걸렸다.

"이제 인정하시겠습니까? 인정하기 싫어도 스페셜, 아니, 플래티넘 슬레이어는 유우 씨보다 훨씬 더 강합니다. 압도적인 차이죠. 우리가 자존심을 굽히고 초빙해야 할 만큼."

유우가 입술을 살짝 깨물었다. 그러나 야마모토는 아랑곳 않고 말을 이었다.

"우리가 약해서 그런 겁니다."

"……"

유우가 유니온장의 집무실에서 나갔다. 야마모토가 입을 열었다.

"신페이, 괜히 너무 자극한 거 아닐까?"

"아닙니다. 유니온장님도 유우 씨의 성격이 워낙에 외골수이고 독선적인 걸 염려하지 않았습니까?"

"…그거야 그렇지만."

신페이의 조언을 따라 일부러 자극을 좀 했다. '스페셜 슬레이어가 유우 당신보다 훨씬 뛰어난 슬레이어다'라고 말이다.

"유우 씨는 직접 보지 않은 걸 잘 믿지 못하죠. 분명 미국에서 던전 숫자를 확대 발표했다고 생각하고 있을 겁니다."

"그럴 수도 있겠지."

"하지만 그 말을 달리하면, 직접 자기 눈으로 본 것은… 순순히 인정한다는 뜻이기도 합니다. 지금의 유우 씨에게는 자극이 필요합니다. 플래티넘 슬레이어를 직접 보게 되면 뭔가 변화가 있겠죠. 플래티넘 슬레이어는… 유우 씨에게도 까마득한 벽이니까요."

잠시 숨을 고른 뒤 말을 이었다.

"유우 씨는 그 벽을 보면 오르고 싶어 하는 사람입니다. 적어도 그 벽을 보며 좌절하는 사람은 아니죠."

*　　　*　　　*

일본 유니온의 2인자는 신페이라 할 수 있겠다. 유니온장인 야마모토 옆에서 야마모토의 두뇌 역할을 한다.

이번에 그 2인자가 직접 인하 길드를 마중 나왔다.

"반갑습니다. 귀하들을 안내할 신페이라고 합니다. 그리고 저희 측 유니온장이 직접 나오지 못한 것에 대해 사죄의 말씀을 드립니다."

현석과 악수를 나눴다.

"한국어를 굉장히 잘하시네요."

"네, 미국에 계신 동안 연습 좀 했죠."

"예?"

"농담입니다. 예전부터 공부를 했었습니다."

간단한 인사를 마쳤다. 신페이가 간곡히 부탁하여 일본 유니온에 들어섰다. 그리고 야마모토와 신페이로부터 놀라운 이야기를 들었다.

"폴리모프라고요?"

"예, 사용은 굉장히 제한적입니다. 제한 시간도 있고… 성별이나 신장을 바꾸는 건 무리입니다. 기껏해야 생김새를 조금 바꾸는 것 정도죠."

일본 내에서 스페셜 슬레이어로 활동해 달라는 부탁을 받았다. 이건 한국 유니온과도 얘기가 된 거다. 물론 이 조항 때문에 5퍼센트의 추가 인센티브가 붙었다. 미국은 하위 슬레이어들로부터 5퍼센트가량 이득을 떼어 받는다. 일본은 10퍼센트였다.

레드스톤 하나가 900억에 거래되고 있다. 그중 10퍼센트면 90억이다.

1퍼센트 차이가 9억 원의 차이를 만든다. 1이냐 2냐 숫자 하나로 그 액수가 엄청나게 차이 나게 된다.

현재 일본 내 슬레이어의 숫자는 약 8만 명 정도로 추산된다.

일차적인 계획상으로는, 약 3만 명 정도가 현석의 '쩔 혜택'을 받게 된다고 가정해 보자. 3만 명이 월 100만 원을 벌면 그중 10만 원은 현석의 돈이 된다는 뜻이다.

정말 적게 잡은 평균으로 10만 원이라고 해도 3만 명이면 30억 원이 굴러 들어온다.

그런데 이게 100만 원이 아니라 1,000만 원, 혹은 1억 원—하드 모드에 접어들면서 그린스톤의 시세가 많이 떨어졌다. 이제 1억 원 선에 거래된다—이 되며 30억이 아니라 300억 3,000억으로 뻥튀기되는 건 한순간이다.

어쨌든 중요한 건 이런 수치적인 돈 얘기가 아니라 바로 '폴리모프'에 있었다. 스페셜 슬레이어로 활동하려면 당연히 인하 길드의 이름은 숨겨야 한다. 그러려면 플래티넘 슬레이어와 인하 길드원들의 생김새를 바꿔야만 했다.

현석은 생각에 잠겼다.

'정신계 마법까지 등장했는데 이젠 폴리모프까지. 일본 유니온 측에서만 이 사실을 알고 있었고. 여태까지 극비였겠군.'

이건 생각보다 꽤 심각한 문제다. 폴리모프는 증거가 남지 않는다. 어떤 범죄에 악용될 가능성도 농후하다.

정신계 마법에 걸리면 자기가 무슨 짓을 하는지도 모르고 범죄를 저지를 수 있고, 폴리모프 마법이면 CCTV와 같은 증거 자료들도 무색하게 만들 수 있다.

'각 유니온이 저마다의 비밀을 하나씩만 갖고 있다고 해도.'

현석이 플래티넘 슬레이어인 건 맞다. 그러나 그렇다고 해서 세상의 모든 걸 다 아는 건 아니다. 싸움을 조금(?) 잘하는 슬레이어일 뿐이다. 주인님, 주인님, 주인님, 주인님. 목소리가 들려왔다. 깊은 생각에 빠져들어 있던 현석이 고개를 번쩍 들었다.

"활이니?"

—네, 주인님 무슨 생각을 그렇게 깊게 하시어요? 활이가 천 번은 부른 것 같아요.

"아, 미안. 생각할 게 좀 있어서."

—그 유우라는 원숭이. 마음에 안 들어요.

"그랬어?"

일본 유니온은 일본 유니온에서 선별한 인원 30명을 이번 파티에 포함시켰다. '플슬 다단계 작전'의 바로 아래 그룹이 될 파티. 유우가 포함된 길드였으며 길드의 이름은 '쿠로시온'이었다.

—주인님을 딱 노려보는 게 냄새가 났어요! 그 새끼를 콱 그냥 죽여…응? 제가 뭐라고 그랬죠?

"죽여 버린다고 한 것 같은데?"

활이 크게 불타올랐다.

—저는 3,400살이어요! 험한 말 같은 건 하지 않는 점잖은 활이랍니다.

"얼마 전에는 3,800살이라며?"

활이 더 부풀어 올랐다. 더 빨개졌다. 한참이나 그러고 있다가 겨우 변명을 토했다.

—화, 활이가 3,800살이었다니! 노, 놀랍군요! 정말 놀라운 사실이어요!

*　　　*　　　*

플래티넘 슬레이어가 휴식기에 들어갔다. 미국에서 엄청난 성과를 올린 살신성인의 성인군자 플래티넘 슬레이어를 칭송하는 열기가 전 세계를 휩쓸었다.

나쁜 건 다 빼고 좋은 것만 홍보했다. 한국 유니온에서 그렇게 했고 그 외 밉보이기 싫은 다른 유니온들은 이를 묵인했다.

일부 사람들이야 이 다단계식 수익 구조에 대해 짚기는 했지만 대중들은 열광했다.

"어차피 플래티넘 슬레이어 덕분에 쩔받았으면 그만큼 수익이 더 커지는 거 아니야?"

"그렇지. 원래 백만 원 벌 거 천만 원 버는 대신 백만 원 떼주는 건데 뭐. 이런 걸로 뭐라 하는 사람들은 똑똑한 척하는 병신들이지."

사실관계야 어찌 됐든 대중들은 플래티넘 슬레이어의 이번 행보에 대해 열광했다. 그런데 휴식기에 접어든다는 소식이 있자 온갖 소문과 억측들이 쏟아졌다.

"플래티넘 슬레이어가 너무 강행군을 한 탓에 힘이 다 소진됐다던데."

"플래티넘 슬레이어가 사실은 며칠 동안 힘을 쓰면 또 며칠 동안은 일반인으로 돌아오고 그런다나 봐. 그런 페널티가 있으니 함부로 얼굴을 노출 안 하는 거고."

"생각해 보니… 1차 평화기 끝나고 나서도 그랬고, 블리자드전에도 그랬잖아? 그러고 보니 휴식기가 있고 그 다음에 나서곤 했었어."

상황이 그렇다 보니 사람들은 또 오해했다.

"이번에 미국 슬레잉에서 힘을 엄청 많이 쓴 모양이야. 그래서 제법 오래 쉬어야 할 것 같다던데."

그런 게 아니다. 현석은 규격 초과로 인해 페널티를 받고 또 올 스탯 슬레이어의 특수 스킬에도 페널티를 받지만 적어도 얼마간 힘을 쓰면 약골이 되는 페널티 따윈 없다.

현석은 지금 일본에서 클리어 계획 중에 있다. 하종원이 스마트폰의 화면을 들여다보면서 키득키득 웃었다.

"슈퍼 히어로설, 맨손 궁극기설에 이어 이젠 조루설이냐? 한 번 싸면 3일은 쉬어야 되는?"

명훈도 같이 웃었다.

"미국애들은 이거 보면서 얼마나 어이없을까?"

"그렇지. 힘을 많이 써? 누가? 쟤가? 저 괴물이? 뭐? 무리를 했다고?"

현석은 그다지 힘을 많이 안 썼다. 오히려 힘을 많이 쓴 건 화염계 메이지—통로에 나타나는 그린 등급의 최하급 몬스터들을 처치하느라—와 트랩퍼인 명훈이 힘을 많이 썼다.

"쟤는 그냥 대충 가서 대충 쳤잖아."

"턱, 푹, 끝이었지."

머쓱해진 현석이 변명했다.

"야, 그래도 키클롭스는 열심히 때렸다."

그래도 제법 열심히 쳤다. 무려 세 대나 쳤으니까 말이다.

*　　　　　*　　　　　*

일본의 PRE—하드 던전에 입성했다.

유우는 움찔했다. 유우는 이미 자력으로 PRE—하드 던전을 클리어한 경험이 있다. 그는 이번에 이상한 알림음을 들었다. 회복 구간과 안전 구간이 철폐된다는 말도 안 되는 알림이었다.

유우가 말했다.

"저희에게도 매뉴얼이 있습니다. 저번 공략을 토대로 만든 매뉴얼인데, 회복 구간은 몰라도 안전 구간이 없으면 너무 위험하지 않겠습니까?"

유우는 처음부터 플래티넘 슬레이어 일행을 탐탁지 않게 생각했다. 현석이 밉다기보다는 현석에게 일본의 던전들을 내주는 이 행태가 싫다고 보는 게 더 가까웠다. 그리고 그는 최상위 급의 슬레이어답게 현재 몬스터 혹은 던전들의 난이도를 정확하게 파악하고 있었다. 그래서 확신할 수 있었다.

'플래티넘 슬레이어의 능력은 어느 정도 과장이 되었을 수밖에 없어.'

세상은 영웅을 원한다. 정치인들은 그 영웅을 만들어내는 걸 좋아한다. 이번에는 그게 플래티넘 슬레이어였을 뿐이다. 유우는 그렇게 생각했다. 강한 호승심이 들었다. 플래티넘 슬레이어가 강한 건 인정하지만, 자신도 그에 못지 않다고 생각했다.

'일본의 던전들을 내주는 걸 언젠가는 후회하게 될 날이 올 거다.'

PRE—하드 던전에 입성했다. 이상한 알림음을 들었다. 안전 구간과 회복 구간이 철폐된단다. 이런 알림음은 처음 들어본다.

유우가 말했다.

"저희에게도 매뉴얼이 있습니다. 저번 공략을 토대로 만든 매뉴얼인데, 회복 구간은 몰라도 안전 구간이 없으면 너무 위험하지 않겠습니까?"

현석이 별거 아니라는 듯 대답했다.

"괜찮습니다. 여태까지 제가 클리어했던 PRE—하드 던전들 역시 안전 구간이 없었습니다."

정말로 별거 아니라서 별거 아니라고 했다. 이미 수십 차례 PRE—하드 던전을 경험한 바 있는 인하 길드이고 트랩퍼다. 맨 처음 PRE—하드 던전의 난이도는 정말 높게 느껴졌었는데—길 찾기가 어려워서—지금은 그렇지 않았다.

인하 길드가 앞장섰다.

유우가 속한 '쿠로시온' 길드의 슬레이어들은 쑥덕거렸다.

"유우 씨, 여기 정말 PRE—하드 맞습니까?"

"……."

"원래대로라면 여기저기 함정이 설치되어 있을 것이 분명한데……."

"분명 이상합니다. 너무 조용하네요. 뭔가 함정에 빠진 게 아닐까요?"

함정에 빠진 게 아니며 이상하지도 않다. 이게 다 현석에게 쩔을 받은 트랩퍼 명훈의 능력이다.

가장 안전하고 편하며 쉬운 길로 길드원들을 안내하고 있다. 그리고 함정이 있으면 명훈이 먼저 분쇄해 버려서 그렇다.

그런데 저만치 앞에 있는, 비록 근딜이나 디펜더처럼 보이지만 실상은 메이지라는 남자가 뭐라고 말하는 게 들렸다. 그러자 트랩퍼의 몸놀림이 더 빨라졌다. 슬레이어들이 통역을 맡은 슬레이어에게 물었다.

"도대체 뭐라고 한 거예요?"

"일부러 천천히 하는 거 티 난다고 빨리빨리 좀 하라고 하던데요."

통역을 전해 들은 슬레이어들은 어이가 없었다. 이미 불가사의한 속도로 전진 중인데 이것도 느리단다. 말도 안 되는 소리다. 욱현이 또 말했다.

"길장님이랑 민서랑 평화가 M/P 차징 써주잖아! 왜 자꾸 그렇게 찔끔찔끔 하는 거야?"

"그래도 M/P 고갈된 다음에 다시 채우면 무력감… 이 아니고 넵, 형. 열심히 찾을게요."

명훈은 눈물을 머금고 분발했다. 그렇게 4번째 룸까지 쉽게 깼다. 여기까지 걸린 시간이 불과 4시간. 원래대로라면 40시간이 걸려도 안 되는 일인데 4시간밖에 안 걸렸다.

유우는 현석의 뒤통수를 쳐다봤다. 처음엔 호승심이 들끓었는데 지금은 아니었다. 뭐랄까 약간 주눅이 들었다. 그리고 주눅 들어 있는 자신을 발견했을 때, 스스로 화들짝 놀랐다.

'아니, 우리도 충분히 저만큼 강해질 수 있다. 우리도 할 수 있어.'

애써 기운을 차렸다. 5번째 룸. 명훈이 광역 탐색을 펼쳤다.

"아마 싸이클롭스라 짐작되는 개체가 8마리 정도 되는데 어떻게 할까?"

그때, 유우가 나섰다.

"우리에게 이럴 때를 대비한 매뉴얼이 있습니다. 싸이클롭스가 8마리라면 플래티넘 슬레이어께선 괜찮겠지만 다른 이들에겐 아니죠. 특히 헬퍼와 힐러에겐 아주 위험한 개체입니다."

현석이 말했다.

"괜찮아요. 모든 책임은 제가 집니다. 한자리에 불러 모으겠습니다."

"인하 길드장님! 이건 사람의 목숨이 걸린 일입니다. 한자리에 불러 모으다니요!"

미국 때와 비슷한 일이 벌어졌다.

아무래도 사람들이 생각하는 게 다 거기서 거기인 듯했다. 현석은 설명하기 귀찮았다. 깍듯하고 친절하게 설명하려고 한다면 할 수야 있겠지만 별로 그러고 싶지가 않다.

처음부터 딱딱하게 얼굴 굳히고 다가온 상대인데 잘해주고 싶은 마음이 있으면 그게 더 이상하다.

현석의 성격이 조금만 더 모났으면 아마 쿠로시온 말고 다른 길드 데려오라고 유니온장에게 말했을 지도 모를 일이다.

현석은 저도 모르게 인상을 살짝 찡그렸다. 사실 현석은 누군가에게 대놓고 갑질을 하는 건 별로 좋아하지 않는다. 최대한 유들유들하게 넘어가려고 하는 편이다.

그런데 오늘은 조금 기분 나빴다.

"매뉴얼은 초보자한테나 필요한 거라고 전해주세요."

*　　　*　　　*

일본에는 총 33개의 PRE—하드 던전이 있었고 현석 일행은 이 33개를 불과 13일 만에 클리어해 버리는 기염을 토했다.

〈스페셜 슬레이어, 엄청난 위업 달성!〉

〈33개의 PRE—하드 던전을 13일 만에 클리어.〉

〈플래티넘 슬레이어보다 빠른 속도로 기록을 경신하다!〉

일본은 축제 분위기에 휩싸였다. 이 속도면 지금 휴식기에 들어가 있는 플래티넘 슬레이어보다도 훨씬 빠른 속도 아닌가.

미국 유니온장 에디는 따뜻한 아메리카노를 한 모금 입에 머금었다.

"윽! 뜨거!"

다 쏟을 뻔했다. 크리스는 그런 사정 따윈 봐주지 않고 공적인 보고를 계속했다.

"일본에서 스페셜 슬레이어가 큰 성과를 거뒀습니다."

"역시 플래티넘 슬레이어겠지?"

"예. 어차피 티가 나는 행동인데도 불구하고 이런 식으로 일을 진행했다는 건……."

"들켜도 상관없다는 계산이겠지."

"그렇습니다. 사이가 상당히 돈독한 유우를 비롯한 쿠로시온 길드가 33개의 던전 클리어를 통해 비약적으로 강해졌고 이제 이치고 유니온은 독보적인 입지를 굳혔습니다."

"우리가 이 카드를 이용할 수 있을까?"

"딱히 이용할 거리가 없습니다. 아직은요."

에디가 의자에 앉은 채 크리스를 올려다봤다.

"크리스, 아니, 친구야."

"예."

"근데 나 뜨거운 커피 쏟았는데 걱정도 안 해주냐? 치사하게."

크리스는 주위를 둘러봤다. 아무도 없었다. 친구에게 본심을 말했다.

"아깝다. 목구멍을 다 태웠어야 했는데."

* * *

하루 전.

은영은 침대에서 벌떡 일어났다. 그녀는 아직도 이렇게 급격하게 강해진 게 믿어지지가 않았다. 한국 내 던전들을 클리어했다.

그녀는 노멀 모드 슬레이어였는데 지금은 PRE—하드 슬레이어가 됐다. 어쨌든 PRE—하드 던전을 클리어할 때는 노멀 모드였고 덕분에 한국 내 14개의 PRE—하드 던전들을 클리어하면서 추가 보상까지도 얻었다.

스탯 300만 되어도 최상위 급 소리를 듣는 세계인데 스탯을 200개 가까이 따냈다. 믿어지지가 않았다.

물론 그에 따른 컨트롤이나 상황 판단 같은 능력은 뒤떨어지지만 그건 경험이 해결해줄 문제였다.

'나쁜 자식.'

그런데 은영은 좀 화가 났다. 다른 걸로 화가 난 게 아니다.

'한국에 들어왔다며? 휴식기라며? 그럼 적어도 문자 한 통 정도는 해줄 수 있잖아? 여자가 자존심 그렇게 구겨가면서 고백했는데! 내가 맨날 선톡 했는데!'

슬레잉 기간 동안은 이해할 수 있다. 그런데 휴식기랍시고 한국에 들어왔다는데도 연락 한 통 없는 건 좀 서운했다.

휴식기에 들어갔다는 것도 이해했다. 그러고 나서 2주가 지났다. 자존심 챙긴다고 2주 동안 참아봤다.

'맨날 나만 선톡하잖아. 이건 문제가 있는 거야. 2주만 참아보는 거야.'

10년도 참았는데 2주도 못 참을까. 그사이에도 핸드폰을 수백, 수천 번 들었다 놨다. 그런데 2주 동안도 연락이 없었다.

2주가 지나고 그녀는 주먹을 꽉 말아 쥐었다.

'흥. 연락 없으면 내가 하면 되지.'

그런데 연락이 안 됐다. 이때 현석은 일본 내 던전 클리어를 마치고 한국으로 돌아오는 비행기 안에 있었다. 처음에는 화가 났는데 찬찬히 생각해 보니 마음이 바뀌었다.

'그럼 찾아가면 되지! 내가 뭐 언제부터 자존심 챙겼다고! 좋아하는데 그런 게 어디 있어?'

인하 길드 하우스로 찾아갔다.

*　　　*　　　*

현석은 한국에 들어왔다. 일본에서 근 2주 동안 강행군을 펼치다 보니 체력과는 별개로 좀 피곤했다. 며칠 정도만 쉬고 나서 다음 행선지인 중국으로 향하기로 했다. 장위평과는 이미 얘기가 됐다. 그런데 성형이 사진 하나를 건넸다.

"현석아, 그런데 이 여자 알아?"

사진 속에는 낯익은 얼굴이 보였다.

"여긴?"

"그래. 원래 쓰던 인하 길드 하우스야. 여기에 들어가는 게 찍혔어."

예전 습격(?) 사건 이후로 인하 길드는 그 건물을 안 쓴다. 혹시 모를 위험 때문에 매각도 안했다. 그냥 빈집이다.

다만 유니온에서 센서와 CCTV 등을 달아 혹시 균형자가 나타날 것을 감시했다.

현석의 목소리가 조금이지만 높아졌다.

"얘가 여길 왜 들어가요?"

"그건 우리도 몰라. 중요한 건 들어간 지 4시간이 넘게 지났어."

"수색은요?"

"……."

현석이 버럭 소리를 질렀다.

"왜 아무 말도 없어요!"

몇 초 정도 시간이 지난 다음 현석이 사과했다.

"아… 죄송해요. 형 잘못은 아니죠."

잘못이 있다면 현석에게 있었다. 은영이 찾아온 이유는 뻔했다. 아마 화가 났을 거다. 휴식기라고 알고 있을 테니까.

성형이 말을 이었다.

"얼마 전에 건물 내부에 센서를 좀 달아놨어. 혹시 균형자가 들어올 수도 있으니까."

"그래서요?"

"그 여자가 들어가는 것까진 감지됐어. 그런데 몇 시간 뒤 반응이 없어졌어."

반응이 없어졌다는 건 몇 가지로 해석될 수 있다. 기본적으로 유니온에서 설치한 센서는 열 감지 센서와 모션 감지 센서다.

다시 말해 체온이 측정 범위를 벗어나거나 움직임이 없으면 감지가 안 된다.

시체가 되었거나 그도 아니면 다른 곳으로 이동했거나. 그도 아니면 열 감지 센서가 작동하지 않는 사각 지역에서 움직이지 못하고 있는 어떤 상황에 처했거나.

"제기랄!"

현석은 현석답지 않게 흥분했다.

현석의 모습이 사라졌다. 현석이 달리기 시작했다. 통합 필드를 펼친 상태로 속도를 최대한 끌어올려 옥상 위를 뛰었다.

'제발 아무 일도 없어라.'

아무 일도 없을 거다. 분명 그럴 거다. 균형자들 간에 긴밀한 의사소통 체계가 없다는 건 이미 확인했다. 그들은 인간들을 일컬어 '미물'이라고 하지만 인간만큼 똑똑하지는 않았다.

인하 길드원들이 길드 하우스를 비웠다는 것도 제대로 파악하지 못했을 거다.

'젠장!'

CCTV 영상은 끔찍했다. 인하 길드원들이 자리를 비운 뒤, 길드 하우스에는 그 누구도 출입하지 않았다. 분명히 그랬었다.

그렇다면 초인종을 눌러도 아무런 반응이 없었어야 했다.

그런데 은영이 초인종을 누르자 출입문이 열렸다.

누군가, 센서에 감지되지 않는 무엇인가가 대문을 열어줬다는 소리다. 들어오는 것도 잡힌 적이 없고 그 안에서도 감지되지 않았다. 그렇다는 말은 균형자일 확률이 매우 높았다.

그래서 성형도 수색대를 보내지 못했다.

4시간 정도 있으면 돌아올 현석을 기다렸다.

'제발… 제발 아무 일도 없어라. 제발…!'

현석이 도약할 때마다, 서울의 밤거리가 빠르게 뒤로 밀려났다.

CHAPTER 3

11명의 균형자가 모였다. 로브를 뒤집어쓴 남자 하나가 입을 열었다.

"초대장을 보냈습니다."

"새벽을 베는 자여. 그게 도대체 무슨 뜻이지?"

"그 뜻 그대로입니다."

"그럴 리가 없음이다."

"그럴 리가 없지만 그 일이 일어났습니다."

"여왕은 그 날, 모든 자 위에 설 수 있다. 목숨이 두 개가 아닌 이상 절대로 그녀에게서 살아남을 수 없다. 설령 우리보다 상위의 그 무언가가 있다하더라도 그건 절대 불가한 일이다."

"그렇다면 목숨이 두 개였겠지요. 실제로 목숨이 두 개인 놈도 존재하지 않습니까."

"그래도 불가한 일이다. 그 날은, 상대가 지닌 바 힘을 모두 소진해야만 끝이 난다. 이건 절대 법칙이다. 그녀는 그렇게 태어난 존재다. 없던 힘이 갑자기 솟아날 수 있다고 생각하는가?"

"어쨌든 저는 초대장을 보냈습니다."

모두가 침묵에 휩싸였다. 새벽을 베는 자라 불린 남자가 말했다.

"리나 J. 알리세인 퓨리티어께서 그를 찾아가지 않았을 수도 있겠지요."

그제야 남자가 고개를 끄덕였다.

"확실히 그럴 수도 있겠군."

*　　　　　*　　　　　*

현석은 정신없이 달렸다. 인하 길드 하우스 앞.

"내게는 타 왕의 행동과 명령에 간섭할 권리가 없음이니."

여기까지 달려오면서 리나를 불렀다.

리나는 정말로 현석 곁을 맴돌고 있기라도 한 듯 현석이 리나의 풀네임을 부르자마자 모습을 나타냈고 여기까지 같이 달렸다.

"타 왕이라는 게 뭐야?"

"대답할 수 없다. 나는 그대에게 나의 모든 것을 바치고 싶지만, 대답할 수 없도록 태어났다."

여기까지 달려오면서 그나마 머리를 식혔다. 이 상황에서 흥분해 봐야 답은 나오지 않으니까.

"하지만 이 안에 그대를 위협할 무언가는 느껴지지 않는다."

그걸로 답이 됐다. 리나의 능력이야 이미 알고 있다.

어처구니없는 퀘스트 때문인 건지 아니면 어떤 다른 이유가 있는 건지는 몰라도 현석에게 슬레잉되기는 했으나 어쨌든 능력 자체는 현석보다 훨씬 뛰어났다.

은영의 흔적을 찾아 집 안을 뒤적거리던 현석은 쪽지를 하나 발견했다.

그때, 활의 몸집이 조금 커졌다.

—주인님! 주인님! 주인님! 정보가 갱신됐어요!

활의 외형에도 약간의 변화가 생겼다. 작은 불덩어리 였는데—흥분하면 3미터까지 커지지만—지금은 작은 인형 같은 모습이 됐다. 굳이 표현하자면 불의 정령 같은 느낌이었다.

—퀘스트의 순번이 뒤바뀌었어요. 이건 초대장이어요!

그동안 '안내자'의 역할을 제대로 이행하지 못하고 있다며 자책하던 활의 목소리가 많이 밝아졌다.

"퀘스트의 순번이 바뀌었다고?"

그와 동시에 알림음이 들려왔다.

[초대장을 발견했습니다.]

[어두운 지도. 등급 업 조건 클리어.]

[지성 스탯을 확인합니다. 지성 스탯: 558.]

[하드 모드 규격 초과 판정 불가.]

[스탯이 지나치게 낮습니다.]

약 몇 초 뒤, 알림이 이어졌다.

[칭호 효과를 적용합니다. +460.]

[지성 스탯을 확인합니다. 1,018.]

[하드 모드 규격 초과 성립.]

[하드 모드를 초과하는 스탯으로 인해 '어두운 지도' 활성화가 인정됩니다.]

하드 모드로 강제 진입하게 되는 건 스탯 600이 최소치였다.

현석의 기본 지성 스탯은 558. 기본 스탯이 그 정도이고 칭호 효과를 더하면 무려 1,000이 넘는 포인트를 갖게 된다.

[Next Quest, 섬멸. 발동 조건 충족.]

활이 흥분했다.

—섬멸 퀘스트는 습격 퀘스트 이후에 등장하는 퀘스트인데 주인님 때문에 순서가 뒤바뀐 것 같아요. 활이는 그렇게 판단을 내리고야 만 것이어요! 대단한 활이어요!

[퀘스트, 섬멸. 부분 발동합니다.]

[하더(Harder) 규격의 퀘스트이므로 퀘스트창이 활성화되지 않습니다.]

뭔가 하나를 더 알아냈다. 하드 모드가 끝이 아니라는 건 짐작하고 있었다. 그러나 하드 모드 이후에 뭐가 있는지는 몰랐다.

그런데 하더라는 모드가 있단다. 그리고 이 섬멸 퀘스트는 하더 규격의 퀘스트고.

'하더라니.'

하드 규격의 퀘스트인 습격마저도 슬레이어들의 수준을 고려하여 2년의 유예기간이 주어졌다. 그런데 그보다 더한 퀘스트가 나타났다.

하드 모드에 들어서면서 몬스터의 난이도가 굉장히 다양해졌다. 원래 모드별 몬스터 혹은 등급별 몬스터들은 그 힘의 차이가 그렇게 크지는 않았다.

그러나 하드 모드는 아니다. 싸이클롭스도 하드 모드 규격이고 균형자도 하드 모드 규격의 몬스터인데 그 힘의 차이는 엄청났다.

하드 모드 내에서도 그만큼의 격차가 있다. 그런데 그보다 상위 모드의 규격이라면.

'내 스탯이 하드 모드 초과. 하지만 하더에 강제 진입할 정도는 아냐. 그렇다면 현재 내 능력은 하드는 확실히 넘지만 하더를 넘지는 못하겠지.'

머리로는 끊임없이 뭔가를 계산해야만 할 것 같았다. 하지만 그러지 못했다.

"그대여, 이성을 되찾으라. 그들이 본거지를 밝혔음이니. 그들이 그대가 찾는 암컷, 아니, 여성에게 해를 끼칠 염려는 없음이다."

"……."

리나의 말을 들어보면, 이 균형자들에게는 나름대로의 룰이 있으며 어떤 경우는 강제성을 갖는 것 같기도 했다.

그녀가 가끔 '그렇게 태어났다'라고 말하는 것들이 있다.

가령, 균형자에 대한 구체적인 정보를 물었을 때, '그런 것을 대답하지 못하도록 태어난 존재다'라고 대답했었다.

"리나, 은영이… 정말로 무사한 거 맞아?"

"적어도 목숨은 보장할 수 있을 것이다."

"……."

주먹을 불끈 쥐었다. 사실 안 가도 된다. 여자 하나 때문에 위험할지도 모르는 곳에 들어간다? 이건 평소 현석의 지론과는 완전히 반대되는 짓이다.

머리는 가지 말라고 외치고 있는데 그런 이성의 목소리 따윈 무시하고 싶었다. 과거라면 상상도 못했을 일이다.

"그대는 이미 마음의 결정을 내린 것 같군."

리나가 현석을 손을 잡고 자신의 가슴 부근에 가져다댔다.

"나는 타 왕의 행사에 간섭할 권리는 가지고 있지 못하다. 그러고 싶어도 그럴 수 없다. 내게 권한이 부여되지 않았다. 하지만……."

리나는 현석과 눈을 마주쳤다. 한동안 현석의 눈을 쳐다보기만 했다.

"타 왕이 나의 부군을 노린다면 막을 것이다. 그대가 나보다 먼저 생명을 잃는 일은 없을 것이다. 나, 리나 J. 알리세인 퓨리티어의 이름으로 약조하겠다.

작은 인형의 형태를 갖게 된 활이 현석의 어깨에 앉았다.

—활이가 주인님 지켜줄게요!

[최초의 규격 외 퀘스트 성립 조건을 충족했습니다.]
[하더 규격 퀘스트 최초 진입. 결코 불가능한 업적으로 인정됩니다.]

일상적으로 주어지는 보너스 스탯 30이 주어졌다. 그런데 거기서 끝이 아니었다.

[규격 외 퀘스트 성립 조건 달성으로 인한 보너스 보상이 주어집니다.]
[보상을 판정합니다.]

새로운 보상이 생겼다.

[비전투 스탯, 친화력이 추가되었습니다.]

그러나 보상이나 알림음 같은 건 현석의 머릿속에 들어오지 않았다.
그 스스로도 자각하지 못할 만큼 그는 정말로 마음이 급했다.

* * *

예전에 PRE-하드 모드일 때, 블리자드가 나타났던 적이 있다. 블리자드는 세계에 최초로 나타난 자연계 몬스터였다.
그리고 그 이후에 그 자연계 몬스터를 타격할 수 있는 자연계 슬레이어들이 나타나 블리자드를 공격했었다.

현석의 경우는 블리자드보다 상위 모드의 슬레이어였기 때문에 공격이 가능했었지만 말이다.

"그러니까 지도를 활성화시켰고 섬멸 퀘스트가 발동되면서 그 본거지를 찾을 수 있다는 거지?"

—네, 어두운 지도가 활성화됐어요. 주인님과 같은 파티에 속해 있다면 볼 수 있어요.

하지만 인하 길드원들을 데려갈 수는 없다. 어차피 데려가 봐야 별로 도움도 안 될 거다.

세계 최고의 길드라고는 하지만 현석에 비하면 아직 멀었다. 강한 개체를 상대할 때는 지켜줘야 할 사람이 없는 게 낫다.

—어두운 지도에 따르면 음… 뭐였지? 뭐였더라.

활은 작은 손가락으로 자신의 머리를 톡톡 두드리다가 이내 오른 주먹으로 왼 손바닥을 탁! 쳤다.

—경상남도! 그래요! 경상남도예요! 우왓! 어려운 단어를 떠올렸어!

람보르기니 베네노가 남쪽을 향해 달렸다. 옆자리엔 아무도 타고 있지 않았다. 적어도 눈으로 보기엔 그랬다. 활의 몸집이 갑자기 커졌다.

—악! 뭐야! 어, 언니 언제부터 여기 있었어요!

리나는 옆을 쳐다봤다. 현석도 찔끔 놀란 것 같기는 했지만 딱히 내색을 하지는 않고 있었다.

"그대여, 질문을 하나만 해도 되겠는가."

"……."

현석이 고개를 가볍게 끄덕거렸다. 리나가 물었다.

"그 날이 왔을 때 내게 그대의 어깨를 빌려주겠다는 약속… 지켜줄 수 있겠는가?"

"그날?"

또 말을 할 수 없도록 태어났다고 했다. 그날이 뭔지 모르겠다. 그래도 알겠다고 말했다. 겨우 알겠다고 대답했을 뿐인데 리나는 정말로 행복한 듯 웃었다.

그때, 활이 말했다.

—주인님, 다 왔어요!

어두운 지도가 가리키고 있는 곳은 거창한 곳이 아니었다. 고속도로 중간이었다. 아마 던전과 같은 형태의 무언가일 거라고 막연히 짐작 중이다.

입구만 이곳에 있고 들어가 보면 전혀 다른 세상이 펼쳐질 거다. 전파도 터지지 않는 이상한 곳. 이름하여 '던전'이란 부르는 곳 말이다.

[미개척 지역, 당왕성. 진입하시겠습니까? Y/N]

*　　　　*　　　　*

[미개척 지역을 최초로 발견하였습니다.]

주위는 어두웠다. 어두운가 싶었는데 이내 밝아졌다. 말라비틀어진 시커먼 고목들이 보였다. 바람이 제법 찼다.

까마귀가 울어대는데 밟고 있는 땅의 색깔은 진한 자주색이었다.

고목들 사이로 난 오솔길 저만치 끝에는 커다란 성이 하나가 보였는데 중세 유럽식의 뾰족한 첨탑을 가진 거대한 성이었다.

[위대한 업적이 부과됩니다.]

[위대한 업적 달성으로 인한 특혜가 주어집니다.]

그리고 시간이 조금 흘렀다.

[아이템 상점 랭크가 상승합니다.]

[최상위 아이템 상점 오픈이 가능합니다.]

[스페셜 등급 스토어에서 최상위 등급 스토어로 상향 조정됩니다.]

미개척지를 최초로 발견했고 거기에 '위대한 업적'이란 업적이 부과됐다. 처음 보는 업적이다. 보너스 스탯이나 다른 게 주어진 게 아니라 아이템 상점 랭크가 상승했단다.

예전 최상위를 거부당하고 스페셜을 받았었다. 그런데 이젠 최상위 등급의 스토어를 열 수 있게 됐다. 그러나 여기서 확인할 수는 없는 노릇이다.

그때 발자국 소리가 들려왔다.

"그대가 플래티넘 슬레이어라는 인간인가?"

현석은 인상을 살짝 찡그렸다. '그대가 플래티넘 슬레이어인가?' 이 질문을 도대체 몇 번 받는 건지 모르겠다.

이들은 인간의 형태를 가지고 있고 일종의 조직 체계를 갖춘 건 틀림없으나 인간만큼의 지성은 없는 듯했다.

그런 지성이 있었다면 사진은 아니어도 하다못해 그림이라도 그려서 인상착의 파악 정도는 할 수 있었을 테니까. 역시 몬스터는 몬스터였다.

"왕의 명령을 받아 너를 데리러 왔다."

"……."

쪽지의 내용은 사실이었다. 습격 퀘스트보다 이후에 있었어야 할 섬멸 퀘스트가 지금 진행 중이다.

"은영이는?"

"그 암컷이라면 살아 있다."

"살아 있다고?"

"나 같은 말단은 잘 모르는 일이야. 살아 있다는 것 정도만 알고 있다."

남자 균형자의 눈이 황금색으로 빛났다.

"그런데 그대는 왕명을 받아 입성하는 미물치고 제법 고개가 빳빳하구나."

"……."

그때 리나가 앞으로 나섰다.

"손님을 초대 했으면 그에 걸맞은 대우를 해야 하는 것이 예의다. 건방지구나."

활이 옆에서 응원했다.

—맞아! 건방져! 주인님이 여기까지 왔는데! 이 씨팔…응? 주,

주인님! 못 들었죠?

하지만 균형자가 무서운 건지 현석 뒤로 숨었다. 리나가 말을 이었다.

"프리온은 손님 대접을 이따위로 하나?"

"네년 따위가 감히 입에 올릴 존명이 아니시다!"

쿵! 소리가 났다. 리나가 씨익 웃었다.

"나에 대한 모욕으로 간주하겠다."

현석은 제대로 보지도 못했다.

어느새 리나가 남자 균형자의 얼굴을 발로 밟은 상태로 섰다.

균형자의 얼굴이 땅에 묻혔다. 활은 항상 습관대로 욕을 하다가 현석의 눈치를 봤다.

그런데 활뿐만 아니라 리나도 현석의 눈치를 살피며 아주 조심스레 슬그머니 발을 뺐다. 그사이 현석은 분명 들었다. 리나가 '앗차' 하고 신음성을 냈다. 그리고 모른 척했다.

"그대는 도대체 왜 여기 이러고 있지? 왜 숨어 있는 것인가?"

말도 안 되는 변명을 했다. 마치 나같이 여성스럽고 조신한 여자는 이런 짓을 벌였을 리가 없다고 주장하는 듯한 그 강렬한 눈빛에 현석은 저도 모르게 고개를 끄덕이고 말았다.

그때 짝짝, 박수 소리가 들려왔다.

"이런이런, 명령을 제대로 듣지 못한 졸개 놈 하나가 손님맞이에 실수를 했나 보군요."

고목들 사이에서, 또 다른 남자 균형자가 걸어 나왔다. 그는 현석과 리나 앞으로 걸어와 허리를 숙였다.

"안녕하십니까, 리나 J. 알리세인 퓨리티어. 우리의 여왕이자

동족의 살해자시여. 처음 뵙겠습니다. 정말 아름다우시군요."

'동족의 살해자'라는 말이 나왔을 때 리나는 아주 잠깐 움찔했지만 별다른 반응을 보이지 않았다.

눈동자만 살짝 옆으로 돌려 현석의 눈치를 살폈을 뿐이다.

"제 이름은 루타포 P. 발렌타인. 손님들을 모시기 위해 나섰습니다. 이놈의 무례는 부디 용서하시길."

자신을 루타포라 소개한 남자가 손을 뻗었다. 예전, 사마귀 형태의 균형자와 비슷한 기파를 쏘아냈다. 얼굴이 처박힌 채 낑낑대고 있던 남자의 몸을 토막내 버렸다.

토막 난 시체는 한동안 꿈틀거리다가 이내 움직임이 멎었다.

루타포가 말했다.

"그대가 플래티넘 슬레이어인가. 왕께서 기다리고 계시다."

퀘스트의 이름인 '섬멸'과는 별로 가깝지 않은 형태로, 상황이 흘러갔다. 루타포가 어깨를 으쓱했다.

"아아, 너무 경계하지는 마라. 여왕의 제물이 될 놈을 건드릴 배짱 같은 건 내게 없으니까."

*　　　*　　　*

제물이란 말에 현석은 움찔했다. 그러고 보니 '그날'이란 말을 사용하곤 했었다.

그렇다면 '그날'이 온다면 제물이 된다는 뜻인가 하는 생각이 가장 먼저 들었다. 리나가 말했다.

"하등 쓸모없는 말로 부군의 심사를 어지럽히지 말라."

"부군말입니까?"

"그렇다. 제물 따위가 아니다. 나의 부군이시다. 프리온에게 분명 전하라 일렀거늘."

"따로 전달받은 게 없습니다. 일단… 사죄를 드립니다."

남자 균형자는 현석 앞에 무릎을 꿇었다.

"정식으로 인사 올리겠습니다. 루타포 P. 발렌타인. 당왕성 7단장 중 1인입니다."

현석이 물었다.

"은영이는 어떻게 됐지?"

"진정하시지요. 우리는 균형자입니다. 나약한 인간들을 괴롭힐 만큼 자긍심 없는 짓은 하지 않습니다. 당신은 우리를 너무 모욕하려 하시는 군요."

아무런 힘도 없는—슬레이어이긴 하지만 현석의 입장에선 아무런 힘도 없는 게 맞다—은영을 납치해서 자기 의사와는 상관없이 끌고 온 것은 저들에게 있어선 '괴롭힘'의 범주에 들어 있지 않은 듯했다.

현석은 긴장했다. 예전보다 훨씬 강해지긴 했다. 그런데 균형자들도 그만큼 강할 것이 분명했다. 당장 바로 옆의 리나만 하더라도 스스로가 감당할 수 없을 정도의 강자였다.

생각해 보면 미개척지든 던전이든, 새로운 곳을 탐사하거나 도전할 때면 지금처럼 긴장하는 게 맞다.

다른 슬레이어들은 일반 던전에만 들어가도 긴장한다. 사실상 현석이 너무 쉽게 슬레잉 생활을 해왔던 게 맞다. 현석은 숨을 깊게 들이마셨다. 지금 이 상황에선 흥분해선 안 된다. 적당한 긴장의 끈을 늦추지는 않으면서 이성을 유지해야만 한다.

"그래서 어디 있다는 거야?"

"그건 왕께서 말씀하실 일. 내겐 권한이 없습니다. 내가 당신을 안내하겠습니다. 균형을 어그러뜨리는 자, 여왕의 부군이여."

그리고 리나에게도 말했다.

"동족 살해자께서도 함께 가시겠지요?"

리나가 고개를 끄덕였다. 현석도 걸음을 따라 옮겼다. 바로 앞에서 본 당왕성은 굉장히 높았다. 빌딩의 높이가 무색할 만큼 높은 그곳은 대문 또한 엄청난 크기였다.

거대한 붉은색 대문이 끼긱 소리를 내며 열렸다.

안은 어두웠다. 하지만 갑자기 밝아졌다.

샹들리에의 불이 붙고 벽면에 붙은 횃불들이 순서대로 착! 착! 착! 소리를 내며 밝아졌다.

[미개척 지역. 당왕성에 진입했습니다.]

[입성 경로 확인 중.]

[어두운 지도. 초대장 확인 완료.]

[Abnormal Route 판정.]

[왕의 초청이 확인됩니다.]

활이 현석의 어깨에 앉았다.

—활이도 정확하게는 잘 모르겠어요. 다만 특별한 형태의 던전인 것은 분명해요. 뿐만 아니라 어두운 지도와 초대장을 통해 입성하면 비정상 경로로 인정되는 것 같아요. 초대장은… 관문

의 프리 패스권… 인 것 같아요.

리나가 현석의 옆에 섰다. 마치 현석 옆에서 조금이라도 떨어지지 않겠다는 듯한 모양새였다.

"자, 이쪽으로."

몇 걸음을 앞으로 옮겼다. 그랬더니 풍경이 바뀌었다.

[왕의 초청으로 인해 모든 관문을 패스합니다.]

[7개의 관문을 통과합니다.]

[보스 룸에 강제 진입했습니다.]

높은 천장, 황금빛으로 빛나는 샹들리에, 일직선으로 뻗어 있는 붉은색 카펫, 일직선 끝의 황금 의자, 그리고 그 의자에 앉아 있는 남자가 보였다.

남자가 일어서 뚜벅뚜벅 걸어왔다.

"그대가 걱정할 것이 분명한 여자 인간은 현재 안전한 곳에서 잘 쉬고 있다. 이것으로 그대의 궁금증은 해결이 되었나?"

보스 룸에 강제 진입했단다. 비정상 경로로 이곳에 들어왔고 모든 관문을 절로 통과했다고 했다. 확실히 일반 던전과는 많이 달랐다.

"반갑구나, 인간이여. 새벽을 베는 자, 프리온이다."

"……."

아주 작은 인형 형태의 활은 현석의 어깨 위가 아니라 등 뒤로 숨었다. 불덩이임에도 불구하고 파들파들 떨고 있었다. 현석은 그것까진 신경 쓰지 못했다. 은영이의 안위부터 확인하고 싶다. 하지만 무턱대고 '은영이는 어디 있어?'라고 물어도 대답해 주지는 않을 것 같았다. 분명 이쪽에 뭔가를 원하는 것이 있어 부른 것일 터.

프리온이 말을 이었다.

"걱정하지 않아도 좋다. 여자의 안위는 나 프리온의 이름을 걸고 보증할 터이니."

"……."

"우리는 균형자. 여자는 죄를 짓지 않았음이니. 우리는 나약한 미물을 괴롭히지 않음이다."

프리온은 현석을 쳐다봤다.

"하지만 과연 그대는 어떨까?"

프리온의 눈이 황금빛으로 일렁거렸다. 순간, 현석은 다리에 힘이 풀려 주저앉을 뻔했다.

갑자기 뭔가 굉장히 무거운 것이 어깨를 짓누른 것 같았다.

'뭐, 뭐냐!'

[특수 스킬 위압에 적중되었습니다.]

[내성 스탯이 저항합니다.]

[내성 스탯 306포인트.]

[일정 부분 저항에 성공합니다.]

다리가 풀릴 뻔했고 쓰러질 뻔했지만 겨우 견뎌냈다. 숨 쉬기도 곤란했었는데 이젠 좀 괜찮아졌다. 여전히 숨쉬기가 힘들고 다리가 후들거리긴 했지만 그래도 버틸 만했다.

딱 거기까지였다. 상태 이상에 걸려들었다. 말도 나오지 않았다. 이 상태로 공격받으면 정말 죽을 수도 있겠다는 생각이 들었다.

프리온이 현석 앞까지 걸어왔다.

"그대를 처단했어야 옳으나……."

리나가 말을 끊었다.

"불허한다."

"하지만 우리는 플래티넘 슬레이어를 죽여야 합니다. 그것이 우리의 사명이며 존재 이유입니다."

리나가 대답하지 않자 프리온이 물었다.

"플래티넘 슬레이어가 최초의 제물입니까? 아직 그날이 시작되지 않은 겁니까?"

리나가 숨을 들이마셨다. 한 발자국 앞으로 움직였다. 그리고 말했다.

"제물 따위가 아니다. 나의 모든 걸 바칠 대상이며 내가 모실 부군이시다. 그대는 말을 삼가라. 제약과 구속에서 벗어났음이니. 그간 옛정이 있어 부군에 대한 무례를 눈감아주고 있다는 걸 상기하라. 일전에 분명 전하라 일렀을 터."

붉은색 머리카락을 귀 뒤로 쓸어 넘겼다. 그녀의 비단결 같은 머리카락이 그녀의 하얀 손끝을 타고 흘러내렸다.

"듣지 못했습니다. 동족 살해자시여. 그게 진심입니까?"

"리나 J. 알리세인 퓨리티어의 이름으로 선포한다. 이 시간부로 나의 부군께 적대 행위를 하는 모든 균형자를 내 이름을 걸고 적으로 규정한다."

"…정녕 있을 수 없는 일이 벌어졌군요."

현석은 아무런 말도 하지 못했다. 아직 상태 이상이 풀리지 않았다. 일정 부분 저항에 성공하기는 했지만 그게 전부였다.

사실 상식적으로 생각하면 이게 맞다. 그동안 현석이 너무 쉽게 던전을 클리어해 왔다. 보스몹 솔로잉은 현석 외엔 아무도 성공한 적이 없다.

보스몹은 커녕 다른 슬레이어들은 싸이클롭스가 네 마리만 몰려 있어도 긴장하며 겁에 질렸었다. 원래는 그렇게 겁에 질리는 게 정상이며 그렇게 어려워하는 게 맞다.

현석은 현재 하드 모드 규격을 뛰어넘는 스탯을 가지고 있어서, 하드 모드에 강제로 진입했다. 그리고 '당왕성'은 하드 모드 규격 이상의 던전이다.

보통 자신에게 맞는 모드의 던전을 클리어하려면 최소 수십 명이 파티를 이루어 쳐들어가서 고군분투한다. 당연히 사망자도 나온다.

그런 의미에서 현석이 이곳에서 느끼는 체감 난이도는 다른 슬레이어들이 항상 느끼는 체감 난이도와 비슷하다고 보면 됐다.

프리온이 뒤돌아서 뚜벅뚜벅 걸어 황금빛 의자에 앉았다. 그제야 현석도 상태 이상에서 벗어날 수 있었다. 프리온이 말했다.

"아무리 당신이라 해도 내 휘하 병력 2천 명과 저를 동시에 상대할 수 있다고 생각하는 건 아니겠지요."

"불가능하다 생각하지는 않겠지."

당왕성의 규모도 이제 대충 알겠다. 7개의 관문을 통과했다. 그리고 휘하 병력이 2천 명이라 했다.

그럼 이곳의 균형자들의 수가 무려 2천에 달한다는 소리다.

하나하나가 엄청난 전력이다. 성장하기 전의 인하 길드가 한 마리 상대하는 게 쉽지 않았었다.

2천 마리 중에서 10퍼센트 정도가 아주 강한 상위 급 개체라고 가정 한다 해도 그래도 200마리다.

'루타포가 7단장 중 한 명이라 했지. 그렇다면 단장급은 7명일 거야.'

그런데 더 대단한 건 리나였다. 그 정도의 병력을 상대한다는데도 전혀 위축됨 없이 '불가능하지 않다'라고 말했다.

더욱 놀라운 건 프리온 역시 그것에 어느 정도 동의를 하는 것 같았다는 거다.

"…그러나 우리가 플래티넘 슬레이어를 공격하지 않는다면 여왕께서도 우릴 공격할 수 없겠지요. 제 행사에 관여할 수 없으시니까요."

"……."

"그러나 저 인간에겐 여자 인간이 매우 중요할 터."

잠깐 숨을 멈추고 현석을 쳐다보는가 싶더니 이내 말을 이었다.

"그렇다면 거래를 하도록 하지."

[퀘스트, 섬멸의 부분 발동이 수정됩니다.]

[퀘스트 섬멸이 퀘스트 '새벽을 베는 자' 슬레잉으로 수정됩니다.]

퀘스트가 섬멸에서 슬레잉으로 수정됐다. 퀘스트창이 없어지지니 불편했다. 제목으로만 유추해야 하는 상황이 되었으니 말이다. 안내자인 활 역시 자세한 내용은 모르고 있었다. 하드 모드 규격 이상의 던전에 관한 정보이다 보니, 활은 모르는 듯했다.

"그대는 받아들일 수밖에 없을 것이다. 당연히 동족 살해자는 제외해야겠지. 만약… 그대가 받아들이지 않는다면 나는 인간 암컷을 죽일 것이다."

[퀘스트, '새벽을 베는 자 슬레잉'. 받아들이시겠습니까? Y/N]

[거절하면 던전을 탈출할 수 있습니다.]

거절할 거면 애초에 여기 찾아오지도 않았다. 과거 안전제일 주의자였던 현석은 주저 없이 Y를 선택했다. 목소리가 들려왔다.

"왜 또 온 건데! 이 미친놈아!"

의자 뒤에서 은영이 포박된 채 걸어왔다. 리나가 현석의 팔을 붙잡았다.

"그대여, 조심하라. 그대의 싸움은 이제 시작되었다. 나는 이제 그대의 싸움에 간섭할 수 없음이니."

리나가 주의를 주지 않았어도 움직일 생각은 없었다. 이미 퀘스트는 시작됐다.

특수 스킬의 위압만으로도 제대로 움직일 수조차 없도록 만들었던 저 프리온이라는 균형자를 슬레잉해야만 했다

아마 이 앞쪽으론 트랩들이 상당수 깔려 있을 거다. 명훈이라도 있었다면 도움이 됐을지도 모르겠지만 지금은 혼자다.

잘은 몰라도 리나 역시 끼어들 수는 없는 것 같았다.

은영이 주저앉아 울었다.

"왜 또 왔는데? 네가 무슨 슈퍼맨이야? 그때도 그래 놓고 왜 또 이러는 건데? 왜 자꾸 끼어들어 끼어들긴!"

다른 건 모르겠다. 모르는데, 이 균형자가 현석보다 강한 것은 분명해 보였다.

또 이런 일이 벌어졌다. 그때의 일이 떠올랐다. 비록 어릴 때의 일이지만 아직도 기억이 생생했다. 그때와 지금의 상황이 거의 똑같았다. 그때 이후로 현석의 성격이 많이 변했었다.

"그때랑 똑같잖아! 이 멍청한 자식아!"

그러면서 아무것도 할 수 없는 자신이 너무 미웠다. 차라리 그냥 죽어버렸으면 좋겠는데 그것도 마음대로 못 했다.

현석이 인상을 찡그렸다.

"그때도 그렇고 그냥 좀 와줘서 고맙다고 말하면 어디가 덧나냐? 어릴 때나 지금이나 어떻게 달라진 게 하나도 없냐? 예나 지금이나 초딩 마인드구만."

프리온은 여전히 여유로운 자세로 의자에 앉아 상황을 지켜봤다. 재미있다는 듯 입가엔 미소마저 그리고 있었다.

현석이 말했다.

"그때랑 똑같네 뭐."

어깨를 돌렸다. 몸을 푸는 시늉을 했다. 겉으로는 여유로워 보였다. 하지만 머리는 맹렬히 회전했다.

이대로 그냥 부딪치면 프리온에게 백전백패다.

'여기서 여유 부리기는 힘들어. 프리온의 능력은 이미 나를 압도하고 있어.'

은영이 소리쳤다.

"나한테도 알림음 들려왔다고! 그냥 나가면 되잖아! 너랑 상관 없잖아!"

말뿐이 아니었다. 이건 진심이었다. 진심으로 그냥 나가면 좋겠다고 생각했다. 10년 만에 만났는데, 그래서 정말 좋았었는데, 이런 식으로 민폐를 끼친 자신이 혐오스러울 정도였다. 20년 전이랑 똑같았다. 정말 똑같은 상황이 또 벌어졌다.

그땐 또래 친구들이었고 이번엔 균형자들이라는 게 다를 뿐이었다. 정말로 현석이 그냥 나가 버렸으면 좋겠다고 생각했다. 분명 그럴 거라고 생각했다. 상식적으로 그게 맞으니까.

"누가 상관 없대냐?"

현석이 어깨를 으쓱했다.

"나도 그때 이후로 많이 변했다고 생각했는데, 사람이란 게 그렇게 쉽게 변하는 게 아닌가 보네. 인정, 나도 초딩 마인드."

'부탁이니까… 제발 그냥 나가'라는 은영의 흐느낌은 듣지 않았다. 대신 알림음이 들려왔다.

[올 스탯 슬레이어 특수 스킬—잠능 폭발 사용하시겠습니까? Y/N]

D 등급. 올 스탯 슬레이어 특수 스킬, 잠능 폭발. 페널티투성이의 쓸모없는 스킬이라고 생각했었다.

현석이 현재 상황을 타개할 수 있는 타개책은 크게 두 가지다.

잠능 폭발 사용과 잔여 스탯 사용.

일부러 잠능 폭발을 먼저 사용했다. 프리온을 앞에 둔 상태다. 최악의 경우를 상정해야만 했다. 잔여 스탯을 모두 사용하고 잠능 폭발까지도 사용하는 경우 말이다.

그러려면 '잠능 폭발' 과 '잔여 스탯 사용' 사이에서 최대한 효율적인 방법을 고려해야 했다.

현석에겐 '칭호 +2 스탯'과 1,500개에 이르는 잔여 스탯이 남아 있다. 스탯을 올린 다음에 페널티를 부과하는 것보다, 페널티 먼저 받고 스탯을 올리는 게 더 이득이다.

불가능을 개척하는 자 칭호는 업그레이드되는 그 1회에 한해 효과가 적용되는 칭호니까.

또다시 알림음이 들려왔다.

[다시 한 번 확인합니다.]

[잠능 폭발 가동 시 모든 전투 스탯이 200만큼 영구 사용됩니다.]

[모든 전투 스탯이 1분당 100씩 감소합니다.]

[올 스탯 슬레이어 특수 스킬—잠능 폭발 사용하시겠습니까? Y/N]

현석은 주저 없이 Y를 선택했다.

[올 스탯 슬레이어 특수 스킬, 잠능 폭발을 사용합니다.]

*　　　*　　　*

'그리고… 잠능 폭발을 먼저 사용해 보면 어느 정도의 스탯이 필요한지도 대충 파악할 수 있겠지.'

문득 저도 모르게 자신이 혐오스러워질 뻔했다.

'지금 이 순간에도 머리를 굴리고 있다니.'

그러나 이성적으로 생각해 보면 맞기도 했다. 주어진 상황에서 최대한 자신에게 유리하게 상황을 이끌어 가는 것. 그게 이성적으로 맞는 일이다.

잠능 폭발을 사용하여 프리온과 격돌했다. 약 20여 초간, 현석이 우위를 점하는 듯했다.

그러나 그 우위는 오래가지 못했다. 프리온이 본체로 변화했기 때문이다.

크기 약 7미터에 이르는 엄청난 크기의 사마귀 형태의 몬스터. 균형자 프리온은 본체로 돌아간 이후에 꽤 여유로워졌다.

"정말 놀라워. 이렇게 단 시간에 힘을 급격히 끌어 올리고 내리고를 할 수 있다니. 그대만의 특수한 능력인가, 아니면 하드 모드 슬레이어들 전원이 그런가? 중요한 시점이니 대답을 잘 해야 할 것이야."

그리고 정말로 여유를 부렸다. 현석이 생각에 빠져 있는 듯하자 공격을 멈추고 흥미롭다는 눈으로 현석을 쳐다봤다.

'통했다…!'

현석은 속으로 쾌재를 불렀다. 확실한 건 아니지만 균형자는 프로그래밍된 생물체에 가깝다고 생각했다. 그걸 토대로 유추해 봤다.

행동 양식이 단순하고 패턴화되어 있다는 걸 파악했다. 그리고 일부러 팔을 늘어뜨리고 눈치를 살폈다. 아니나 다를까, 프리온은 현석을 기다려 주었다.

'이번엔 진짜로 간다.'

이제 확신이 생겼다. 잔여 스탯을 사용하여 능력치를 올리게 되면 충분히 상대할 수 있을 거다.

스탯 100이 다르고 200이 다르고 또 300이 다르다. 스탯 100마다 스텝 업 구간이 있기 때문이다.

3분간 잠능 폭발을 사용했다. 처음 가동시 각 스탯 200씩 총 800스탯. 3분간 각 스탯 100씩 총 1,200스탯을 사용했다.

현재 남은 총 잔여 스탯은 약 3,600개. 그리고 칭호 스탯도 2개 남아 있다.

[칭호 잔여 스탯을 사용합니다.]

[정말로 칭호 스탯을 사용하시겠습니까? Y/N]

그리고 칭호 잔여 스탯을 하나 사용했다.

'불가능을 개척하는 자.'

[칭호, 불가능을 개척하는 자에 칭호 스탯을 사용합니다.]

불가능을 개척하는 자에 칭호 스탯을 투자했다. 불가능을 개척하는 자 +2가 불가능을 개척하는 자 +3으로 업그레이드됐다.

—불가능을 개척하는 자 +3: 불가능한 업적 10회 달성(보너스

스탯: 잔여 스탯의 400%).

3,600개 스탯이 보너스 스탯 400퍼센트를 추가 판정을 받았다. 잔여 스탯이 도합 18,000개 생겼다.

남들이 들으면 놀라 까무러칠 것이다. 현재 최상급 슬레이어들의 스탯이 약 500정도다. 그나마 이번에 현석이 대규모로 '쩔'을 시켜주면서 스탯을 왕창 올려줘서 겨우 500까지 올랐다.

그들은 이것만으로도 플래티넘 슬레이어를 신을 모시듯 했었다.

그런데 예상치 못한 알림음을 들었다.

[불가능을 개척하는 자의 칭호 효과가 MAXIMUM에 달했습니다.]

[현재 모드를 산정합니다.]

[불가능을 개척하는 자의 상위 칭호로의 진입이 거부됩니다.]

[불가능을 개척하는 자의 칭호는 더 이상 적용되지 않습니다.]

순간 누군가 망치로 머리를 때린 것 같은 멍한 기분이 들었다.

'정신 차려. 충분해.'

잠능 폭발을 하여 싸워본 결과 18,000개의 잔여 스탯이 있으면 충분히 잡을 수 있을 거란 확신이 들었다. 초조하지만은 않았다. 180개 아니고 1,800개도 아니고 18,000개가 맞다.

'불가능을 개척하는 자 칭호를 지금 올려야 스탯이 뻥튀기될 텐데.'

칭호 스탯을 일부러 남겨놓은 것은 잔여 스탯을 최대한 많이 부풀려 놓기 위해서였다. 그런데 시스템에 의해 제재당했다.

만약 또 올릴 수 있다면 최소 400퍼센트 이상의 효과를 적용받을 거고 그러면 만 팔천이 아니라 십만 팔천이 될 수도 있을 터였다.

"그대는 나를 너무 오래 기다리게 하는군. 그대에게 시간을 더 주어야 하나?"

프리온이 슬슬 움직일 기미를 보이기 시작했다.

'일일이 계산하며 올리기엔 시간이 너무 촉박해.'

일단 모든 전투 스탯을 똑같이 300으로 맞추고 나서 균등 분배했다. 말로는 길었지만 현석이 결정을 내리고 칭호를 올리며 스탯을 균등 분배한 것에는 겨우 15초도 지나지 않았다.

[모든 전투 스탯에 균등 분배합니다.]

[모든 전투 스탯이 4,500만큼 상승합니다.]

그러나 그 15초 사이에 엄청나게 많은 것이 변했다. 활이 크게 불타오르기 시작했다.

—주, 주인님. 뭔가 이상해요!

알림음이 계속해서 들렸다. 들렸다기보다 오히려 알림음 자체가 터져 나온다는 표현이 더 맞을 지도 모르겠다.

[하드 모드 내, 한계 포인트에 도달했습니다. 하더(Harder) 모드로 강제 전향합니다.]

[레벨 시스템이 제한됩니다.]

[경험치 시스템이 제한됩니다.]

하더 모드로 강제 진입됐다. 그 말은, 최소 하더 모드 규격 이상의 스탯을 가지고 있다는 소리다.

하더 모드로 강제 진입됨과 동시에 알림음이 계속해서 이어졌다.

[장사 칭호가 +9로 업그레이드됩니다.]

[날쌘돌이 칭호가 +9로 업그레이드됩니다.]

[현인 칭호가 +9로 업그레이드됩니다.]

[돌쇠 칭호가 +9로 업그레이드됩니다.]

최초 스탯 돌파로 인한 칭호 효과가 중첩됐다.

—장사 +9: 힘 스탯 1,000 최초 진입으로 인한 칭호(보너스 스탯: 1,074).

—날쌘돌이+9: 민첩 스탯 1,000 최초 진입으로 인한 칭호(보너스 스탯: 1,074).

—현인+9: 지성 스탯 1,000 최초 진입으로 인한 칭호(보너스 스탯: 1,074).

—돌쇠+9: 체력 스탯 1,000 최초 진입으로 인한 칭호(보너스 스탯: 1,074).

현석은 침음성을 흘렸다. 칭호 효과 때문에 4천이 넘는 잔여 스탯이 다시 생겼다.

[현재 모드를 산정합니다.]
[장사 칭호의 상위 칭호로의 진입이 거부됩니다.]
[장사 칭호의 칭호는 더 이상 적용되지 않습니다.]

날쌘돌이, 현인, 돌쇠의 칭호도 마찬가지였다. +9를 기점으로 더 이상 적용되지 않았다. 현재 칭호 레벨이 9까지 오르게 되면서 보너스 스탯이 각각 1,074. 도합 4,296 스탯이 됐다. 여기서 아차 싶었다.

좀 더 여유를 갖고 천천히 분배했으면 칭호 효과에 더불어 '불가능을 개척하는 자'에 대한 칭호를 중첩 적용을 받아서 지금보다 훨씬 큰 보너스 스탯을 가질 수도 있었을 거다. 아쉬움이 남았다.

그런데 그 생각을 비웃기라도 하듯 알림음이 연속해서 들려왔다.

[능력치의 증가 속도를 판정합니다.]
[결코 불가능한 업적으로 인정됩니다.]
[지나치게 빠른 변화로 인해 신체가 변화합니다.]

균등 분배로 인해 엄청난 스탯 변화가 있었다. 그리고 시스템이 의하면 그 엄청난 증가폭을 몸이 견디질 못하기 때문에 신체를 재구성해야 한다고 했다.

[슬레이어 유현석. 1차 각성을 시작합니다.]

주위가 어두워졌다. 이곳은 이미 던전(당왕성)이다.

그런데 던전 내에서 또 다른 던전 속에, 그러니까 다른 곳으로 이동된 것 같은 그런 기분이었다.

으아악!

현석은 비명을 질렀다.

온몸을 난도질하는 듯한 고통이 느껴졌다.

전투 필드를 펼치고 있으면 고통이 느껴지지 않는다. 그래서 고통에 익숙하지 않기에 고통이 더 크게 다가왔다.

얼마나 비명을 질렀는지도 알 수 없었다. 꽤 오랜 시간이 지난 것 같았다.

'끝이냐…….'

현석은 바닥에 축 늘어졌다. 아무것도 생각이 나지 않았다. 너무 아팠다는 것밖에는 기억이 안 났다.

[슬레이어 유현석. 1차 각성이 완료되었습니다.]

[최초의 1차 각성자로 인정됩니다.]

[위대한 업적으로 인정됩니다.]

[모든 스킬의 등급이 1단계 상승합니다.]

모든 스킬의 등급이 1단계씩 상승한단다. 스탯의 영향을 받는 스킬들은 이미 레드 등급이었다.

스탯이 증가했을 때에 레드가 아닌 퍼플 등급으로 업그레이드 됐고 이제 또 그 스킬이 퍼플이 아닌 블랙이 됐다. 블랙 등급의 스킬을 갖게 된 거다. 현석도 이번에 처음 알았다. 레드 위의 단계가 퍼플이며 퍼플 위의 단계가 블랙이라는 걸 말이다.

[지나친 능력치 증가로 인해 신체 밸런스와 균형이 무너진 상태입니다.]

[이에 대한 방어기제로 '1차 각성'+'상급 체술'이 적용됩니다.]

현석이 처음에 능력치 100을 초과했을 때, 제대로 걷지도 못했다.

갑자기 너무 강해진 능력치들 때문에 처음에는 고생을 좀 했었다. 그런데 이제 100이 아니고 1,000도 아니며 무려 4,000이 넘는다.

그런데 여기에 변수가 하나 작용했다. 바로 블랙 등급의 체술이다.

[상급 체술(Passive)]

—신체 활성률이 높아지며 머릿속 이미지대로 신체 조작이 가능하도록 도움을 준다(가능한 동작 내 싱크로율: 100퍼센트).

그린 등급일 때에 여기에 120퍼센트의 추가 공격력 옵션이 붙어 있었다. 그런데 지금은 아니다. 그런 옵션이 사라지고 대신 한 줄만 남았다.

머릿속 이미지대로 신체 조작이 가능하도록 도움을 준다는 옵션이었는데 세부 사항이 생겼다. '가능한 동작 내에서 싱크로율이 100퍼센트'라는 세부 옵션이 붙어 있었다.

변화는 여기서 끝이 아니었다. 무려 전투 스탯 4,500이 증가했는데 변화가 이것 밖에 없으면 섭하다.

[스킬. Storm Of Wind Cutter의 상위 등급 마법 스킬, 회오리가 생성됩니다.]

[지성 스탯: 4,500.]

[스킬, 회오리의 등급이 상승합니다.]

[스킬, 회오리의 등급이 MAXIMUM에 도달합니다.]

회오리의 등급이 맥시멈에 도달하면서 그보다 더 상위 마법이 생성됐다.

[스킬, 회오리의 상위 등급 마법 스킬, 광역 회오리가 생성됩니다.]

[지성 스탯: 4,500.]

[스킬, 회오리의 등급이 상승합니다.]

[스킬, 광역 회오리의 등급이 MAXIMUM에 도달합니다.]

광역 회오리의 등급도 맥시멈에 도달했다. 그러자 그보다 상위 마법이 또 생성됐다.

[스킬, 광역 회오리의 상위 등급 마법 스킬, 폭풍이 생성됩니다.]

[지성 스탯: 4,500.]
[스킬, 폭풍의 등급이 상승합니다.]

다시 한 번 언급하자면, 현석은 절대 메이지가 아니다. 메이지까지도 가능한 올 스탯 슬레이어다.
그리고 1차 각성 상태를 넘어서면서 또 다른 알림도 들려왔다.

[1차 각성으로 인하여 올 스탯 슬레이어의 특수 스킬이 개방됩니다.]
[올 스탯 슬레이어 특수 스킬: '능력 봉인'이 생성됩니다.]

능력 봉인은 상당히 특이한 구석이 있는 스킬이었다.

[능력 봉인(Active)]
—신체 안정화 수준까지 전투 스탯을 감소시킨다.
—단, 실 사용자의 H/P가 0에 달하는 위험 상황 발생 시, 자동으로 스킬이 해제되며 적용된 외력에 본래 능력치로 저항한다.
—필요 MP: 0.

도대체 이런 스킬이 왜 생겨났나 싶었는데 그 까닭은 금방 알 수 있었다.
"주인님!"
"……."
현석은 앞을 쳐다봤다. 활활 타오르고 있지만 인간 소녀에 제법 가까운 형태의 여자아이 한 명이 서 있었다.

"주인님! 활이가 드디어 여성체의 모습을 갖추게 되었어요!"

그래 봐야 8살쯤 되는 꼬맹이의 모습이기는 했지만 활은 그것만으로도 굉장히 기뻐하는 듯했다.

"그런데 주인님의 능력치가 너무 비정상적으로 높아졌어요. 아무리 1차 각성을 이룬 상태라고 해도 몸에 부담이 너무 가는 능력이에요. 따라서 올 스탯 슬레이어의 특수 스킬인 봉인을 통하여 전투 스탯을 봉인시켜 놓아야 해요. 일단… 하더 모드에서는 이게 최선이네요."

활의 달라진 모습에 현석은 그리 놀라지 않았다.

활이 만약 정말로 사람의 형태를 가지고 있다면 어떤 모습일까 상상하곤 했었는데 지금 활의 그 모습은 상상 속의 모습과 크게 다르지 않았었으니까.

"그렇지 않으면?"

"주인님이 본래 힘을 끌어 쓸 수 있는 시간은 길어야 24시간. 그리고 3일의 휴식기를 가져야 해요. 그렇지 않으면 몸이 붕괴돼요. 당장은 방법이 없네요. 활이는 참으로 똑똑해졌답니다! 기특하죠? 그렇죠?"

활은 헤헤 웃으면서 현석에게 머리를 가져다댔다. 고사리 같은 손으로 현석의 오른손을 잡고서 자신의 머리 위에 올렸다.

"쓰담쓰담."

그리고 자신의 행위를 굳이 육성으로 표현하면서 현석의 손에 머리를 비비며 헤헤 웃었다.

'말하자면 1차 각성이라는 건… 몸의 부담을 덜어주기 위한 일종의 시스템이고 거기에 상급 체술이 결합되면서 부담을 더 완화시켜 주는 거야. 그럼에도 불구하고 모든 능력을 끌어다 쓸 수 있는 건 하루 정도. 3일의 휴식기는 쿨타임이라고 보면 되는 건가.'

상황 파악은 끝났다. 활이 어느새 불덩어리 모습으로 변해 현석의 어깨위에 앉았다.

—제가 이토록 아름다운 여성체 상태를 유지하고 있으면 암컷들에게 견제를 받게 되겠죠!

'아니, 아마 안 받을 것 같은데.'

현석은 그 말은 속으로 삼켰다. 아무리 그래도 겨우 8살 정도 되어 보이는 꼬맹이. 그것도 실제 인간도 아니고 인간에 가까운 불덩어리를 견제할까 싶었다.

평화와 세영 그리고 은영의 얼굴이 번갈아 떠올랐다.

'아니… 어쩌면 할 수도…….'

정말 만약이지만 리나가 질투를 한다면 그건 정말 재앙이다. 활은 자신이 많은 정보를 전해줄 수 있다는 사실이 기쁜 건지 굉장히 쾌활한 목소리로 말했다.

—하더급 던전. 당왕성으로 돌아갈 거예요. 남은 시간 5초!

—3초!

—1초!

그리고 다시 목소리가 들려왔다.

"그대에게 많은 시간을 주었다. 이젠 정말로 움직여야겠군. 나, 새벽을 베는 자. 당왕 프리온이 그대를 친히 베도록 하겠다."

*　　　*　　　*

현석에겐 24시간의 시간이 주어졌다.

'24시간의 유지 가능 시간. 그리고 3일의 쿨타임.'

1차 각성이라는 것은 아마도 각 클래스에 맞는 몸 상태를 구현하는 것이 아닐까 싶다.

리나가 흠칫 놀랐다. 현석의 움직임을 놓쳤기 때문이다.

리나가 저도 모르게 오른손을 앞으로 뻗었다.

"그대……."

프리온이 말했다.

"그대를 베겠다."

프리온의 오른손에서 노란색 기파가 쏘아져 나왔다.

윈드 커터와 비슷한 형태의 그것은 현석의 몸을 잘라 버릴 듯 날카로운 예기를 뿜어내며 현석에게 날아들었다. 그런데 현석의 몸이 사라졌다.

"아니?"

현석이 피식 웃었다.

"겨우 이거밖에 안 돼? 그렇게 잘난 척한 것치고는 너무 느리잖아."

일부러 도발했다. 균형자의 왕은 한 명이 아니라는 걸 알고 있다. 그렇다면 균형자왕의 능력치와 습성 등을 좀 더 정확하게 파악할 필요가 있었다.

'시간은 넉넉해.'

현석이 일부러 틈을 보였다.

“베겠다!”

그리고 일부러 노란색 기파를 얻어맞았다.

크리티컬이 아니라면 즉사하지 않을 자신이 있어서였다. 자신이 강해진 건 맞지만 프리온의 능력치 역시 확실하게 아는 건 아니다. 치명상이 되는 부위는 피해서 팔을 뻗었다.

“어리석은 놈. 끝이다.”

알림음이 들려왔다.

[프리온의 특수 스킬, 절단에 적중되었습니다.]

[내성 스탯이 저항합니다.]

[저항에 실패합니다.]

특수 스킬의 이름이 절단이란다.

‘설마… 신체를 절단할 수 있는 건가?’

전투 필드 내에선 H/P 감소 외엔 다른 외력은 작용하지 않는다. 그런데 신체가 절단될 수도 있다는 소리다.

[전투 스탯 능력치를 판정합니다.]

[대미지 -0]

[절단이 적용되지 않습니다.]

내성 스탯의 저항은 실패했으나 프리온의 특수 능력은 현석의 신체에 위해를 가하지 못했다. 칼이 날카로운 건 물론 맞다. 하지만 칼로 바위를 베지는 못한다.

내성 스탯과는 상관없이 신체가 너무 단단했다.

프리온은 경악했다.

"마, 마, 말도 안 돼!"

순간 패닉에 빠져든 건지 움직이지도 못하고 입을 쩍 벌렸다.

"새벽조차 베는 나의 절단이."

아무래도 일정 수준 이상 대미지가 들어가면 특수 스킬로 절단이 이뤄지는 스킬인 것 같았다.

일반 슬레이어들은 무조건 피해야만 하는 공격이라 할 수 있겠다. 현석은 계속 시간을 끌었다.

"새벽을 어떻게 베냐? 너 그거 유식한 말로 뭐라 하는 지 알아?"

"…다, 닥쳐라 미물!"

"중2병이라 하는 거야."

시간을 더 끌었다. 그 와중에 절단에도 일부러 몇 번 더 맞아줬고 그때마다 프리온은 끝없는 절망에 빠졌다.

그리고 약 30분 정도 지난 후, 현석이 말했다.

"더 보여줄 건 없어? 설마 이게 끝이야?"

"…이 미물 따위가!"

현석이 피식 웃었다. 균형자들은 단순하다. 도발하면 쉽게 넘어온다.

그런데 그 도발에도 불구하고 새로운 무언가를 보여주지는 못했다.

"이제 진짜 없나 보네."

진짜 없는 것 같다. 그래서 상황이 끝났다. 리나조차도 제대로 보지 못했다. 잠깐 숨을 들이마시는 사이에 죽었다. 정확히 말해 주먹질 한 방에 그냥 뻗어버렸다.

[최초로 '새벽을 베는 자—프리온'을 사냥했습니다.]

[쉬운 업적으로 인정됩니다.]

그런데 약간 달랐다.

'그린 등급의 업적이다.'

머릿속에 저절로 이미지가 그려졌다. 업적의 색깔이 달랐다.

현석은 뒤를 힐끗 쳐다봤다.

'리나는 그린 등급의 결코 불가능한 업적—S에 해당하는 업적을 줬었지.'

몬스터의 난이도에 따라 업적이 결정된다는 것을 감안하면 '리나 슬레잉'에 성공했다는 건 그만큼 엄청난 것이었다고 할 수 있겠다. 잔여 스탯이 없었다면 현석도 죽을 뻔했다.

[쉬운 업적에 대한 보상으로 보너스 스탯 150개가 주어집니다.]

[하더 모드 규격을 지나치게 초과한 스탯으로 판정됩니다.]

[페널티율 산정 중.]

그리고 현석은 어이가 없어 입을 쩍 벌렸다.

[하더 모드 규격을 지나치게 초과한 스탯으로 인한 페널티로 보너스 스탯이 90퍼센트 차감되어 지급됩니다.]

쉬운 업적으로 보너스 스탯이 150개가 주어졌다. 결코 불가능한 업적도 아니고 쉬운 업적인데 말이다.

그런데 하더 모드 규격을 그냥 초과도 아니고 지나치게 초과한 스탯으로 인해 보너스 스탯이 무려 90퍼센트가 차감되었다. 결국 현석에게 지급된 보너스 스탯은 15개였다.

'말하자면 하더 모드를 지나치게 초과하기는 초과하고 그 상위 등급보다는 조금 안 되는 능력치라 이 말인가.'

마음이 조금 편해졌다. 사실 반가운 알림음이기도 하다. 조금만 더 능력을 올리면 하더보다도 더 상위 등급에 진입할 수 있다는 소리니까.

'그래도 90퍼센트 차감은 너무 심하잖아.'

만약 이 생각을 종원이 들었다면 '400퍼센트 추가 판정 받는 주제에 90프로 차감됐다고 투덜거리네! 이 사기꾼 치트키 새끼!'라고 외쳤을 지도 모를 일이다.

그런데 보상은 여기서 끝나지 않았다.

[네임드 보스 몬스터 '새벽을 베는 자—프리온'을 사냥했습니다.]

[공헌도를 판정합니다.]

[유현석 슬레이어의 100퍼센트 공로로 인정됩니다.]

100퍼센트 공헌도에 의한 레이드 등급 판정과 보상이 남아 있었다.

예전 PRE—하드 던전에서 키클롭스를 잡았을 때 'SS'와 'SSS'

를 받았었다. 그리고 퍼펙트 슬레이어 칭호도 함께 받았었다.

'가만. 전 세계에 12마리의 왕이 있다고 했어. 그렇다면 하더 모드의 던전이 12개라는 소리야.'

현석이 씨익 웃었다. 12개의 하더 던전이 있다. 그리고 그곳에는 전부 왕이 있을 거고 모두 네임드 보스 몬스터일 것이다.

네임드 보스 몬스터를 10마리 퍼펙트로 잡으면 퍼펙트 슬레이어의 칭호가 업그레이드될 확률이 높았다. 현석이 씨익 웃는 가운데, 알림음이 이어졌다.

[네임드 보스 몬스터 레이드에 성공했습니다.]
[퍼플스톤×2이(가) 보상으로 주어집니다.]

네임드 보스 몬스터를 슬레잉했는데 이 네임드 보스 몬스터를 최초로 슬레잉한 것도 인정이 됐다.

[최초의 새벽을 베는 자—프리온 슬레잉.]
[최초의 네임드 보스 몬스터 (전투)슬레잉.]
[최초의 '하더 던전—당왕성' 클리어.]
[공헌도 100에 따른 참여 인원 1명.]

리나가 가까이 다가왔다.

"그대……."

손가락을 뻗었다.

리나의 하얀 손가락이 현석의 얼굴을 더듬었다.

"그대의 안색이 별로 좋지 못하다. 그대에게 무슨 일이 생겼다면 그대의 짐을 내가 덜어 주겠다. 설령 나의 목숨을 바치는 한이 있더라도."

리나의 얼굴엔 걱정이 가득했다. 현석은 피식 웃었다.

마음의 여유가 없을 때에는 엄청난 힘을 가진 보스 몬스터처럼 느껴졌던 것도 사실이다. 그런데 여유를 갖고 보니 오늘따라 참 예뻐 보이기도 했다.

현석의 웃음에 리나의 손가락 끝이 살짝 떨렸다. 기분이 급격히 좋아진 현석은 검지 손가락을 까딱거렸다. 리나보고 가까이 오라는 뜻이었다.

리나는 머뭇거리다가 현석에게 두발자국 가까이, 쭈뼛쭈뼛 걸음을 옮겼다.

"이거 해달라며?"

현석이 오른손으로 리나의 머리를 몇 번 쓰다듬었다. 무슨 일이 있나, 얼굴에 걱정을 한가득 짊어지고 있던 리나의 표정이 풀어졌다.

추운 새벽녘 공기를 힘차게 밀어낸 아침 햇살 같은 밝은 미소가 리나의 얼굴에 떠올랐다.

눈이 반달을 그렸다. 리나의 표정은 정말로 행복해 보였다.

그녀가 행복한 듯 중얼거렸다.

"이것이… 쓰담쓰담인가……. 이것이 정녕 그것이란 말인가."

그런데 목소리가 들려왔다. 엄청난 보상들과 리나 때문에 순간 잊고 있었다.

"야! 이 바람둥이 자식아!"

뜨끔한 현석은 일부러 못들은 척했다. 그것과는 별개로 알림음은 계속 들려왔다.

[보스 몬스터 슬레잉 소요 시간: 54분 32.01초.]

[새벽을 베는 자—프리온의 공격 횟수: 72회.]

[슬레이어의 공격 횟수: 14회.]

[전체 타격 횟수에 대한 유효 타격 횟수: 3회.]

[전체 방어 횟수에 대한 유효 방어 횟수: 68회.]

눈여겨보아야 할 것은 전체 타격 횟수에 대한 유효 타격 횟수였다.

현석이 1차 각성을 이룬 다음에 공격한 횟수는 단 1회다. 말 그대로 한 방에 죽였다.

그걸 제외하고, 1차 각성 전에는 겨우 2번밖에 공격에 성공하지 못했다는 뜻이다. 그리고 1차 각성 후에 한 방에 슬레잉한 거고.

[레이드 등급 'C'로 인정됩니다.]

[레이드 등급 'C'에 따른 특전이 주어집니다.]

레이드 등급은 'C'로 인정됐다. 레이드 등급 'B'의 특전은 해당 몬스터 칭호 효과 +50퍼센트였다.

—(프리온 슬레이어): 힘 200, 민첩 200, 지성 200, 체력 200 증가.

그리고 정말 중요한 보상이 남았다.

[퀘스트 '새벽을 베는 자'가 클리어되었습니다.]

[결코 불가능한 업적으로 인정됩니다.]

속설이지만 이런 말이 있다. 플래티넘 슬레이어와 함께 슬레잉을 하면 업적 따윈 아무것도 아니다. 현석도 그 말을 알고 있다. 그런데 그 말을 오늘 정말로 체감했다.

그린 등급의 업적이 뜨고 또 이번엔 결코 불가능한 업적이 떴다. 겨우(?) 프리온 하나를 잡았을 뿐인데 엄청나게 많은 변화가 있었다.

물론 훨씬 더 커진 페널티 때문에 90퍼센트의 차감이 있었지만 까짓것 90퍼센트 차감되어도 된다.

그래도 칭호 효과로 400퍼센트 뻥튀기된다.

활이 현석의 어깨에 앉아 속삭였다.

—퀘스트의 순서가 뒤집어졌어요. 원래대로라면 습격 이후에 있었어야 할 퀘스트라고 하네요.

"왜 이렇게 속삭여?"

—이렇게 귓가에 속삭이면 섹시하다고 배워서요.

현석은 저도 모르게 풉 웃고 말았다. 불덩어리는 아무리 섹시해 봐야 불덩어리다. 활은 비웃지 말라면서 발끈했다. 그리고 다시 정보를 전해줬다.

—현재 주인님은 하더 모드로 강제 진입한 상태예요. 물론 하

더 규격 초과 스탯을 가지고 계시구요. 봉인을 함부로 푸시면 신체에 무리가 많이 가니까 조심하셔야 해요. 24시간은 어디까지나 최대 활용 가능 시간이에요. 12시간이 지나면 H/P 감소가 있을 거예요. H/P에도 항상 신경 쓰시구요.

"이걸 해결한 방법은 없는 거야?"

—적어도 하더 모드 내에는 없네요. 그 이상의 정보는 저도 알 수 없어요. 죄송해요.

"아냐, 고마워."

—고마우면…….

활이 몸을 양옆으로 살랑살랑 흔들었다. 뭔가 조건을 내걸려다가 멈칫했다. 그리고 또 한참을 혼자서 고민하다가 말했다.

—만져 주세요!

현석은 피식 웃고서 활을 살살 긁었고 활은 언제나처럼 꺄르르 웃음을 토해냈다. 당왕성을 클리어한 것과는 별개로 퀘스트 클리어 보상도 주어졌다. 보상이 너무 많아서 뭐가 뭔지 기억도 잘 안날 정도였다.

[퀘스트 '새벽을 베는 자 슬레잉' 클리어 보상이 주어집니다.]

[보상 조건 판정 중.]

[인벤토리 내 어두운 지도 확인 완료. 보상 조건 획득.]

['어두운 지도'가 활성화됩니다.]

어두운 지도가 활성화됐다.

"활아, 어두운 지도 활성화는 뭐야?"

활이 크게 불타올랐다. 간만에 아는 것이 나왔다며 신나했다.

—어두운 지도는 하더 던전. 그러니까 12왕의 왕성을 찾을 수 있도록 도와주는 지도예요. 아무리 능력이 뛰어난 트랩퍼라고 해도 어두운 지도가 없으면 균형자들의 성을 찾을 수 없어요. 물론 지도만 있다고 해서 탐색이 가능한 건 아니에요. 트랩퍼도 필요해요.

현석은 간만에 가슴이 뛰기 시작했다.

현재 세계에는 PRE—하드 던전 클리어 열풍이 불어닥치고 있다. 그런데 PRE—하드를 넘어 하드를 넘고 이젠 하더 던전까지 쉽게 클리어할 수 있게 됐다.

"하더 던전은 균형자의 왕성밖에 없어?"

활의 크기가 작아졌다.

—그건 저도 잘 모르겠어요. 죄송해요 주인님. 아, 아앗! 안 돼! 내, 내가 방심한 사이에!

활이 다시 크게 불타올랐다.

—내가 아름다운 여성체의 모습으로 견제하겠어!

그리고 8살 남짓한 꼬맹이의 불덩어리 모습으로 다시 변했다. 이글이글 타오르며 은영을 향해 삿대질을 했다.

"암컷! 어서 떨어지… 응?"

떨어지지 못해! 라고 소리치려고 했는데 실패했다. 은영이 현석의 품에 안겨 엉엉 울고 있었기 때문이다.

"우, 울면 누가 주인님한테 안기는 거 용서해줄 줄 알고! 요, 용서 같은 거……."

목소리가 점점 작아지며 괜히 죄 없는 땅을 찼다.

"쳇. 딱 한 번만 봐주는 거야."

은영은 현석에게 안겼다. 현석을 꽉 안았다. 너무 서럽게 울고 있는게 안쓰러워 현석은 은영의 등을 토닥여 줬다.

"그렇게 많이 무서웠냐?"

은영은 대답하지 못했다. 현석이 말했다.

"와, 대박. 너 진짜 못생겨졌어."

뒤에서 리나가 그 모습을 물끄러미 쳐다봤다. 10초 정도 물끄러미 쳐다보다가 잠깐 웃었다. 기뻐서 짓는 미소 같지는 않아 보였다. 그리고 이내 모습을 감췄다.

"아, 맞다. 내가 말하는 거 깜빡 잊고 있었는데 나 너 때문에 성격 변한 거 아냐. 그냥 살다 보니까 이렇게 된 거지. 하종원도 그렇고 너도 그렇고 그 일 신경 안 써도 돼."

현석은 짐짓 짜증을 냈다.

"아, 감동적인 거 알겠고 나 멋있는 거 알겠으니까 작작 울지? 내 옷 더러워진다."

* * *

현석이 말했다.

"야, 삐졌냐?"

"……."

삐졌다기보다는 창피했다. 정신을 차려보니 어느새 자신은 현석의 품에 안겨 엉엉 울고 있었다. 이 무슨 추태란 말인가.

'죽고 싶다.'

기쁜 것도 기쁜 건데 지금은 창피해서 죽고 싶을 정도였다. 람보르기니 베네노는 엔진음을 토해내며 빠르게 달렸다.

"야, 그리고 나 바람둥이라는 거 취소해라. 금욕 생활하고 있구만."

"……."

"오죽하면 하종원이 나보고 고자래."

고자 아니다. 정력 스탯만 해도 600이 넘는 데다가—참고로 현석이 처음 슬레이어가 되었을 때 3이었다—'정력의 대가'라는 칭호도 가지고 있다.

현석이 힐끗 옆을 보니 은영은 두 눈을 꾹 감고 있었다. 치마를 양손으로 꽉 말아쥐고 있는 것이 어지간히도 창피한 모양이다.

"맞다. 너 그거 아냐? 하더 모드에 진입하면 물리력 행사가 가능해진다? 그러니까 물리 모드와 비물리 모드를 선택할 수가 있어. 무슨 말이냐면 내가 모드를 선택하면 전투 필드를 펼치고도 땅을 부수고 건물을 부술 수 있다는 소리야."

"……."

일반 슬레이어들이 들으면 놀라 까무러칠 말이다. 정부 기관이 들어도 그렇다. 물리력 행사가 가능해진다. 하더 모드 슬레이어들은 정말로 전략 무기가 될 수 있다.

현석이 마음만 먹으면 빌딩쯤 무너뜨리는 건 일도 아니다. 하지만 은영은 대답하지 않았다. 입술까지 꼭 깨물고 있는 것이 아까의 상황을 곱씹으며 열심히 창피해하는 중인 것 같았다.

몸도 바들바들 떨고 있었다. 하기야 소꿉친구한테 안겨서 엉엉 울었으니 그럴 만도 했다.

"아이씨. 그렇게 쪽팔리면 그냥 라디오나 듣고 있어라. 말 안 걸 테니까."

은영은 간신히 입을 열었다.

"…고마워."

아마 할 말이 많을 거다. 구해줘서 고마워, 와줘서 고마워, 버리지 않아서 고마워, 생색내지 않고 편하게 해주려고 노력해줘서 고마워, 기타 등등.

하지만 현석은 그 말들을 모두 잘라 버렸다.

"고마운 건 당연한 거고. 됐고, 라디오나 들어."

현석이 라디오를 틀어줬다.

—긴급 속보입니다. 현재 전 세계적으로 균형자들의 공격이 시작되었습니다. 현재 피해가 속출하고 있습니다. 시민들은 외출을 삼가해 주시기 바랍니다.

그와 거의 동시에 현석의 핸드폰이 울리기 시작했다. 전 세계 방방곡곡에 사이렌 소리가 동시에 울려 퍼지기 시작했다.

하지만 이상하게도, 한국에는 사이렌 소리가 울리지 않고 있었다. 전화를 받아보니 성형이었다.

—현석아, 진짜 제대로 난리 났다.

*　　　*　　　*

세상에는 한바탕 난리가 났다. 보통 폭풍의 중심지라고 하면 가장 먼저 '한국'을 떠올린다. 그런데 이번엔 한국이 아니라 '일본'이었다.

일본은 이번에 다른 나라들과는 비교 자체가 불가능한 엄청난 손실을 입었다. 하드 모드 슬레이어가 무려 절반이나 궤멸하는 피해를 입었다. 그 와중에 균형자들을 약 4마리 정도 슬레잉하는 것에 성공했지만 그걸 위안 삼기에는 피해가 너무 컸다.

일본 제1유니온 이치고의 유니온장 야마모토는 입술을 잘근잘근 깨물었다.

'왜 하필이면 우리냐!'

정말 하필이면 재수 없게도 일본이 걸렸다.

전 세계적으로, 균형자들이 하드 모드 슬레이어들을 공격했다. 습격 퀘스트는 아니었다.

습격 퀘스트의 유예기간은 여전히 유효했다. 그런데 균형자들이 하드 모드 슬레이어들을 공격했다.

모든 나라가 피해를 입긴 입었는데 사실 그 피해 수준은 그렇게 크지 않았다. 아주 죽이려고 달려들었던 게 아니라 마치 경고를 주려고 했던 것 같은 모양새였다.

'그런데 왜 우리는……!'

그 경고에 하드 모드 슬레이어의 절반이 죽었다. 야마모트는 울고 싶었다. 하드 모드 슬레이어는 유니온의 핵심 전력이며 현 시대의 레이드 세계를 이끌어가는 중심축이라고 할 수 있다.

게다가 일본의 하드 모드 슬레이어들이 어디 보통 슬레이어던가. 스페셜 슬레이어로부터 쩔을 받았고 덕분에 엄청나게 강해진 슬레이어들이다.

〈균형자들의 공격. 하드 모드 슬레이어 50퍼센트 사망 및 실종.〉

〈충격! 스페셜 슬레이어 실종!〉

더군다나 충격적인 사실은 일본의 전성기를 이끌고 있던 스페셜 슬레이어가 실종되었다는 발표가 있었다는 거다. 스페셜 슬레이어는 애초에 가상의 인물이었다. 그래서 죽이는 것보다는 실종으로 처리했다.

비록 하드 모드 슬레이어의 50퍼센트가 궤멸됐다고는 하지만 그래도 아직 50퍼센트의 전력이 남아 있다. 이 수준만 해도 제2유니온인 쿠마와의 격차는 이미 벌어질 대로 벌어졌다.

이러한 상황에서 타국의 외교적 무기로 사용될 수 있는 '스페셜 슬레이어의 존재'를 이번 기회에 아예 없애버린 거다.

덕분에 일본 유니온 이치고에 비난의 화살이 날아들지 않았다. 스페셜 슬레이어의 실종 사실은 여론의 비난을 막아주는 역할을 해줬다.

"스페셜 슬레이어마저도 실종되었다며… 솔직히 유니온이 무능했던 건 아니지."

"그나저나 불안해서 어떻게 살지… 그래도 한때는 우리 편인 줄 알았는데."

슬레이어들이 사라졌던 2개월.

그동안 균형자는 처단자라고 불렸다. 인류의 편인 줄 알았다. 그런데 저번에 유니온들과 M-20이 균형자를 몬스터로 공표했고 균형자들이 이번에 하드 모드 슬레이어들을 많이 죽였다.

명실공히 인류의 적이 됐다.

"그런데 하드 모드 슬레이어 외에 죽은 사람은 없다며?"

"하드 모드 슬레이어들만 골라서 공격했다는 것 같던데……."

"그럼 우리는 좀 안전한 거 아냐?"

"그럴 수도 있긴 있지만……."

대중들은 불안해했다. 하드 모드 슬레이어들은 전차와 1:1로 싸워도 지지 않는다는 소문이 있는 판국이다.

더군다나 슬레잉 수준이 한국, 미국 다음으로 수준이 높다는 일본의 하드 모드 슬레이어들이 이렇게 많이 죽었다. 총 사망자 집계수가 벌써 1만 8천명을 넘어섰다.

"균형자가 혹시라도 일반인들을 죽이려고 마음만 먹으면……."

"그런 말 하지 마! 말이 씨가 된다고!"

한편, 전 세계가 충격에 휩싸였지만 그 충격으로부터 한 걸음 떨어져 있는 국가가 하나 있었다.

바로 한국이었다.

〈한국. 균형자에 의한 피해 전무.〉

〈한국은 안전지대인가!〉

〈가장 위험한 국가였던 한국. 균형자의 습격에서 벗어나다.〉

전 세계가 공격을 받은 가운데 유일하게 공격을 받지 않은 국가가 바로 한국이었다.

많은 사람이 이 현상에 대하여 의견을 냈다. 가장 타당성 있는 가설이 바로 '플래티넘 슬레이어 전쟁 억제제설'이었다.

"플래티넘 슬레이어가 한국에 버티고 있어서… 그쪽은 안 건드린 거 아닐까?"

"에이 설마. 그래도 플래티넘 슬레이어는 딱 한 명인데……."

"그 왜, 핵을 가진 나라는 잘 못 건드리잖아. 북한이 그래서 핵을 그렇게 열심히 개발해 대는 거고."

플래티넘 슬레이어 전쟁 억제제설이 정설처럼 퍼져 나갔다.

외국 자본이 물밀듯이 밀려들어 왔다.

자본의 주 사용처는 바로 '부동산 투기'.

특히 이번에 큰 피해를 본 일본인들이 부산 지역에 땅을 대거 매입하는 상황에 이르렀다.

재미있는 건 그 자본가들 중 상당수가 하드 모드 슬레이어이거나 하드 모드 슬레이어와 관련된 사람들이라는 거다. 물론 아닌 사람들도 많았다.

균형자들로부터의 공격에 안전했던 유일한 나라가 바로 한국이다. 그래서 사람들은 균형자보다 더 강한 몬스터가 나타나면 한국만이 안전한 나라가 될 수도 있을 거라고 말했고 땅을 매입했다.

한국에 땅투기 바람이 일고 있는 것과 반대로 일본에는 불안감이 조성됐고 외국인들의 투자가 상당히 많이 줄어들었다. 그리고 일본인들은 충격에 빠져들었다.

그들은 내심 스페셜 슬레이어를 플래티넘 슬레이어보다 더 강하다고 생각했다. 적어도 스페셜 슬레이어가 더 강하길 원하는 사람이 더 많았다. 그런데 이번에 증명됐다. 플래티넘 슬레이어가 있는 한국은 안전했고 스페셜 슬레이어는 실종됐다. 말이 실종이지 거의 죽었다고 봐야 한다는 말이 지배적이었다.

어쨌거나 일본의 영웅 스페셜 슬레이어는 실종되었다고 발표되었고, 일본이 이제 믿을 수 있는 사람은 플래티넘 슬레이어뿐이라고 할 수 있었다. 야마모토와의 만남에서 성형이 말했다.

"예전 약속부터 지켜주셔야겠는데요."

위안부 문제와 관련한 일본 정부의 정중한 사과.

그리고 위안부 피해자들에 대한, 피해자들이 납득할 수 있는 수준의 정신적, 물질적 피해 보상을 요구했다.

저번에 약속을 하기는 했는데 아직 이행이 안 됐다. 그리고 새로운 조건들도 내걸었다.

"그리고 독도 영유권 주장 철회 문제도 있었죠."

그게 끝이 아니다.

"교과서 왜곡 사실 인정 및 왜곡 사항 수정."

성형은 일단 이 세 가지를 조건으로 내걸었다. 야마모토는 진땀을 흘렸다.

"그, 그것은……."

성형이 단호하게 말했다.

"플래티넘 슬레이어가 내걸은 조건입니다."

야마모토는 울고 싶어졌다.

"…정부 인사들과 최대한 적극적으로 협의해 보겠습니다."

* * *

TV에 한 할머니의 얼굴이 클로즈업됐다. 과거 강제로 위안부 생활을 해야만 했던 김순희 여사였다.

일본이 공표했다.

—일본은 지난날의 악행을 인정하는 바이며 고인이 되신 한국의 피해자분들께 진심 어린 사과를 전하며…….

김순희 여사가 손수건을 꽉 쥐었다. 감정이 북받쳤는지 이내 목을 놓아 꺼이꺼이 울기 시작했다. 공중파 3사 전부가 현재의 상황을 중계했다. 낮 시간대. 시청률이 기하급수적으로 치솟아 오르기 시작했다.

—일본은 과거의 잘못을 뉘우치고 있으며 현 시대에 이르러 잘못을 인정하고 역사를 바로잡을 수 있게 되었음을 무한한 영광으로 생각하는 바입니다.

김순희 여사는 정말로 목 놓아 울었다.

일본은 과거의 악행을 인정하지 않았었다. 위안부 역시 한국 여성들이 자발적으로 지원했다고 왜곡해 왔다. 그런데 이제 그 잘못을 바로잡겠다고 말했다.

한이 70년 넘게 쌓였다. 100세가 다 되어 가는 김순희 여사의 가슴속에 70년간 쌓여 있던 한이 무너져 내리기 시작했다. 보상 같은 건 아무래도 상관없었다. '미안하다, 우리가 잘못했다' 이 말을 듣고 싶어 70년 동안 투쟁해 왔었다.

많은 사람이 그 모습을 지켜보며 눈시울을 붉혔다.

사람들은 일본이 갑자기 이러한 결정을 하게 된 이유에 대해 말을 나눴다.

"플래티넘 슬레이어가… 발품 팔았다더라. 70년 동안 정부가 못한 걸 혼자서 해낸 거야."

"무슨 소리야?"

"플래티넘 슬레이어가 조건을 걸었대. 일본의 균형자 던전을 클리어해 주는 대신, 과거의 잘못 인정하고 사죄하라고. 납득할 만한 수준의 보상이 없으면 움직이지 않는다고 했대."

"플슬이 도대체 왜?"

"씨팔, 너는 저 할머니 모습 보면서 왜라는 질문이 나오냐? 한국인 맞냐 개새끼야?"

왜라는 질문은 던져봄직하다. 사실을 파고들면 대중들은 까무러칠지도 모른다. 그리고 그 '왜'라는 질문은 종원이 했다.

"이미지 메이킹이냐 아니면 명분 쌓기냐? 아니면 진짜 한국을 위해 역사를 바로잡은 거냐?"

"…셋 다라고 하자."

"그린 등급의 업적. 퍼펙트 슬레이어 칭호 획득 가능성. 또 뭐야? 위대한 업적이었나? 하여튼 그거에 클리어 보상 외에 레이드 보상. 거기에 퍼플스톤."

"……."

"솔직히 역사 바로 잡기는 그냥 명분 쌓기 아니냐? 까놓고 말해 네가 무슨 열혈 애국자도 아니고."

욱현이 나섰다.

"짜식아. 길장님이 그렇다면 그런 거지. 무슨 토를 그렇게 달아? TV나 보자."

전격의 워리어 하종원은 깨갱하다가 이내 놀라운 사실을 발견했다.

"아니, 형님 울어요?"

"시끄러워!"

"그니까 지금 우는 거예요? 형님이?"

명훈과 연수도 욱현을 쳐다봤다. 욱현은 그 우람한 근육과는 어울리지 않게 눈물을 줄줄 쏟아내고 있었다.

"감수성 메마른 자식들. 저 할머님을 보면서 눈물이 안 나오냐?"

평화와 세영도 TV를 보며 눈가를 훔쳤다. 다만, 활은 이러한 상황에 별로 동조하지 못했었다.

활에게 한국인의 감성을 기대하기란 어려운 일이었다. 그런데 욱현의 눈물을 본 활도 울먹거리기 시작했다.

—이 못생긴 아저씨! 울지 마! 멍청이 아저씨! 왜 울고 난리야 짜증나게!

결국 활도 울었다. 작은 불덩어리가 똑똑 떨어져 내렸다.

그 모습을 보며 현석이 활을 살살 긁었고 활은 끄르르, 끄르르 하고 웃는 것도 아니고 우는 것도 아닌 그 중간쯤의 괴상한 소리를 냈다.

다음 행선지는 일본이다. 어두운 지도가 그곳을 가리켰다.

"이번엔 나 혼자 갈 거야. 저번엔 관문을 프리 패스했지만 이번엔… 아닐 거야. 난이도를 파악하고 올게."

CHAPTER 4

한국 유니온이 중요한 발표를 했다. 플래티넘 슬레이어가 이 위험천만한 균형자 슬레잉에 나서기로 했다는 것이다. 이는 일본의 진심 어린 사과에 따른 행동으로 분석되었다. 특히 한국에서의 반응은 엄청나게 뜨거웠다.

"그거 들었어? 플래티넘 슬레이어가 이번에 무리해서 가는 이유가 위안부 문제랑 역사 왜곡 사건 해결하려고 일부러 그런 거래."

"당연하지. 요즘 그거 모르면 한국인도 아니다 진짜."

"스페셜 슬레이어조차도 행방불명됐는데. 플래티넘 슬레이어가 진짜 엄청나긴 엄청나다."

그간 수십 년을 지지부진해 온 문제를, 아니, 오히려 악화일로를 걷고 있던 문제들을 단 한 번에 결정지어 버렸다.

그와 더불어 사람들은 플래티넘 슬레이어의 행보에 집중했다.

<플래티넘 슬레이어. 시름에 빠진 일본을 위한 위대한 발걸음!>
<한국인들의 염원을 등에 업고 일본으로 향하다!>

예전에 '자연계 슬레이어'라는 말이 화두가 되었던 적이 있다. 바로 첫 번째 자연계 몬스터 블리자드를 타격할 수 있는 슬레이어들을 일컫는 말이었다. 그들은 블리자드를 공격할 수 있는 '권한'을 얻었었다.

<플래티넘 슬레이어에게만 부여된 권한.>
<어두운 지도. 활성화되다.>

그리고 균형자의 본거지에 관한 한 그 정보를 열람할 수 있는 권한이 있었으니 바로 '어두운 지도'였다. 현석이 퀘스트를 클리어하고 얻었던 그 보상 말이다.

일부러 숨긴 채 모른 척해도 되었을 텐데 살신성인의 성인군자 플래티넘 슬레이어는 굳이 그 사실을 밝힌 것이다.

대중들은 그렇게 알았다.

*　　　*　　　*

한일 간의 옛 감정을 뒤로 하고서, 일본행을 택한 플래티넘 슬레이어의 행보는 한국, 일본은 물론이고 전 세계의 극찬을 받았다. 그럴 수밖에 없는 게 스페셜 슬레이어조차도 행방불명됐다. 균형자들은 그만큼 어마어마한 전력이다.

일격에 싸이클롭스를 잘라내 죽이는 그 균형자들이 겨우 '단원급'이라는 것이 밝혀졌다. 말이 좋아 단원이지 하위급 몬스터라는 소리다. 그런데 하위급이 아니라 단장급, 그리고 그 위의 왕까지 있는 근거지에 쳐들어간단다.

현석이 말했다.

"미안하다."

"아씨, 진짜 무서운데. 나 보디가드 한 명 안 붙여 주냐?"

명훈은 몸을 부르르 떨었다. 엄살이 아니라 정말로 무서웠다.

"연수라도 있으면 좀 마음이 놓일 텐데."

"너 보호하려다가 연수가 죽어. 차라리 나 혼자 널 보호하면서 클리어하는 게 더 나아. 그게 더 편하고."

현석은 올 스탯 슬레이어다. 모든 클래스의 능력을 아우를 수 있다. 그러나 명훈의 능력만큼은 예외였다.

스킬북이라는 것 자체가 시중에 잘 풀리는 것도 아니고, 폴리네타 3인방의 스킬북 복사 능력이 있기는 하지만 그들의 능력이 떨어져서 명훈이 쓰는 탐색 스킬의 능력을 제대로 구현하지 못한다.

"그건 그렇지만 무섭네. 아, 나 죽으면 어떡하냐? 나 여자친구도 생겼는데. 아씨, 진짜 저주할 거다. 플래티넘 슬레이어 따위."

"첩첩산중을 돌아다니면서 던전 찾아다니던 그 괴짜 어디 갔냐?"

"그거랑 이건 클래스가 다르잖아! 그리고 너도 여친 생기면 알 거다. 몸을 사려야 해. 알콩달콩 예쁘게 살고 싶단 말야. 이왕이면 가늘고 길게."

이러니저러니 엄살을 부려대도 막상 결정을 내릴 때 명훈은 망설이지 않았었다. 말은 저렇게 해도 명훈은 분명 자신이 감당할 역할을 충실히 이행할 것이 분명했다.

일본 유니온.

유니온장과 간단하게 얘기를 나누고 있는데 유우가 현석을 찾아왔다.

유우가 현석에게 부탁했다. 같이가게 해달라고 말이다.

"저를 보호해 주시지 않아도 좋습니다. 이명훈 트랩퍼를 보호하겠습니다."

유우는 자신이 명훈의 '고기 방패'가 되어 주겠다고 말했다.

"물론 저를 믿지 못하실 수도 있습니다."

유우의 이어지는 말은 놀라웠다. 야마모토의 표정은 담담했다. 마치 일이 이렇게 될 것임을 미리 알고 있던 것처럼 말이다. 아무래도 둘이 미리 말을 맞추어 놓은 듯했다.

'정신계… 마법.'

일본에서 정신계 마법 스크롤을 보게 될 줄은 몰랐다.

"물론 아시겠지만… 인벤토리에 넣으시면 설명이 활성화됩니다."

[영혼의 계약]

슬레이어들 간의 강제성을 띄는 계약서. 계약의 내용이 무시될 경우 계약을 파기한 슬레이어에 한해 슬레이어의 능력이 회수된다. 단, 상위 모드의 슬레이어가 하위 모드의 슬레이어에게만 계약을 요구할 수 있다.

[제한 조건: 1단계 이상의 모드 격차.]

유우가 말을 이었다.

"제가 약속한 내용을 지키지 못하면 저는 슬레이어로서의 능력이 사라지게 됩니다. 계약 기간은 플래티넘 슬레이어께서 정하십시오. 평생이 되어도 상관없습니다."

이번일—하드 모드 슬레이어의 50퍼센트가 사망한—은 유우에게 있어서 상당히 충격이었던 듯했다.

"저는… 강해져야만 합니다."

"……."

유우와 마찬가지로 하드 모드 슬레이어였던 아내를 잃었다는 얘기는 들었다. 자존심 강한 유우가 아내를 구하기는커녕 지키지도 못했다고 들었다. 지금은 슬레이어 유우임과 동시에 아내를 잃은 남편 유우로 부탁하고 있는 것이기도 했다.

"절대 피해가 가는 일은 없을 겁니다."

현석은 고개를 끄덕였다. 사실 유우 정도 되는 실력자가 옆에 있으면 도움이 된다. 전혀 보호를 하지 않아도 된다는 가정하에 말이다. 적어도 명훈을 보호하는 것에 있어서는 도움이 될 거다.

유우의 능력이야 어찌 됐든 '고기 방패' 정도의 역할은 할 수 있을 거다. 최소한 위험으로부터 시간은 끌어줄 수 있을 거다.

'그런데… 정신계 마법 스크롤이라니.'

현석이 물었다.

"이 스크롤은 어디서 얻으셨죠?"

유우는 순순히 대답했다.

"PRE—하드 던전 클리어 보상으로 나왔습니다. 처음부터 스크롤 형태였습니다."

"폴리모프도 그렇고 일본은 세계에 공개하지 않은 것들이 제법 있는 모양이군요."

일본 유니온장 야마모토가 말했다.

"이것 외에도 몇 가지, 세상에 알리지 않은 것들이 있습니다. 저희뿐만 아니라 각국 유니온들도 공표하지 않은 것들이 제법 될 겁니다. 한국 유니온도 마찬가지이지 않습니까? 플래티넘 슬레이어께서 개인적으로 알고 싶다 요구를 하신다면… 저희야 거부할 수 없는 입장이긴 합니다만……."

현석은 가볍게 어깨를 으쓱했다.

"그럼 계약서부터 작성하도록 하죠."

'간단하고 명료하게…….'

현석은 간단하고 명료하게 변호사를 고용하기로 했다.

* * *

플래티넘 슬레이어와 일본 유니온의 최고 실력자 유우가 결합했다. 그리고 세계 톱급 트랩퍼 이명훈이 함께한다는 사실이 알려졌다. 정말 놀랍게도 균형자들의 본거지는 도쿄의 한 골목에 있었다.

약 3일간 도쿄 거리를 헤맨 끝에, 명훈은 공간의 일렁거림을 발견할 수 있었다. 어느새 리나가 현석 옆에 섰다. 갑자기 나타난 리나 때문에 유우는 찔끔 놀랐다. 리나가 어두운 표정으로 말했다.

"그대의 힘은 익히 견식했다. 그대에게 위협이 될 일은 없겠지. 그런데… 어째서 나는 그대를 이토록 걱정해야만 하는 거지?"

활이 현석의 어깨 위에서 몸을 흔들었다.

—우리 주인님은 섹시하니까 괜찮아!

욱현이었다면 낄낄거리고 웃거나 활을 타박했겠지만 리나는 아니었다.

리나는 매우 진지한 표정으로 고개를 끄덕였다. 이상하게도 납득했다.

"확실히… 그것도 그렇구나."

유우는 솔직히 좀 황당했다. 섹시하니까 괜찮다니. 그런데 그걸 또 심각하게 인정한다니. 아무래도 좀 이해가 안 됐다. 위험하지 않은 거랑 섹시한 거랑 도대체 무슨 상관이 있나 싶다.

유우의 귀에 알림음이 들려왔다. 여태까지는 단 한 번도 들어보지 못한 새로운 종류의 알림음이었다.

[하디 던전. '투우성'에 진입하시겠습니까? Y/N]

그리고 경고 알림음이 이어졌다.

[현재 슬레이어의 모드 규격에 맞지 않는 던전입니다.]

[현재 슬레이어의 능력치를 과도하게 초과하는 던전입니다.]

진입이 불가능한 건 아니었다. 현석과 임시 파티를 맺었기 때문 인건지, 아니면 모드가 낮아도 진입이 가능한 건지는 모르겠지만 일단 알림음은 Y와 N를 선택하라고 했다.

재차 확인 알림이 들려왔다.

[하디 던전. '투우성'에 진입하시겠습니까? Y/N]

*　　　*　　　*

투우성에 진입했다. 당왕성과 비슷했다. 주위는 어두웠다. 거의 검은색에 가까운 썩은 나무들이 즐비해 있고 그 가운데 지그재그 모양의 오솔길이 나 있었으며, 저만치 끝에는 상당히 높은 높이의 성이 있었다.

현석이 앞장섰다. 명훈이 몸을 부르르 떨었다.

"현석아. 나 좀 진짜 잘 좀 봐주라. 무섭다. 무서워서 오줌 싸면 어떡하지?"

현석이 피식 웃었다. 말로는 엄살을 저렇게 부려도 그래도 할 건 다 하는 녀석이다. 유우는 상당히 경직된 모양새로 명훈 옆에 섰다. '고기 방패'가 되어 명훈을 지키겠다는 그 각오를 얼굴로 표현하는 듯 표정이 굉장히 비장했다.

명훈의 항시탐색에 뭔가가 걸렸다. 명훈이 외쳤다.

"현석아, 왼쪽! 11시!"

콰!

커다란 소리와 함께 코뿔소 형태의 몬스터가 죽어버렸다. 유우는 찔끔 놀랐다. 겉으로는 내색하지 않았다.

'처음 보는 형태의 몬스터다.'

코뿔소 형태의 몬스터가 보고가 안 된 건 아니다. 동물형 몬스터는 세계 각지에 분포되어 있다. 그러나 일반적인 코뿔소가 아니라 온몸을 철로 두른 듯한 코뿔소는 처음 본다.

마치 장갑을 두르고 있는 것 같았다.

황당한 건.

[철갑 코뿔소를 사냥했습니다.]

[아주 쉬운 업적으로 인정됩니다.]

[아주 쉬운 업적 보상으로 인해 보너스 스탯 +5가 주어집니다.]

업적이 떴다는 거다. 현석이 마음먹고 공격한 것도 아니고 명훈의 외침에 반사적으로 반응해서 주먹을 내뻗었을 뿐인데, 그 한 방에 3미터는 넘어 보이는 괴물이 즉사했고 레드스톤을 드롭했으며 아주 쉬운 업적으로 판정됐다.

PRE—하드 던전을 함께 클리어하면서 유우는 이제 플래티넘 슬레이어에게 어느 정도 익숙해졌다. 그래서 오랫동안 놀라지는 않았다.

그는 2미터 길이의 길다란 칼을 고쳐 쥐었다.

'저 성이 분명 진짜 던전일 거다. 이곳의 몬스터는 말 그대로 맛보기 수준이겠지.'

그런데 그럼에도 불구하고 업적을 줬다. 맛보기 수준으로 업적을 줄 정도면 실제 던전의 난이도는 어느 정도 일지 짐작이 안 됐다.

'능력치를 초과하는 던전… 도대체 어느 정도의 난이도냐.'

현석이 말했다.

"가죠."

지그재그로 난 길을 따라 걸음을 옮겼다.

성 앞에 섰다. 높이 약 5미터의 거대한 철문이 그그긍 소리를 내며 열렸다. 알림음이 들렸다.

[투우성 1층에 진입합니다.]

당왕성에서는 몰랐지만 이 12왕들의 성이라는 것은 아무래도 '층'의 형태로 이루어진 던전 같았다.

유우는 긴장의 끈을 늦추지 않았다.

'여기부터가… 진짜 하더 던전이다.'

벽면의 횃불이 잔뜩 켜졌다. 1층은 공터 형식의 거대한 룸으로 이루어져 있었다.

크르릉! 크르릉!

거친 숨소리가 들려왔다. 몬스터들이 생성되기 시작했다.

현석이 말했다.

"벽면으로 이동해."

벽을 등지고 섰다. 명훈이 집중 탐색을 통해 혹시라도 있을지 모를 트랩을 탐색해 봤으나 없었다. 벽을 등진 상태로 그 앞을 유우가, 그리고 그 앞을 현석이 막아섰다.

"코뿔소 형태의 몬스터라."

아까 밖에서 봤던 코뿔소보다 덩치가 더 컸다. 게다가 이마에 뿔이 두 개 달려 있었다.

목소리가 들려왔다.

"쌍뿔 철갑 코뿔소."

아카시아 꿀의 달콤한 내음이 유우의 코끝을 간지럽혔다. 그러나 그 달콤한 내음과는 다르게 유우의 몸은 경직됐다.

'균형자인가?'

균형자인 것 같기도 하고 아닌 것 같기도 하다. 붉은색 머리카락도 아니고 황금색 눈동자도 아니다. 피부가 굉장히 하얗기는 했지만 또 창백한 건 아니었다. 그럼에도 불구하고 뭔가 사람 같지 않은 이질적인 느낌이 들었다.

분위기가 묘했다. 너무 아름다워서 사람 같지 않은 것 같기도 했다. PRE—하드 던전을 클리어할 때는 본 적이 없는 여자다.

'도대체 언제부터 여기에 함께 있었던 거지?'

명훈과 현석의 반응으로 보아 이 여자는 적이 아닌 것 같기는 했다.

"리나, 명훈이를 보호해 줄 수 있겠어?"

리나는 고개를 저었다.

"타 왕의 행사에 관여하는 건, 그대의 목숨이 위협을 받을 때에만 가능하다."

유우의 머리가 어지러워졌다. 말투를 보아하니 균형자가 맞다. 그러고 보니 예전에 이상한 소문이 돌기도 했었다. 한 차례 이슈화가 되지 않았던가. 플래티넘 슬레이어가 이토록 강해질 수 있었던 건 균형자와 반인류적인 거래를 했기 때문이라고.

'균형자는 분명 적으로 규정되었을 텐데?'

현석이 어깨를 으쓱했다.

"명훈아, 그렇단다."

"장난 그만치고 빨리 가서 족쳐."

현석이 앞으로 걸었다. 움직이는 생물체에 반응하는 듯, 코뿔소 무리가 현석을 쳐다봤다. 유우는 이 상황이 이해가 안 됐다. 갑자기 나타난, 균형자라 짐작되는 여자도 여자지만 지금 현석의 태도도 잘 모르겠다.

원래 플래티넘 슬레이어는 안전이 확실화된 가운데에만 움직인다고 들었다. 그 정보가 아무래도 잘못 된 것 같다.

'저 형태의 몬스터는 완전히 처음 보는 형태인데.'

현석이 걸어가서 코뿔소를 가볍게 툭툭 쳤다.

"어? 이놈 제법 세네?"

시험 삼아 가볍게 서너 방 때렸다. 그랬더니 실드 게이지가 모두 닳아 버렸다. 그게 시작이었다. 어그로를 제대로 끌어 왔다.

유우는 플래티넘 슬레이어를 도무지 이해할 수가 없었다. 저렇게 여유 부릴 상황이 분명 아닐 텐데. 지나치게 여유로워 보였다. 유우는 현석이 12왕 중 1인인 프리온을 단 한 번의 공격으로 때려눕혔다는 걸 모른다.

지금 현석은 비록 능력 봉인 상태지만 죽을 위험에 처하면 봉인은 저절로 풀린다. 다시 말해, 프리온보다 훨씬 강한 능력을 가진 몬스터가 나타나지 않는 이상 현석이 죽을 염려는 없다는 뜻이다.

실제로 현석은 여유를 부리는 중이다. 대미지 컨트롤을 가동시키면서 이 '쌍뿔 철갑 코뿔소'를 잡으려면 어느 정도의 능력을 갖고 있어야 하는지 체크 중이다.

'이 정도면… 평균 스탯 500의 길드 한두 개만 있어도 충분히 잡겠어.'

대략적인 능력치 파악은 끝났다. 현석이 걸어 다니면서 툭툭 쳤다. 유우의 눈이 크게 변했다.

콰!

한 마리가 죽었다.

콰!

또 한 마리가 죽었다.

콰!

다른 한 마리가 죽었다.

콰 소리가 날 때마다 거대한 코뿔소는 모두 죽어버렸다. 필드에서의 몬스터와 달리 던전 내 몬스터는 레드스톤을 드롭하지 않았다. 그리고 알림음이 들려왔다.

[퀘스트 섬멸. 발동합니다.]

현석이 씨익 웃었다. 섬멸 퀘스트가 발동했다. 이제 규칙성은 대략적으로 파악했다. 초대장을 받지 않았으니 관문을 모두 깨고 아마도 최상위층에 있을 것이라 짐작되는 12왕 중 1인을 때려잡으면 섬멸 퀘스트가 완료된다. 그리고 이 섬멸 퀘스트는 하드 모드 규격이 아니다. 하더 규격이며 엄청난 보상을 준다. 현석과 파티를 공유한 명훈과 유우에게도 동일한 알림이 들렸다.

"명훈아."

"어?"

"M/P 충분하지?"

"왜?"

"지금부터 최단 시간으로 여길 클리어할 거야."

"최단 시간이라고?"

명훈은 잠깐 고개를 갸웃했다. 원래 현석의 성격이라면 각 관문의 특징을 파악하고 위험도 및 몬스터의 능력치와 행동양상들을 파악하여 다음을 준비한다. 그런데 아무래도 이번엔 그럴 것 같지가 않다.

"섬멸 퀘스트. 이거 빨리 깨면 그만큼 더 메리트가 있을 거야."

"조사 같은 건 안 하게?"

현석이 고개를 끄덕였다.

"어차피 이 던전은 나밖에 못 깨."

어차피 정보를 알고 공유해 봐야 소용없다. 유치원생한테 적분문제를 던져 주고, '이건 적분으로 푸는 거야'라고 알려 준다고 해서 문제를 풀 수 있는 건 아니다. 하더도 마찬가지다.

'이왕에 이렇게 된 거. 최대한 빠르게 클리어해 버리자.'

코뿔소들을 전부 죽이자 1차 관문 클리어라는 알림음이 떴다. 명훈이 탐색을 사용하자 길이 보였다.

"몬스터들을 전부 죽여야 길이 나오네. 탐색으로 잡혀."

"가자."

걸음을 옮기자 거대한 문이 나타나며 다시 알림음이 들렸다.

[투우성 2층에 진입하시겠습니까? Y/N]

어차피 빠르게 클리어하기로 했다. 생각할 것도 없이 Y를 선택했다.

* * *

2층. 주변은 어두웠다. 겨우 흐릿하게 사람이 분간될 정도의 밝기. 활이 활활 타올랐다. 활 덕분에 주위가 조금 밝아졌다.

거대한 기둥 뒤에서 누군가가 걸어 나왔다.

"하찮은 미물. 그대는 이곳이 어디라고 감히 걸음을 옮기……."

쾅 소리가 났다. 이름 모를 균형자 한 마리가 죽었다. 현재 현석의 전투 능력 스탯은 '1,000'이다. 봉인 때문에 1,000밖에(?) 안 되긴 하지만 하급 균형자들을 처리하기엔 전혀 부족하지 않은 능력치였다.

과거 평균 스탯 700일 때에도 그렇게 어렵지 않게 때려잡았었다. 스탯이 1,000에 이르게 되면서 원샷 원킬도 가능해졌다.

"그대여, 초대장은 가지……."

쾅. 이름 모를 균형자가 또 죽었다.

"그대는 감……."

쾅. 이름 모를 균형자가 또 죽었다.

"이 건방……."

쾅. 이름 모를 균형자가 또 죽었다.

"네……."

쾅. 이름 모를 균형자가 또 죽었다.

유우는 두 눈을 꿈뻑거렸다. 아무리 겨우 2층이라지만 이건 너무하지 싶다. 아예 본체로 변할 틈도 안 주고 죽여 버리고 있지 않은가. 하지만 경악하지는 않았다. 플래티넘 슬레이어가 원래 강한 건 알고 있었으니까.

'엄청난 능력치다.'

약간 감탄하는 정도였다. 쾅. 쾅. 쾅. 쾅. 소리가 났다. 모두 현석이 주먹질 혹은 발길질을 할 때마다 나는 소리였다. 그 소리가 나면 어김없이 균형자가 픽픽 쓰러졌다. 싸이클롭스의 목을 단 한 방에 잘라내어 죽이는 몬스터들 치고 너무 허무하게 죽었다.

'이곳의 몬스터들은… 단원급보다도 약한 몬스터인가?'

아마 그런 것 같기도 했다.

[투우성 3층에 진입하시겠습니까? Y/N]

그리고 3층에 진입하기 전, 현석이 주의를 줬다.

"2층에서 균형자들은 본체로 변할 시간이 있었음에도 불구하고 변하지 않았어. 그 말은 2층의 난이도가 높지 않다는 거지. 3층에서는 본체로 변할 수도 있어."

명훈의 얼굴이 핼쑥하게 질렸다.

"야, 본체로 변하면 이상한 기술 쓰잖아."

"무슨 기술을 쓸지 몰라."

"그 왜, 노란색 이상한 장풍 같은 거 쏘잖아."

"일본의 균형자는 아마 형태가 다를 거야. 한국 쪽은 사마귀였지만."

현석은 리나를 힐끗 쳐다봤다. 리나의 본체는 과연 무엇일까 생각해 봤지만 물어봐도 어차피 대답은 못해줄 거다.

"어쨌든 광역기를 사용할 수도 있으니까 조심해야 한다는 뜻이야. 물론 그전에 내가 끝내도록 하겠지만. 본체가 되면 원샷 원킬은 힘들어."

크리티컬 샷이 뜨면 가능할지도 모르겠지만 아마 원샷 원킬은 힘들 것 같다고 생각했다.

명훈은 울상을 지었다. 가기 싫다고 엄살을 부렸지만 그래도 트랩퍼인지라 가장먼저 또 앞서 걸어갔다. 투덜거렸다.

"난 죽기 싫은데 젠장."

투우성 3층에 진입했다. 그리고 이번엔 얼굴이 정말로 핼쑥하게 질렸다. 엄살이 아니었다.

'씨팔… 진짜 죽었다.'

3층은 1, 2층과는 다르게 문 바로 근처에 균형자가 있었다. 무어라 말도 꺼내기도 전에 본체로 변했다. 한 마리도 아니고 무려 세 마리가 본체인 상태로 현석 일행을 맞이했다.

'어떤 특수 스킬을 사용하는 지는 알아봐야 할 텐데.'

3층이 아마 끝이 아닐 거다. 이곳을 빠르게 클리어하기는 해야 하는데, 최소한의 것은 파악을 해야 했다. 파악을 한다면 그나마 난이도가 낮을 거라 생각되는 3층에서 하는 게 맞다. 명훈이 현석 뒤로 숨었다.

"씨팔… 한 마리도 무서운데 세 마리라니."

작은 인형 형태의 불덩어리 활도 현석의 뒤에 숨었다. 그 뒤에서 빼꼼 고개를 내밀었다.

—나는 균형자 따위 하나도 안 무서워! 메롱이다!

그렇게 외쳤다가 옆에 서 있는 리나와 눈이 마주쳤다. 참고로 리나도 균형자다. 또 참고로 말하자면 리나는 활을 쳐다보지 않았다. 앞만 쳐다봤다. 그럼에도 불구하고 활은 눈이 마주쳤다고 느꼈다.

—조, 조, 조금은 무서울 지도 몰라요, 언니.

목소리가 아주 작아졌다.

—까, 까분 건 아니어요.

투우성 3층 레이드가 시작됐다.

* * *

투우성 3층. 침입자 셋이 들어오자마자 입구에 서 있던 균형자 셋이 바로 본체로 변했다. 사마귀가 아닌 커다란 황소 세 마리였다. 황소라기보다는 코끼리에 가까운 크기였으며 두 눈이 사람 주먹만 한 크기의 눈동자가 황금색으로 번쩍거렸다. 콧김을 내뿜고 있는데 특이하게도 그 콧김이 붉은색이었다.

명훈은 다리가 덜덜 떨려왔다.

'씨팔… 진짜 미치겠네.'

현석을 믿기는 믿는데 그래도 이건 다른 문제다. 사실상 전혀 위험하지 않은 공포 영화 혹은 스릴러 영화만 봐도 가슴 졸이며 깜짝깜짝 놀라는 게 사람이다. 침을 꿀꺽 삼켰다. 이건 영화도 아니다. 거대한 크기의 황소 세 마리가 붉은색 콧김을 내뿜으며 달려드는데 아무렇지도 않다면 거짓말이다.

그때, 현석이 여태껏 사용하지 않았던 메이지 계열 스킬들을 사용하기 시작했다.

"스톰 오브 윈드 커터."

이제 현석이 가진, 대부분의 액티브 스킬은 블랙 등급이다. 그러나 현재는 봉인된 상태라 겨우(?) 레드 등급에 그쳐 있다.

그리고 레드 등급의 스톰 오브 윈드 커터는 말 그대로 윈드 커터의 향연이었다.

유우는 아무 말도 못 했다.

'저게 도대체 몇 개냐…….'

눈으로는 제대로 셀 수도 없을 만큼의 윈드 커터가 세 마리의 균형자를 에워쌌다. 대미지 자체는 그렇게 크지 않았으나 어그로를 확실히 잡았다.

현석은 내심 실망했다.

'하급 마법으로는 대미지가 별로 안 먹히네.'

그리고 유우는 또 놀랐다. 현석과 유우의 대미지에 대한 개념 자체가 달랐다.

'광역기 마법인데 실드 게이지가 반이 넘게 깎였다고?'

메이지 계열의 슬레이어들이 확실히 많아졌다. 그리고 바람 계열 전문 메이지들도 이제 그 수가 제법된다. 그런데 하급 광역기에 속하는, 그것도 대미지가 약하디 약한 바람 계열 마법으로 균형자 본체 세 마리의 실드 게이지를 50퍼센트 넘게 깎았다. 이건 말도 안 되는 일이다.

균형자 중 한 마리가 말했다.

"네놈을 죽이겠다."

균형자의 몸이 노란색으로 잠깐 빛나기 시작하더니, 음머어어어! 하고 큰 소리를 냈다. 그와 동시에 현석을 향해 달려들었다.

현석은 알 수 있었다.

'황소 형태 균형자의 특수 스킬이다.'

노란색으로 변한 코끼리만 한 크기의 황소가 현석에게 뿔을 세우고 달렸다. 아마 돌진 계열의 스킬인 것 같았다. 아직 단언할 수는 없지만 사마귀 형태의 균형자처럼 원거리 계열 스킬은 없는 것 같았다.

"윈드 커터."

최하급 마법. 그러나 레드 등급의 윈드 커터를 난사했다.

현석에게는 최하급 마법인지라 M/P 소모도 거의 없고 스킬을 구현하는 대로 기관총처럼 쏘아진다. 점이 모이면 선이 된다. 그리고 선이 모이면 면이 된다.

윈드 커터가 그랬다. 두께 약 20㎝. 수백, 수천 개에 이르는 윈드 커터가 중첩되고 또 중첩되서 아예 윈드 커터로 이루어진 벽이 하나 생겼다. 일반 메이지들은 꿈에도 못 꾸는 그런 경지였다.

윈드 커터가 날아들었다.

사사사사사삭—!

윈드 커터 수십 개가 균형자의 몸을 관통했다. 거의 면이나 다름없는 윈드 커터 세례가 쏟아지자 황소로 변한 균형자는 그 자리에서 절명했다.

사사사사사삭—!

또 한 마리 절명.

사사사사사사삭—!

또 한 마리가 사망했다.

스톰 오브 윈드 커터를 사용한 시간까지 합쳐서 걸린 시간은 약 50초 정도됐다. 명훈은 어이없다는 듯 웃었다.

"야, 윈드 커터 하급 마법 아니냐?"

"맞아."

"……."

윈드 커터는 하급 마법인데, 그걸 구사하는 현석의 지성 스탯이 1천을 돌파했다. 올 스탯 1천에 도달한 신체로 1천에 달하는 지성 스탯을 통해, 하급 마법 윈드 커터를 구현하면 이렇게 된다. 본체로 변한 단원급 균형자 정도는 그냥 썰려 나간다.

현석이 진지하게 말했다.

"꽤 강하네."

유우는 한 마디 해주고 싶었다.

'어딜 봐서?'

윈드 커터를 사용해서 순식간에 균형자 셋을 죽여 버려 놓고선 꽤 강하단다. 활이가 밝게 타올랐다.

—역시 주인님은 정말 섹시해요. 어떡해, 나 흥분해서 젖… 저, 젖소다!

활이 황급히 말을 돌렸다. 활은 화살표 모양의 불덩어리로 변해 있었는데 화살표의 끝은 리나의 가슴 쪽을 향하고 있었다. 리나는 활을 힐끗 보기는 했으나 딱히 반응하지는 않았다. 균형자 셋이 죽고 나자 명훈은 조금 안심이 된 듯 쿡쿡대고 웃었다.

"야, 근데 다시 느끼는 건데… 너 진짜 짱 먹어라."

"균형자들은?"

"음……."

명훈의 얼굴이 다시 핼쑥해졌다.

"여기로 모이고 있는데?"

"숫자는?"

"모, 몰라. 많아, 엄청 많아. 한 70마리쯤 되는 거 같아."

이윽고 땅이 울리기 시작했다. 쿠구구궁! 소리가 들려오기 시작했다. 대충 들어도 최소 수십 마리 이상의 거대 황소가 달려오고 있는 듯했다.

"제길."

현석은 딱히 다른 걸 설명하지도 않고서 몸을 앞으로 던졌다. 명훈은 발을 동동 굴렀다.

"야야! 어디가!"

현석은 스펠을 외우기 시작했다. 단순히 스톰 오브 윈드 커터로는 이 많은 숫자를 감당하기가 힘들다. 정확하게는 모르겠지만 이들은 '돌격'과 같은 특수 스킬을 갖고 있는 듯했다.

이 몸뚱이가 이대로 달리기만 해도 명훈에게는 큰 위험이 될 거다. 스톰 오브 윈드 커터까지는 스펠이 필요 없다. 그러나 이것부터는 아니다.

모습이 보이기 시작했다. 만약 이곳이 흙과 모래로 이루어진 땅이었다면 모래 폭풍 같은 흙먼지가 피어올랐을 거다.

수십 마리의 거대한 황소가 떼를 이루어 쳐들어오고 있으니 그 기세가 마치 해일과도 같았다.

현석은 숨을 잠깐 들이 마셨다. 제대로 사용하는 건 처음이었다.

[올 스탯 슬레이어의 봉인을 해제합니다.]

[능력치를 개방합니다.]

[능력치 상승으로 인해 상위 등급의 스킬 가동 제한이 풀립니다.]

모든 능력치가 개방됐다. 그러나 여기엔 시간제한이 따른다. 이제부터 정말 초고속으로 뚫고 올라가야 한다.

'광역 회오리.'

어차피 이젠 스킬명을 말할 필요도 없다. 스킬명을 굳이 육성으로 표현하는 건 다른 슬레이어들과의 원활한 연계를 위해서다. 그러나 연계 같은 건 이제 필요 없다.

광역 회오리. 현석이 이번에 익히게 된, 광역 마법이다. 대미지 반경이 약 30미터. 높이 약 20미터쯤 되는 토네이도 3개가 현석의 손을 통해 세상에 처음으로 모습을 드러냈다.

거센 바람 소리와 함께 바닥이 찢겨져 나가기 시작했다. 회오리의 특수 효과다.

쿠오오오오—!

유우는 망연자실해서 멍하니 앞을 쳐다봤다.

'저게… 진짜 바람 계열 마법?'

유우도 처음 봤다. 반경 30미터, 그게 무려 3개. 이 거대한 공동 안을 가득 채울 만큼의 거대한 소용돌이가 휘몰아쳤다.

스킬 자체의 특수 효과인지 강맹한 바람이 여기까지 느껴졌다. 바람 소리가 이렇게 거대할 수도 있다는 걸 이번에 처음 알았다.

지름 60미터의 거대한 토네이도가 한바탕 휩쓸고 나자 주변엔 아무것도 남지 않았다. 수십 마리의 균형자 본체가 아무것도 못하고 그냥 전멸했다.

4층에 너무나 쉽게 진입했다. 4층에는 단 한 마리가 있었다. 아무래도 준 보스 몬스터급인 뭔가가 있는 듯했다. 하지만 현석의 주먹질에 그냥 죽었다. '제법'이 끝이었다. 아마 '제법이구나, 미물이여'와 같은 말을 했을 것이라 짐작됐다.

"야, 현석아. 죽은 저놈 네임드 몬스터야?"

"아니."

'그럼 그렇지. 네임드 몬스터가 그렇게 쉽게 죽을 리 없지'라고 생각은 했다.

4층에서 죽은 부단장 케이가 들었다면 엄청나게 억울할 일이겠지만.

5층, 5층에도 한 마리가 있었다.

"감……."

그리고 그 균형자는 '감'을 말한 채 죽었다. 명훈이 상층으로 가는 길을 탐색하면서 중얼거렸다.

"감히 어쩌고저쩌고를 말하려고 했던 것 같은데."

4층도 한 방. 5층도 한 방이다. 길드원이자 친구인데 뭐 이런 놈이 다 있나 싶다. 딱 한 마리씩 나오는 걸 보아 보스급까진 아니어도 준 보스급. 그러니까 최소 단원급은 넘는 균형자일 텐데 너무 쉽게 죽였다.

유우는 좀 허탈해질 지경이었다. '고기 방패'가 되겠다며 그렇게 굳건하고 비장한 각오를 하고 여기까지 왔는데 일이 너무 어이없이 진행되고 있다.

6층. 6층에도 한 마리가 있었다. 본체로 변한 상태였다. 3층에서 봤던 균형자보다 덩치가 2배 이상 컸다.

"그."

그리고 죽었다. 현석의 귀에 알림이 들려왔다.

[투우성 단장. 파이온 N. 블루어스를 슬레잉했습니다.]

[결코 불가능한 업적으로 인정됩니다.]

네임드 몬스터였다. 투우성의 단장이란다. 단장이면 왕 바로 밑 클래스의 균형자다.

그를 한 방에 죽였더니 결코 불가능한 업적으로 인정 됐다.

더 놀랄 것이 없다고 생각했건만 유우는 또 놀라고 말았다. 이 무슨 말도 안 되는, 경이적인 능력이란 말인가. 네임드 몬스터를 처음 본다. 그런데 그 네임드 몬스터를 단 한방의 주먹질로 죽여 버렸다. 심지어 그 네임드 몬스터가 단장이란다.

유우는 허탈해져서 다리가 풀릴 뻔했다.

'단장이라고?'

'단장이 생각보다 약한 놈인가'하는 어이없는 생각마저 들었다. 전 세계의 슬레이어들은 단원급 균형자들도 상대하기 힘들어 한다. 그나마도 현석의 '쩔'을 통해 균형자들과 대적할 수 있게 된 거지 단장급 균형자는 여태껏 본 적도 없다.

그런데 그 단장급 균형자를 한 방에 죽여 버리다니. 눈으로 보고 있어도 믿기지 않을 지경이었다. 자신에게도 보너스 스탯이 착실히 지급되고 있다는 사실마저 잊을 만큼 유우의 머릿속은 텅 비어버렸다.

명훈이 말했다.

"현석아, 6층은 보스몹이 여러 마리인가 보다."

"단장급이 한 마리는 아닐 테니까."

예전 자신을 루타포라 소개했던 균형자는 당왕성의 7단장 중 한명이라고 했다. 유우는 생각했다.

'아무려면 어때…….'

아무려면 어떤 게 맞았다.

[투우성 단장. 길레아 N. 티치를 슬레잉했습니다.]

[결코 불가능한 업적으로 인정됩니다.]

[투우성 단장. 프레타 N. 피닝을 슬레잉했습니다.]

[결코 불가능한 업적으로 인정됩니다.]

[투우성 단장. 생투어 N. 폴리어스를 슬레잉했습니다.]

[결코 불가능한 업적으로 인정됩니다.]

정말 '아무려면 어때'였다. 단장급 균형자들은 현석의 공격 한 번을 버티지 못하고 '네' 혹은 '감'을 말하고 죽었다.

이런 알림음을 총 6번 들었다. 이름도 잘 기억 안 난다.

명훈이 말했다.

"찾았다."

길을 찾았다. 이제 7층이다. 알림음이 들려왔다.

[준 보스 몬스터 '투우성 총단장. 쿠몬'의 보스 룸에 진입하시겠습니까? Y/N]

친절한 알림음들도 들려왔다.

'설마… 총단장마저 한 방은 아니겠지.'

그런데 한 방이 맞았다. 투우성 총단장 쿠몬은 현석의 주먹질에 별말도 못하고 그냥 죽었다.

현석의 전투 스탯은 지금 4,800이다.

안내를 하던 명훈이 멈췄다.

"마지막이네."

알림음이 들려왔다.

[투우성 보스 몬스터. 쿠루시오 A. 루틴의 보스 룸에 진입하시겠습니까? Y/N]

유우에게도 또 알림음이 들려왔다.

[현재 슬레이어의 능력치를 과도하게 초과하는 난이도의 던전

입니다.]

[섬멸 퀘스트를 포기할 수 있습니다.]

[N 선택 시 던전을 탈출할 수 있습니다.]

유우는 플래티넘 슬레이어의 뒷모습을 쳐다봤다.

'설마 왕도 한 방에 죽이는 건 아니겠지…….'

*　　*　　*

관문을 모두 돌파했다.

'남은 시간은 충분해.'

6층에서 시간을 좀 끌었다. 그래도 아직 남은 시간은 21시간이 넘는다. '새벽을 베는 자 프리온'도 단 한방에 처리했다. 그래봐야 하더 모드 수준일 터. 시간은 넉넉하다고 생각했다.

그때, 목소리가 들려왔다.

"그대는 초대장도 받지 않은 상태로 감히 나의 영역을 침범했는가?"

횃불들이 일시에 켜졌다. 주위가 밝아졌다. 황금색 기둥, 황금 의자 그리고 그 위에 앉아 있는 붉은 머리카락과 황금색 눈동자를 가진 남자.

프리온과 조우했을 때와 비슷했다. 현석은 바로 공격하려고 했다.

[보스 몬스터 레이드가 시작되지 않았습니다.]

[공격할 수 없습니다.]

공격을 하려고 했으나 시스템이 제한을 걸었다. 균형자가 아무것도 하지 않고 무심히 이쪽을 바라보고 있는 동안 현석도 움직이지 못했다.

"동족 살해자께선 어찌하여 저 미물과 함께 계신 건지."

"……."

리나는 대답하지 않았다.

"이해할 수 없는 것투성이로군요. 혹여 프리온을 직접 죽이셨습니까?"

리나가 고개를 저었다.

"나는 그대들의 행사에 관여할 수 없는 바. 그때를 제외하면 내가 그대들을 공격할 수 없다는 건 익히 알고 있지 않은가?"

"오늘 프리온이 이곳에 찾아오기로 했었습니다. 그러나 오지 않았습니다."

"프리온은 죽었음이니."

"……."

균형자가 자리에서 일어섰다.

"…그 말이 사실입니까?"

"그대는 내가 거짓을 말하고 있다고 생각하는가?"

"그럴 리는 없겠지요."

"그대는 프리온과 각별한 사이라 알고 있다."

"……."

알림음이 들려왔다.

"저 하찮은 미물이 프리온을 죽였습니까?"

특수 효과 때문인지 던전 안이 진동하기 시작했다. 마치 지진이라도 일어난 것 같았다. 그리고 그제야 그토록 기다리던 알림음이 들려왔다. 대기 시간이 약 3분 정도였는데 그 3분도 굉장히 길고 지루하게 느껴졌다. 마치 게임을 하는데 SKIP이 안 되는, 쓸데없는 배경 설명을 보는 듯한 느낌이었다.

[쿠루시오 A. 루틴 레이드가 시작됩니다. 10초.]

몬스터의 몸이 부르르 떨리기 시작했다. 아주 잠깐이지만 크하하하! 하고 크게 웃었다.

[쿠루시오 A. 루틴 레이드가 시작됩니다. 4초.]

명훈과 유우는 긴장했다. 다른 몬스터도 아니고 균형자들의 최정점에 있다는 12왕 중 한 명이었다. 유우는 지금 정신이 없다.

플래티넘 슬레이어의 막강함에 많이 놀라기도 놀란 거고 전 세계 최강의 몬스터들 중 한 마리가 눈앞에 있다 생각하니 아찔해지기도 했다.

'일반 균형자들에게 이치고의 하드 모드 슬레이어 50퍼센트가 궤멸했다.'

그런데 그 일반 균형자보다도 더 강한 단장급, 총단장급을 한 방에 죽여 버리고 이젠 왕 앞에 섰다. 하드 모드보다 더 상위 등급. 하더 규격 던전의, 그것도 보스 몬스터 앞에 선 거다.

음성이 들려왔다.

"대답하라, 미물. 그대가 나의 형제 프리온을 죽였는가?"

균형자의 목소리가 조금씩 떨렸다. 현석은 아무런 대답도 하지 않았다. 어차피 상대는 몬스터다. 어떤 대화를 하느니 빨리 죽이는 게 낫다. 그게 업적 보상에도 참작이 될 거고 말이다.

[쿠루시오 A. 루틴 레이드가 시작됩니다. 1초.]

균형자의 몸이 변화했다. 소의 형태인 건 같았다. 그런데 색깔이 달랐다. 검은색이다.

검은색의 거대한 소가 검은색 콧김을 내뿜었다.

[쿠루시오 A. 루틴 레이드가 시작됩니다.]

유우는 주먹을 불끈 쥐었다. 여기가 진짜다. 무슨 일이 있어도 명훈만큼은 지켜야 한다. 자신이 약속한 것은 지켜야만 했으니까. 모르긴 몰라도 저 몬스터는 특수 스킬을 최소 1개 이상은 가지고 있을 거다. 그리고 그 스킬은 광역기일 확률이 높았다.

자이언트 터틀도 그랬고 키클롭스도 그랬다. 그런 광역기가 있다면 발동과 동시에 자신과 명훈은 죽을 수도 있다.

'플래티넘 슬레이어가 방어를 위해 돌아오는 그 1초만 벌어주면 돼.'

고기 방패의 역할을 자처했고 그걸 지키기 위해 각오를 다지고 있는데 알림음이 들려왔다.

[네임드 몬스터. '땅을 짓밟는 자—쿠루시오 A. 루틴'을 사냥했습니다.]

'응?'

유우가 각오를 다 다지기도 전에 끝났다. 콰과광! 하는 소리가 들린 것 같은데 끝이 나 있었다.

[쉬운 업적으로 인정됩니다.]

유우는 다리가 풀려 주저앉았다.

*　　　*　　　*

12왕 중 2왕을 클리어했다. 해놓고 보니 그렇게 어려운 일이 아닌지라 인하 길드원들도 전부 동행하기로 했다. 하더 규격, 그러니까 하드 모드보다 상위 등급의 던전이고 그 곳은 인하 길드원들을 강화시키는데 매우 좋은 곳이 될 테니까 말이다.

게다가 슬슬 '불가능에 도전하는 자' 칭호도 업그레이드될 때가 됐다. 하더 던전을 클리어하다 보면 아마도 불가능에 도전하는 자 칭호가 업그레이드될 거다.

어쨌든 전 국민으로부터 열렬한 환호와 지지를 받은 플래티넘 슬레이어는 대외적인 휴식기에 들어갔다. 균형자들의 본거지를 소탕하다가 약간 부상을 입어 치료가 필요하다고 했다.

그리고 다음 행선지인 중국으로 향했다. 중국이 다른 나라들에 비해서 커다란 이익을 제시했던 건 아니었다. 사고가 터져서 그랬다.

명훈이 엄살을 부렸다.

"와, 나 진짜 죽을 뻔했는데 거길 또 가라고?"

게다가 생색도 냈다.

"무려 왕복 4시간이나 걸렸어! 힘들었다고 엄청."

"수고했어."

"저번엔 원주로 부르질 않나, 이번엔 중국 출장 갔다 오질 않나. 나 휴가 주긴 주냐?"

현석은 피식 웃었다. 말로는 저래도 신나서 갔다 왔다. 뭔가 새로운 것을 처음 발견하는 것에 희열을 느끼는 녀석이 아니던가.

"그런데 확실히 그렇긴 하더라. Ghost(유령) 형태의 몬스터들이 도시에도 꽤 많이 있어."

중국 측에서 이상함을 느꼈단다. 그래서 명훈을 보내봤더니 실제로 그랬다.

"Possesion Ghost는 확실히 아냐. 생김새도 굉장히 다양하고. 뭐라고 그래야 돼? 진짜 유령들이 많은 것 같더라."

"예전에 중국 갔었을 땐 없었지?"

"모르지. 그때도 있었는데 그땐 내가 실력이 안 좋아서 못 알아차렸을 수도 있고."

"그런데 탐색되자마자 공격을 시작했다고?"

여태껏 없던 형태의 몬스터들을 발견한 것까지는 좋았다. 그런데 가만히 있던 몬스터들이 탐색되자마자 주변의 사람들을 공격했다고 했다.

운이 좋은 건지 나쁜 건지, 하필이면 그때 전투 필드의 시간이 다 되어 전투 필드가 사라졌는데, 그러자 신기하게도 공격이 멈췄다고 했다.

명훈은 한껏 엄살을 부린 뒤 BBJ의 좌석에 앉았다.

'그 짧은 순간에 일반인이 10명 넘게 죽었어.'

이렇게 될 줄은 몰랐지만 그래도 그 10명에 대해 죄책감을 느끼지 않는 건 아니었다. 10명의 목숨은 결코 가볍지 않으니까 말이다.

현석도 좌석에 앉아 생각에 빠져들었다.

'중국은 약간 특별한 곳이야. 중국부터 가봤어야 했나?'

중국은 예전부터 약간 특별한 곳이었다. 현석이 듣도 보도 못한 아이템들을 인하 길드원들에게 제공했다.

가장 대표적으로, 연수가 가지고 있는 성자의 방패를 들 수 있겠다. 그것뿐만 아니라 그들은 실드 스킬북을 어떻게 얻는 지에 대한 방법도 제공해 줬다.

'일본에는 폴리모프 마법이 있었어. 중국은……'

중국엔 비가시 형태의 몬스터들이 지금 도시 내에 잠입해 있다고 했다. 지금 당장은 공격을 하고 있지 않는 듯했다. 중국 유니온에 말도 해줬다. 그러나 공표하지는 않았다. 지금 당장 대비책도 없는데 알려봐야 혼란만 야기할 뿐이니까.

얼마 뒤. 현석은 중국 유니온에 도착할 수 있었다. 장위평이 직접 나와 맞이했다.

중국 내 PRE—하드 던전을 함께 클리어하게 된 길드는 바로 '옌다' 길드. 차이나 레지스탕스를 가장 선두에 서서 이끌었었던, 말하자면 장위평과 가장 처음부터 함께 했던 길드였다.

소수 정예라기보다는 다수로 이루어진 대형 길드였는데 숫자가 무려 300명에 육박한다고 했다. 그중에서 엘리트를 추려 명단을 제출했는데 숫자는 약 24명가량이었다.

장위평이 말했다.

"현재까지 중국에서 발견된 PRE—하드 던전은 약 60개 정도 됩니다."

"던전은 내일부터 바로 클리어하도록 하죠. 그리고 균형자들의 본거지의 위치가 파악되는 대로 소탕하겠습니다."

PRE—하드 던전 클리어와 동시에 하더 던전. 즉, 균형자들의 성을 소탕할 계획을 짜놨다. 효율적인 루트로 움직여야 했다. 중국측으로부터 자료를 건네받아 한국 유니온과 현석이 이동 경로를 짰다.

"플래티넘 슬레이어께 불편함이 없도록 최대한 신경 쓰도록 하겠습니다."

현석은 고개를 끄덕였다. 여기 갔다가 저기 갔다가, 계획 없이 아무렇게나 움직이면 시간도 돈도 낭비다.

레드스톤 하나가 900억에 육박하는 지금, 계획 없이 몇 시간을 버리면 수억 원을 길바닥에 버리는 꼴이 된다.

현석은 옌다 길드의 위준과 만났다.

"안녕하십니까? 옌다 길드를 맡고 있는 위준입니다."

인하 길드는 위준의 안내를 받아 이동했다.

상급 균형자들이 모습을 드러내기 시작했다. 본체로 변했다. 평화는 두 눈을 꿈뻑거렸다.

'귀, 귀여워.'

말도 안 되는 생각이지만 귀여웠다. 균형자들의 본체는 판다 곰과 비슷한 형태였는데 실제 판다 곰과 그 크기가 비슷했다. 적어도 2미터가 넘는 사마귀보다는 훨씬 귀여웠다. 다만, 균형자이기 때문에 '귀여워!'라고 말을 못했을 뿐.

그리고 판다 곰 형태의 균형자는 말을 시작했다.

"너……."

판다 곰 한 마리가 죽었다. 벌써 3층이다.

"감……."

죽었다.

"우……."

죽었다.

인하 길드원들은 허탈해졌다. 현석과 함께 던전을 클리어하면 항상 느끼는 건데, 오늘은 그 정도가 심했다. 4층에서 이어진 판다 곰 웨이브도 광역기와 윈드 커터로 쓸어버렸다. 5층에서는 봉인을 풀고 각성 상태에 들어섰다.

각성 상태에 들어선 현석은 블랙 등급의 회오리와 무심한 주먹질로 단장급, 총단장급 균형자를 클리어해 버리고 '웅성'의 지배자인 '레이첼 K. 휜더'도 순식간에 끝내 버렸다.

약 5미터의 신장을 가진, 그래도 사마귀에 비해선 나름 귀여웠던 판다 곰은 현석의 주먹질과 회오리에 정신도 못 차리고 그냥 죽었다.

[웅성 단장. 크레아 N. 바르티슈를 슬레잉했습니다.]

[결코 불가능한 업적으로 인정됩니다.]

[네임드 몬스터. '지배하는 자—레이첼 K. 휜더'을 사냥했습니다.]

업적에 업적에 업적이 쌓였다. 일일이 세는 것도 포기했다. 민서는 실감이 안 났다.

"이런 식이면 우리도 엄청 강해지겠네."

현석만큼 스탯이 뻥튀기 되지는 않지만 그래도 인하 길드원 역시 불가능에 도전하는 자 칭호를 갖고 있다. 이 정도면 파워 인플레라고 해도 좋을 정도로 빠르게 강해질 수 있다.

연수는 표정이 못내 안 좋았다.

"우린 하는 것도 없는데."

현석이 어깨를 으쓱했다.

"아냐. 어차피 나 혼자 강해지는 건 그렇게 바람직하지 못해. 강하고 새로운 몬스터가 나타났는데 나만 상대할 수 있는 개체면 좀 그렇잖아."

혼자 강해지는 건 물론 좋다. 여태까지는 그게 좋았다. 그러나 앞으로 더 강한 몬스터가 나오고 만약에라도 현석 혼자서 상대하기 벅찬 몬스터가 나온다면, 그땐 동료가 있는 게 좋다.

'모드는 이게 끝이 아냐. 분명… 더 있다.'

아직 재앙수준의 몬스터는 등장하지도 않았다. 피해라고 해봐야 자연재해에 의한 피해보다도 적었다. 현석은 이게 끝이라고 생각하지 않았다. 슬레이어들의 수준이 전반적으로 높아지면 인류가 몬스터에 대항하는 것에도 도움이 많이 될 거다.

웅성을 클리어하고 나왔다. 전 세계, 하드 모드 슬레이어들에게도 알림음이 들려왔다.

[퀘스트, 습격의 유예기간을 재산정합니다.]

[유예기간이 사라집니다.]

[퀘스트, 습격이 발동됩니다.]

여태껏 미뤄져 왔던 퀘스트. 현재 슬레이어들에게 벅찰 것이 분명한 퀘스트인 습격이 발동되었다. 당연히 전 세계는 난리가 났다.

한국. 몬스터 관리 본부, 본부장 강찬석이 시급히 확인했다.

"플래티넘 슬레이어의 위치 확인은?"

"중국입니다. 확실히 연락되고 있습니다. 게다가 왕성을 클리어했으니 피해는 없을 거라 짐작됩니다."

"정말 다행한 일이야."

미국 유니온장과 미국 대통령이 긴급 만남을 가졌다. 에디가 말했다.

"우리는 플래티넘 슬레이어와 직통 연락처를 갖고 있습니다. 형식상 유니온을 통하긴 해야 겠지만요."

미국 대통령 데이빗 로져가 고개를 끄덕였다. 그나마 좀 안심이 됐다.

"좋습니다. 일을 정말 잘하고 계시군요."

일본 제1유니온 이치고의 유닝온장 야마모토에게 신페이가 말했다.

“우린 타국에 비해 비교적 플래티넘 슬레이어와 좋은 관계를 유지하고 있습니다. 예전에 위안부 문제와 독도 문제, 역사왜곡 문제 등을 앞장서서 해결한 것은 신의 한 수였습니다.”

“덕분에 왕성을 클리어했지.”

“시간이 지나야 확실해지겠지만 우린 안전할 겁니다.”

중국 유니온은 안심했다.

“현재 플래티넘 슬레이어는 북경에 체류 중인 것으로 알려졌습니다. 다행한 일입니다. 게다가 왕성도 클리어됐으니 안전할 가능성이 매우 높습니다.”

그 외 다른 국가들은 벌써부터 긴장을 하기 시작했다. 예전, 일본은 하드 모드 슬레이어의 50퍼센트를 잃는 엄청난 피해를 봤었다. 그게 꼭 일본에 한정된 문제는 아닐 거다.

플래티넘 슬레이어가 원정을 오기를 모두가 염원했다. 플래티넘 슬레이어를 진작에 섭외했던-사실 운 좋게 어두운 지도가 가리켰던-일본과 중국은 칭찬을 받았다. 플래티넘 슬레이어를 자국에 데려온 것만으로도 유니온의 능력을 입증했다고 평가됐다.

“진짜… 무슨 일 벌어지는 거 아냐?”

“습격 퀘스트. 도대체 뭐야?”

“일본에서 50퍼센트가 죽었잖아.”

슬레이어들이 한국으로 도피하는 괴이한 현상까지 벌어졌다. 혹시라도 자국 슬레이어들을 잃을 수도 있어서, 국가와 유니온이 나서서 슬레이어들을 한국, 그도 아니면 일본과 중국으로 수

송했다.

그리고 8시간 뒤. 퀘스트, 습격이 시작됐다.

*　　　　*　　　　*

전 세계가 들썩였다. 균형자들의 습격 퀘스트는 원래 2년의 유예기간을 갖고 있었다. 그나마 한숨 돌렸다고 생각했었는데 갑자기 그 유예기간이 사라져 버렸다. 하룻밤 사이에 전 세계적으로 수천 명의 하드 모드 슬레이어들이 죽었다.

〈전 세계 하드 모드 슬레이어. 봉변을 당하다.〉

〈하드 모드 슬레이어. 수천 명 사망.〉

그런데 낭중지추라고, 피해가 없거나 덜한 곳이 있었으니 그곳은 바로 미국, 한국, 일본, 중국이었다. 일본이야 저번에 하드 모드 슬레이어 70퍼센트가 궤멸되는 큰 격변을 겪었다 치더라도 한국은 이번 풍파에서 또 빗겨갔다.

〈한국으로 대피한 슬레이어들, 구사일생.〉

〈습격 안전지대. 한국, 일본, 중국.〉

플래티넘 슬레이어가 왕성을 클리어한 세 국가는 안전했다. 이곳으로 도피한 슬레이어들은 피해가 없었다. 플래티넘 슬레이어가 만들어준 안전지대는 그 역할을 톡톡히 했다.

미국의 경우는 자력으로 균형자와 맞서 싸웠다. TS의 길드원들은 각기 최고 스탯이 약 600에 이른다.

균형자들이 본체로 변하지만 않는다면 스탯 300만 되어도 단원급 균형자들과는 충분히 싸울 수 있다.

그리고 TS 길드원들의 하위 길드들 역시 이제 스탯 300에 거의 근접하고 있는 추세다.

〈명불허전 슬레잉 강국 미국. 균형자들의 습격을 막는데 성공.〉

물론 사망자는 많이 발생했다. 미국 내에서 700명의 하드 모드 슬레이어가 죽었다. 그러나 무력하게 당한 타국과는 달리 레드스톤을 무려 60개나 획득하는 쾌거를 이뤄냈다. 이름하여 '플래티넘 슬레이어 효과'였다.

플래티넘 슬레이어로부터 쩔을 받은 국가인 미국은 단시간 내에 급격한 성장을 이뤄냈으며 막강한 저력을 쌓을 수 있었다.

"플슬의 손을 거치면 쪼렙도 고렙되는 거지."

"아예 안전지대가 만들어진 건 어떻고? 세지는 것도 좋지만 안전 구역이 생기는 게 더 좋지."

"어쨌든 그게 다 플래티넘 슬레이어 효과 아니겠냐?"

일단 어떻게 되든 플래티넘 슬레이어의 손을 거치면 뭔가 훌륭한 결과가 나온다는 것이 플래티넘 슬레이어 효과였다.

한편, ㈜소리와 글록이 합작하여 만들어낸 NC탄은 수요가 급증하기 시작했다. 이럴 때를 대비해 미리 재고를 많이 쌓아놓았다.

NC탄이 전 세계에 보급됐다. 사람들은 ㈜소리와 글록의 발빠른 대처와 준비성에 혀를 내두르며 감탄했다.

"그 대단하다는 미국도 NC탄 없이는 균형자한테 상대가 안 된다던데."

"NC탄이야말로 균형자를 잡는 핵심이래. 이런 물건을 어떻게 미리 비축해 놓을 수가 있는 거야?"

습격 퀘스트가 발발한 이후 유럽에도 변화가 일기 시작했다. 과거, 1차 평화기가 끝나고 나서 한국에는 '신 슬레이어'라 불리는 집단이 잠시 득세한 적이 있다. 지금이야 '구 슬레이어'니 '신 슬레이어'니 하는 구분은 의미가 없어졌지만 말이다.

종원이 말했다.

"현석아, 너도 들었지? 유럽에서 정령사 클래스가 새로 생겨나고 있다는 거?"

"들었어."

유럽은 슬레잉에 있어서는 굉장히 약체라고 할 수 있었다. 슬레이어들의 수준이 가장 낮았다. 몬스터들의 수준이 낮다 보니 슬레이어들의 수준도 높아지기가 힘들었다.

그나마 E—유니온이라는, 유럽연합을 만들어 세계에 목소리를 낼 수 있을 정도다.

단일 국가의 유니온이라 한다면, 한국이나 미국처럼 단일 유니온으로 국제 사회에 힘을 행사할 수 있을 정도는 결코 못 되었다.

그런데 정령사 클래스가 생기기 시작하면서 유럽의 슬레잉 수준이 기하급수적으로 높아지기 시작했다고 한다.

한국의 신 슬레이어들처럼, 그들의 기본 능력치와 성장 속도는 기존의 슬레이어들보다 훨씬 빨랐다. 듣기로는 '친화력'이라는 별개의 스탯이 존재하는 모양이었다.

현석이 말했다.

"어차피 일정 수준 이상까지 강해지지는 못할 거야. 신 슬레이어들도 처음에는 엄청난 속도로 발전했지만 이후에는 비슷해졌잖아."

"늦게 출발하는 이들을 위한 어시스트 같은 건가?"

"현재로서는 그 가능성이 제일 높지."

미국에선 '정신계 마법'을 봤고 일본에선 '폴리모프 마법'을 봤다. 중국에는 Ghost 형태의 몬스터들이 돌아다니고 있는걸 확인했다. 그런데 이젠 유럽에서 정령사가 나타나기 시작했단다. 하드 모드 이후로도 변화는 계속되는 모양이었다.

명훈이 현석에게 가까이 붙었다.

"어떻게 할 거야?"

"뭐가?"

"거기 가봐야 하지 않겠어?"

"가야지."

"역시 그렇지?"

명훈은 새로운 것을 발견하는 걸 좋아한다. 최초이면 제일 좋겠지만 최초가 아니어도 어쨌든 뭔가 새로운 게 생기면 눈으로 확인하고 싶어 한다.

"어두운 지도가 가리키는 다음 행선지가 영국이거든."

*　　　*　　　*

예전에도 그랬지만 전 세계는 플래티넘 슬레이어를 필요로 했다. 균형자들의 습격 퀘스트가 시작됐다. 플래티넘 슬레이어의 몸값이 더욱 높아졌다. 몸은 하나인데 부르는 곳은 많았으니까. 이번에 한국과 중국, 일본은 습격 퀘스트를 피해갔다. 플래티넘 슬레이어가 균형자들의 본거지를 소탕했기 때문이다.

그 사실이 알려지면서 세계 각국에서 한국 유니온을 통해 현석에게 러브콜을 보내왔다.

특히 미국에서 안달이 났다. 레드스톤을 많이 얻기는 했으나 하드 모드 슬레이어가 700명 죽었다. 하드 모드 슬레이어는 무에서 유를 창조할 수 있는, 하나하나가 아주 귀중하디 귀중한 자원이다. 하드 모드 슬레이어를 잃는다는 건 엄청난 손실이다.

'당분간은 단원급 균형자들만 활동을 할 거야.'

균형자들의 습성은 어느 정도 파악했다. 결코 필요 이상의 무력을 보내지는 않는다. 현석이라는 변수가 있기는 있었지만 일반인들에게 피해를 주지 않으려는 이상한 모습도 보이곤 했다.

그리고 '성'에 들어서면 '섬멸 퀘스트'가 발동하는데 그 퀘스트조차도 처음엔 하급 균형자부터 시작했다.

'상위 퀘스트인 섬멸조차도 그랬으니까. 단원급이 가장 먼저 움직이겠지.'

예상이 아니라 확신이었다. 한편, 각국의 슬레이어들은 잠을 자기가 두려웠다. 특히 하드 모드 슬레이어들이 그랬다. 밤이 되면 어김없이 균형자들이 찾아왔다. 어디에 있는지 어떻게 알고 귀신같이 쫓아왔다. 오죽하면 하드 모드 슬레이어들이 앞다투어 한국으로 숨어들고 있을까.

전 세계적으로, 하루에 수백 명의 하드 모드 슬레이어들이 죽었다. E—유니온은 플래티넘 슬레이어가 오기를 학수고대했다. E—유니온은 유럽 국가 유니온들의 연합이다. 각국의 유니온장들을 장로라고 부르는데 영국의 장로는 신이 났다. 플래티넘 슬레이어의 다음 행선지가 바로 영국이었기 때문이다.

"도대체 어떻게 한 겁니까?"

"어떤 당근을 사용하면 플래티넘 슬레이어를 영국으로 부를 수 있는 겁니까?"

영국의 장로 에반스는 헛기침을 했다. 사실 그가 결정적인 역할을 한 건 아무것도 없었다. 어두운 지도의 행선지가 영국이었을 뿐이다. 그가 할 수 있는 말이라곤 두루뭉술하게 둘러대는 것 정도밖에는 없었다. 진지한 표정을 짓고 말했다.

"진심을 담아 간구했습니다."

*　　　*　　　*

현석은 영국에 도착했다. PRE—하드 던전들을 클리어하는 것도 나쁘진 않지만 일단 급선무는 균형자의 성을 클리어하는 거다.

섬멸 퀘스트를 클리어하게 되면 습격 퀘스트도 사라진다. 적어도 여태까지는 그랬다.

"균형자들의 본거지를 칠 겁니다."

영국 유니온 장. 다시 말해 장로 에반스는 아주 조심스레 되물었다.

“그럼 PRE—하드 던전은?”

현석이 무표정한 얼굴로 에반스를 잠시 쳐다봤다. 무표정이었지만 에반스는 괜히 찔렸다.

“하루가 다르게 전 세계의 슬레이어들이 죽고 있는 형국입니다. 귀국에게 도움을 드리고는 싶지만 그보다 하루 빨리 본거지 소탕에 나서야 할 것 같군요.”

당왕성, 투우성, 웅성. 여태까지 3개의 성을 클리어했다. 앞으로 9개만 더 클리어하면 습격 퀘스트는 사라질 거다. 현석은 인하 길드원들을 데리고 어두운 지도를 따라 하더 던전을 찾았다. 그리고 클리어해 냈다.

영국에 위치한 균형자의 성은 범성이었으며 균형자는 호랑이의 형태를 갖고 있었다.

〈영국을 찾은 플래티넘 슬레이어. 균형자의 본거지를 쓸어버리다!〉

〈영국 국민들 환호.〉

〈영국 국민들의 영웅으로 떠오른 플래티넘 슬레이어.〉

영국 사람들도 플래티넘 슬레이어가 대단하다는 걸 안다. 그러나 이렇게 몸소 직접 느낀 건 처음이다. 하루에도 수백 명의 하드 모드 슬레이어가 죽어가고 있는데, 그걸 보지 못해 직접 전 세계를 돌며 균형자들을 소탕하는 모습은 말 그대로 영화 속 히어로였다.

그 히어로에게 종원이 말했다.

"야, 너 조루잖아. 앞으로 어떡해? 3일 쉬어야지."

"부상입어서 좀 쉬어야 한다고 해야지 뭐."

"그동안 PRE—하드 던전이나 돌지?"

"나도 그러고 싶지만 그럴 수는 없잖아. 내가 몸 멀쩡히 PRE—하드 던전 깨고 있으면 사람들이 어떻게 생각하겠어?"

논리적으로 생각한다면 전 세계의 하드 모드 슬레이어들이 균형자에 의해 죽는 것과 현석이 PRE—하드 모드 던전을 클리어하는 건 별로 상관이 없다.

이왕에 영국에 온 거 영국 내 PRE—하드 던전을 클리어하는 건 현석에게도 좋은 일이다. 각성 상태를 유지하지 않아도 충분히 클리어할 수 있으니까 말이다.

그러나 그 습격 퀘스트를 종결시킬 수 있는 거의 유일하다시피 한 사람이 다른 일을 하는 건 아무래도 좋게 해석될 수가 없다.

명훈이 고개를 끄덕였다.

"하기야. 네가 사람들의 목숨을 지킬 의무가 있는 건 아니지만… 그래도 사람들은 네가 지켜야 한다고 생각하겠지. 그 일을 내팽개친 채 던전을 돌고 있으면 욕 바가지로 먹을 거야."

욱현이 귀를 후볐다.

"그러는 지들은 뭐 우리 도와주기라도 한대냐? 울 길장님이 걔네들 구해줘야 할 의무가 있는 것도 아니고. 구해주면 고마운 거고 아니면 어쩔 수 없는 거지."

"그건 그렇지만 아마 사람들은 현석이를 욕할 걸요? 대중이란 게 그래요."

현석이 피식 웃었다.

"일단 난 대외적으로 3일 정도는 쉬면서 체력을 회복해야 하고. 영국 내 PRE-하드 던전은 인하 길드끼리 클리어하는 걸로 하자, 대외적으로는."

*　　　*　　　*

힘을 전부 개방하고 나서는 3일 정도의 휴식기가 필요하다.

각 지역을 담당하는 균형자성을 클리어하고 나면 균형자의 습격 퀘스트는 종료된다. 그래서 영국 안이라면, 마음 놓고 쉴 수 있다.

그리고 그 3일간 영국 내 PRE-하드 던전을 돌기로 했다. 플래티넘 슬레이어는 쉬고 인하 길드만이 나섰다. PRE-하드 던전을 쉽게 클리어하기 위해 다들 잔여 스탯을 조금씩 올렸다.

최고 스탯을 약 500 정도에 맞췄다. 이 정도면 PRE-하드 던전은 쉽게 깰 수 있다. 무엇보다도 안내하는 트랩퍼가 이명훈이다.

적어도 영국 내에선 최고의 길드인 'TIME'의 부길드장 케인은 불안한 기색을 내비쳤다.

"플래티넘 슬레이어가 없다면… 좀 불안하지 않을까요?"

"플래티넘 슬레이어의 길드보다 한 단계 밑으로 평가되는 TS 길드도 미국 내 던전들을 잘만 클리어하고 있는데 무슨 소리야?"

"그래도 매번 사망자가 서너 명은 나오잖아요."

던전에 입성해서, 그것도 PRE-하드 던전을 클리어하면서 사망자가 서넛 발생하는 건 그렇게 큰 문제가 아니다. 던전은 원래 위험한 곳이고 사망자가 나오는 건 거의 당연한 일처럼 여겨지고 있는 상태다.

그러나 유럽 쪽은 얘기가 조금 다르다. 유럽 슬레이어들은 수준이 매우 낮은 편이다. 그나마 요즘 정령사라는 새로운 클래스가 나타나서 주목을 받고는 있지만 기본적으로 그들의 슬레잉 수준은 굉장히 낮다.

그래서인지는 몰라도 던전 클리어의 숫자도 형편없고 경험 있는 슬레이어들도 별로 없다. 나타나는 몬스터라고 해봐야 겨우 웨어울프 수준이다. 그렇게 슬레잉을 해왔으니, 이들은 상대적으로 온실 속 화초처럼 성장해 왔다고 볼 수 있겠다.

"죽으면 어떡하죠? 우리 중 한 명이 되지 말란 법 없잖아요."

"당장 싸이클롭스만 나타난다 하더라도 우리끼리는 힘들 텐데… 키클롭스가 나타나는 던전이잖아요. 다 먹고 살자고 하는 건데, 괜히 위험을 무릅쓰고 싶지는 않아요."

그리고 유럽 쪽 슬레이어들은 목숨을 걸고 슬레잉을 하는 경우가 드물었다. 드문 게 아니라 없다고 해도 과언이 아니었다. 목숨 걸고 슬레잉하려는 사람들은 이미 해외로 뜬 지 오래다.

이제 영국에 남은 슬레이어들은 현재의 처지와 상황에 만족하며 살아가는 사람들이 대부분이었다.

대부분이 그렇게 말을 하니, 그나마 도전 정신이 있던 슬레이어들도 도전을 포기하게 될 정도의 분위기였다.

* * *

던전 슬레잉이 예정된 날, 한데 모인 유럽 슬레이어들에게 현석 대신에 인하 길드를 대표하게 된 하종원이 인사를 건넸다.

"안녕하세요? 인하 길드의 부길드장 하종원입니다."

부길드장 같은 거 원래 없었다. 즉석에서 만들었다.

명훈이 움찔했지만 보는 눈이 많아 참았다.

"Number의 길드장 프레드입니다."

"Sexy Boy의 길드장 데이빗입니다."

"London의 길드장 에릭입니다."

간단하게 인사를 마쳤다. 길드장이 무려 3명이나 됐다. 그런 것치곤 인원이 너무 적었다.

길드가 3개면 보통 100명에 가까운 대 인원이 되어야 하는데 겨우 20여 명 정도였으니까.

현석은 단번에 상황을 이해했다.

'유럽 쪽 슬레이어들은 굳이 던전을 깨려고 노력하지 않는다더니.'

아마도 많은 슬레이어가 던전 클리어를 거부했고, 유니온에서 믿을 수 있는 사람들 중에서 추리고 추려서 20명의 인원을 만들어온 것 같다.

유럽 슬레이어들의 생각이 어느 정도는 이해가 되기도 했다.

'사실… 오크만 잡아도 생계에는 딱히 지장이 없으니까. 오히려 현명한 것일지도 모르겠네.'

욱현은 뭔가가 불만인 듯 활에게 속삭였다.

"재네 뭔가 짜증나지 않냐?"

—아저씨가 더 짜증나! 못생겼거든. 냄새도 나고.

욱현은 이제 활의 반응에 익숙하다. 딱히 반응하지 않았다. 불안한 듯 작게 중얼거렸다.

"저렇게 겁쟁이들 데리고 뭐 하려면 꼭 사고가 하나씩 터지는데……."

CHAPTER 5

세상 사람들은 지금 플래티넘 슬레이어가 부상을 입어 휴식 중인 걸로 알고 있다. 각성 상태에 들어선 이후 다시 봉인 상태에 접어든 다음, 3일 페널티를 세상에 알리고 싶지 않아서 그렇다.

의도는 모르겠지만 플래티넘 슬레이어를 노리는 모종의 단체가 확실해진 가운데, 페널티를 밝힐 필요 없기 때문이다. 그래서 대외적으로는 쉬고 있다고 발표가 됐다.

PRE—하드 던전 앞. 욱현은 인상을 찡그렸다.

"야, 종원아. 재네 도대체 뭐하는 거냐?"

"방역복을 입어야 한다네요."

PRE—하드 던전에 입성하기 바로 전에, 그들은 미리 준비해 온 특수 제작 방역복을 입기 시작했다. 지금 인하 길드의 임시 리더가 된 하종원은 그것을 딱히 제지하지는 않았다. 사실 저들의 입장에선 저렇게 하는 게 맞다. 아무리 하급 몬스터라고 해도 그린 등급의 모기는 몬스터 디지즈를 발병시킨다. 치사율이 무려 70프로다. 조심하는 게 맞긴 맞다.

욱현은 혼자서 중얼거렸다.

"미리 쳐 입고 오시든가. 졸라 기다리게 하네, 진짜."

목소리는 아주 작았지만 표정 자체는 굉장히 험상궂었다. 욱현은 한국인답게 빨리빨리 기질이 몸에 배어 있다. 짜증이 확 치밀었다.

여유롭게 방역복을 입던 영국 슬레이어들은 욱현을 힐끗 쳐다보기도 했다. 우여곡절 끝에 PRE-하드 던전에 들어섰다. 하종원이 말했다.

"그냥 뒤에만 잘 따라오면 됩니다."

통역이 되물었다.

"따로 주의해야 할 사항 같은 건 없나요?"

"그런 거 없어요."

"그럼 금기 사항 같은 것도 없나요?"

"아, 없다니까……."

맨 뒤에는 현석이 따라오고 있다. 인하 길드의 견습 슬레이어라고 대충 둘러대기는 했다. 사실은 견습 슬레이어가 아니고 플래티넘 슬레이어다. 현석이 뒤에 있는 데 위험할 리 없다.

하더 던전도 퍼펙트로 클리어하는 놈이다. 다만, 영국 슬레이어들은 인하 길드를 좀 못미더워했다.

그들의 입장에선 당연한 일이다. 목숨이 걸린 일이니 말이다. 그들이 이렇게 하나하나 코치코치 캐물으며 안전에 만전을 기하는 건 이상한 일도 아니었다.

명훈이 앞장서서 길을 안내했다. PRE—하드 모드의 트랩같은 건 진작에 다 없애고 안전하고 빠른 길로 인도했다.

던전 클리어는 매우 순조로웠다. 4번째 룸에 도달하기 직전, 뒤쪽에서 최하급 몬스터 떼가 달려들기 시작했다. 광역탐색을 통해 미리 알고 있던 명훈이 욱현에게 미리 언질을 줬다. 욱현이 나서서 몬스터 떼를 정리했다. 영국 슬레이어들은 안도의 한숨을 내쉬었다.

'큰일 날 뻔했다.'

사실 이들이 이토록 긴장하고 있는 건 인하 길드의 잘못도 있다. 제대로 설명해 주지도 않고 다짜고짜 앞장서서 가고 있으니까. 그런데 이제 설명하는 것도 귀찮았다.

설명해봤자 어차피 도움도 안 된다. 그냥 뒤에서 잘 따라오기만 하면 된다. 숨쉬는 법을 굳이 설명할 필요는 없지 않은가. 덕분에 아무것도 모르는 영국 슬레이어들은 더 긴장하게 됐지만.

4번째 룸을 클리어했을 때, 영국 슬레이어들은 어느 정도 여유를 되찾았다.

"저 견습은 도대체 뭐 하는 거야?"

"우릴 쩔해주기로 계약했으면 저런 짐덩이는 없어야 하는 게 맞는 거 아닌가?"

"괜히 저 견습 봐주다가 우리를 케어 못 하는 경우가 생길 수도 있잖아."

여유가 생기자 슬슬 불만이 생기기 시작했다. 길드장들은 조용히 하라며 입단속을 시켰다. 계약을 하긴 했다. 저쪽이 절대

갑이고 이쪽이 절대 을이다. 그런데 보상에 그렇게 큰 관심이 없는 슬레이어들에겐 그렇지만도 않은 듯했다. 길드장들은 인하 길드원들이 말을 못 알아듣는 다는 것에 크게 안도해야만 했다.

슬레이어 중 한 명이 현석에게 영어로 물었다.

"저기, 그쪽은 안 싸워요?"

"예?"

"그쪽도 우리 쩔해주기로 한 길드 소속 아닌가요? 어째 저희가 그쪽을 보호하고 있는 것 같은 기분이라."

"저는 초보라서요."

그 슬레이어가 아주 작게 투덜거렸다.

"계약을 했으면 제대로 이행을 해야지 왜 이런 짐덩이를……."

일행 뒷쪽이던 욱현은 그 말을 들었다. 뭐라고 하는지는 몰라도 표정을 보아하니 견습 슬레이어를 무시하고 있는 모양이었다.

욱현의 불만이 쌓여갔다.

5번째 룸.

싸이클롭스가 무려 5마리나 등장했다. 영국 슬레이어들은 사색이 됐다. 욱현이 고래고래 소리를 지르자 공포에 질렸다.

인하 길드원들은 친절한 설명을 해주지 않았다. 싸이클롭스들이 몰려들었고 인하 길드원들이 전투를 준비했다. 그 와중에 영국 슬레이어들은 현석의 뒤에 숨었다.

영국 슬레이어 중 한 명이 현석의 등을 살짝 떠밀었다.

"아무리 초보라도 저쪽 길드 소속이잖아요. 가서 싸우라고!"

바디랭귀지는 만국 공통어다. 지금 저들이 현석보고 나서서 싸우라는 걸 대충이나마 이해했다. 욱현은 다시 한 번 화를 눌러 참았다. 맘 같아선 다 쥐어박고 싶은데 마음대로 해버리기엔 현석의 존재가 너무 컸다. 선은 지킬 줄 안다.

싸이클롭스마저도 쉽게 정리한 인하 길드원들은 마지막 보스 몬스터 룸에 도달했다.

[PRE-하드 보스 몬스터 레이드를 포기해도 던전 내에서 탈출이 가능합니다.]

[던전 탈출 시 던전 클리어 보상은 주어지지 않습니다.]

사달은 거기서 벌어졌다. 욱현이 인상을 찡그렸다.

"쟤 뭐 하냐 지금?"

종원도 뒤를 돌아봤다. 황당해서 눈을 끔뻑거렸다.

"모두 움직이지 마."

영국 길드장들이 소리쳤다.

"이게 무슨 짓입니까!"

예상치 못했던 일이 벌어져 있었다. 영국 슬레이어 중 한 명이 현석을 인질로 잡았다. 목에 단검을 들이댔다.

"모두 무기 내려. 그렇지 않으면 이놈의 목숨은 없다."

통역을 담당한 슬레이어가 아무 말도 못했다. 그도 당황했다. 그래서 현석이 대신 통역해 줬다.

"너희들 무기 다 내리라는데?"

종원은 어이없다는 듯 피식 웃으며 해머를 인벤토리에 넣고서 두 손을 살짝 들어 올렸다. 다른 인원들도 마찬가지였다. 지금 저 슬레이어는 슬레이어 중 최강의 슬레이어를 인질로 잡고 협박하고 있는 거다. 인하 길드원들은 당황하지 않았다. 일단 대외적으로 부길드장으로 행세하고 있는 하종원이 물었다.

"이러는 이유라도 좀 압시다."

"…너희는 몰라도 된다. 수중에 가지고 있는 몬스터스톤이나 다 뱉어내."

참고 참았던 욱현이 폭발했다.

한국 토종의 상스러운 언어들이 쏟아져 나왔다.

"이런 개 씨팔 호로새끼가. 대갈빡을 그냥 오함마로 콱 뿌서뿔라. 뭐 저딴 좆같은 병신새끼가 다 있어?"

한껏 욕을 쏟아낸 욱현은 그제야 조금 진정이 된 듯 어이없다는 듯 남자를 쳐다봤다.

"이유야 어찌 됐든 여기서 이런 짓을 벌였다는 건 우리를 어떻게 할 수 있다는 자신이 있어서 일거고."

그때 현석에겐 익숙한 아카시아 꿀 향기가 보스 룸 앞을 가득 채웠다. 약 3미터 이상 떨어진 평화와 세영에게도 그 향기가 느껴질 정도였다. 욱현이 말을 이었다.

"그래서 리나 씨는 어떻게 할 건데?"

연수는 고개를 절레절레 저었다. 인하 길드원들 중에 리나에 대해서 알고 있는 두 명. 바로 욱현과 연수다.

연수는 리나가 무서웠다. 세계 정상급 디펜더임에도 불구하고 말이다. 욱현이 빈정대며 말했다.

"뒷감당 가능하겠냐?"

처음엔 분노했다. 그런데 이젠 저놈이 좀 불쌍하기까지 하다.

옅은 붉은색 머리카락을 가진, 도저히 사람이라고는 생각할 수 없는 기묘한 분위기를 가진 여자가 슬레이어의 뒤에 나타났기 때문이다.

목소리가 들려왔다. 목소리가 뚝뚝 끊겼다.

“지금. 감히. 누구에게. 무슨. 짓을. 하고. 있는 것인가?”

외모만 놓고 보면 지극히 아름답디 아름다운 여자가 한 손으로 남자의 목줄을 잡고 들어 올렸다.

남자는 켁켁대며 발버둥 쳤지만 리나의 아귀힘을 이겨내지는 못했다.

“리나, 놔줘.”

평화와 세영은 혼란에 빠져들었다. 여기는 던전이다. 그런데 갑자기 나타났다는 말은 처음부터 동행하고 있었다는 뜻이다.

여태까지 전혀 몰랐다. 게다가 명훈조차도 놀란 눈치다. 명훈의 탐색에도 걸리지 않았기 때문이다.

평화와 세영은 동시에 긴장했다. 그녀들은 리나를 처음 본다.

‘도대체 누구야?’

둘은 서로를 잠깐 쳐다봤다. 똑같은 생각을 했다. 이건 정말 적 출현이다. 단순히 외모가 아름다운 것을 넘어서 저 여자는 특유의 묘한 분위기가 있었다. 아우라라고 말해도 될 만큼 말이다.

여기까지도 풍겨오는 달콤한 내음은 여자인 그들이 맡기에도 아찔한 향기였다. 그녀 특유의 아름다움과 결부된 그 향기는 남자들의 정신을 쏙 빼놓을 것만 같다는 생각이 들었다.

현석의 말을 듣고서 리나가 남자를 놔줬다. 이게 또 놀라운 일이다. 현석과 저 여자는 이미 알고 있었다는 뜻이니까.

명훈은 리나를 뚫어져라 쳐다봤다.

'전투 필드가 개방된 상태인데 물리력을 행사하고 있어. 역시 하더 이상의 몬스터인가.'

남자는 정말 괴로워했다. H/P 감소가 아니라 신체에 직접 영향을 끼쳤다는 소리다.

명훈의 머릿속을 아는지 모르는지 현석은 남자를 쳐다보며 생각에 잠겼다.

'인하 길드가 아무리 저평가되어 있는 길드라고는 해도 이런 짓을 꾸몄다는 건 인하 길드 전원을 상대할 수 있다는 자신감이 있었겠지.'

남자가 어떤 의도로 지금 이런 짓을 벌였는지 알아야 할 필요가 있다. 사실상 위협을 느끼지도 않았고.

유치원생이 장난감 칼을 들고 위협한다고 실제로 위협을 느낄 사람이 몇이나 있을까. 현석은 여유로웠다.

"자, 이제 얘기를 좀 해보죠."

정신을 차린 남자가 몸을 살짝 일으켰다.

'뭐냐. 갑자기 어디서 튀어나온 여자야!'

욱현이 인상을 팍 찡그렸다.

"눈알 돌리지 마라 이 개새끼야. 허튼 수작하면 대갈통부터 부숴줄라니까."

욱현의 살벌한 욕설에 죄없는 종원과 명훈이 쫄았다. 남자는 아무래도 입을 열 생각이 없어 보였다. 그래서 욱현이 나섰다.

"길장님. 일단 좀 패고 얘기하죠."

그렇게 일방적인 구타가 시작됐다. 반항이 있으려고 하면 리나가 나서서 제압해 버렸다. 영국 길드장들은 차마 그 참혹한 광경을 보지 못했다. 끄아아악! 비명 소리가 던전 안을 가득 채웠다. 그렇게 시간이 흐르자 결국 정보를 얻어낼 수 있었다. 법은 멀고 주먹은 가까웠다. 평화와 민서가 눈을 돌렸다. 시간이 흘렀다. 그의 입에서 나온 말들은 놀라웠다.

현석은 생각에 빠져들었다.

'저 말이 진짜라면… 상당한 혼란이 발생할 수도 있어.'

유럽에는 특수한 클래스의 슬레이어들이 있단다. 그들은 몬스터 스톤을 흡수하거나 슬레이어들을 흡수하여 빠른 속도로 강해질 수 있는 슬레이어들이었다.

물론, 슬레이어들을 흡수한다는 말은 예전 Possesion Ghost가 그러했듯 슬레이어를 죽이는 행위였다.

욱현이 피투성이가 된 남자의 머리채를 붙잡고 들어 올렸다.

눈과 입술은 퉁퉁 부었고 코뼈가 휘었다. 코와 입에선 지금도 피가 줄줄 흐르고 있는 중이다.

"그래서 넌 몇 명이나 죽였냐? 이 쓰레기 새끼야."

그때, 남자가 킥킥대며 웃기 시작했다. 욱현이 주먹을 뻗었다. 퍽! 소리가 났다.

"이 새끼가 돌았나? 미쳤냐 너?"

하지만 남자의 웃음소리는 점점 커지기 시작했다. 그리고 째깍 째깍 소리가 들리기 시작했다. 너무나 잔인한 광경에 고개를 살짝 돌리고 있던 민서가 그 소리를 가장 먼저 알아차렸다.

"이상한 소리 들리지 않아요?"

맞으면서도 호탕하게 웃던 남자가 말했다.

"내가 사실을 발설하는 순간부터 너희는 죽은 목숨이다."

그리고 친절하게도 설명을 이었다. 체내에 폭탄이 있단다. 그것도 일반 폭탄이 아니라 일종의 마법 아이템이란다. 어지간한 항공폭탄 이상의 파괴력을 가졌다고 했다.

정신계 마법으로 조작을 해놨고 사실을 발설하는 순간, 폭탄이 터지도록 되어 있다고 했다.

어차피 같이 죽을 거라고 생각했는지, 남자는 사실을 말하는 데에 전혀 거리낌이 없었다. 남자는 낄낄대면서 웃다가 기절해 버렸다.

현석의 마음이 조급해졌다.

'큰일이다!'

현석은 강하다. 그러나 항공 폭탄을 맨몸으로 막아낼 수 있을 정도는 아니다. 물론, 봉인 상태를 해제하고 블랙 등급의 실드를 펼치면 가능할지도 모르겠지만 지금은 그것도 불가능한 상태—아직 3일이 지나지 않았다—다. 저 남자가 말한 만큼 위력이 강할지는 모르겠지만 어쨌든 위험한 건 사실이다.

'젠장. 여기서 터지면 다 죽을 수도 있어.'

현석이 결정을 내렸다.

*　　　　*　　　　*

현석이 말했다.

"전부 보스몹 레이드 포기하고 던전 탈출해."

인하 길드원들은 무슨 뜻인지 한 번에 이해했다. '폭탄'이란 아이템이 던전에 어떤 영향을 끼칠지 모른다. 던전 자체가 붕괴될

가능성도 열어둬야 했다. 그래서 도망쳤다. 무슨 일이 벌어질지 모르는데 괜한 모험을 할 필요는 없다.

던전을 탈출하는 데에는 시간이 필요 없다. 이미 선택 알림은 들려온 상태고 나간다고 선택만 하면 된다. 영국 슬레이어들도 3명을 제외하고 모두 빠져나왔다.

이번 PRE—하드 던전에서 총 4명이 실종됐다. 1명은 기절한 상태로 던전 안에 갇혔고 나머지 3명은 현석의 말을 제대로 이해 못했다. 나중에 명훈이 탐색을 사용해 봤지만 던전은 사라져 있었다. 실종이라 표현하기는 했어도 사실상 사망에 가깝다고 보면 됐다. 새로운 사실을 또 알았다.

'던전 내에서 폭탄이 터지면 던전은 소멸하는 거네.'

던전에 들어갔는데 누군가 강력한 폭탄을 안에서 터뜨린다는 가정을 해볼 수 있다. 안에서 무슨 일이 벌어졌는지는 몰라도 아무래도 무사할 것 같지는 않다.

욱현은 투덜거렸다.

"젠장, 뭐가 이렇게 복잡해져, 일이?"

플래티넘 슬레이어를 노리는 집단이 있는 건 이미 기정사실화 됐다. 인하 길드원들은 그 사실을 안다. 그런데 던전이 안전하지 않은 곳이 되어 버렸다. 명훈이 말했다.

"결국 일반적인 트랩퍼들은 찾을 수 없는… 최소 하더 이상의 던전들을 찾아다녀야 한다는 결론이 나오네."

슬레이어들의 수준이 높아져서 이제 PRE—하드 던전을 발견하는 트랩퍼가 제법 많다. 하지만 하드 이상은 아직 발견되지 않았다. 하드 던전도 그런데 하더 던전은 더 찾기 어렵다.

종원이 말했다.

"유니온과는 연락해 봤어? 정식으로 항의해야지. 그쪽에서 선별한 인원인데 이따위 짓을 저질러 놨으니."

여태껏 욱현이 나서서 분노해서 가만히 있었지만 종원도 심기가 굉장히 불편했다. 슬레이어와 몬스터스톤을 흡수해서 강해지는 슬레이어. 듣도 보도 못했다. 영국 역시 듣도 보도 못했을 테지만 어쨌든 책임은 영국에서 져야 할 거다.

종원은 영국 쪽 슬레이어들을 힐끗 쳐다보고서 침을 퉤 뱉었다. 미친개 시절의 성격이 튀어나왔다.

"그냥 확 다 엎어 버릴까 보다. 안 그래도 씨팔 짜증났는데."

민서가 종원의 등을 토닥여 줬다.

"오빠, 이제 미친개 발동이야?"

영국 슬레이어들은 한국어를 모른다. 하지만 분위기상 무슨 얘기를 하는지 대충 알아들었다. 이건 큰일이다. 영국에서 선별한 인원이 플래티넘 슬레이어와 그 길드에게 위해를 가하려 했다. 그것도 던전 안에서.

현석에게 상황을 전해들은 박성형이 말했다.

"영국을 압박합니다."

"예?"

"이번 사건은 플래티넘 슬레이어의 힘을 탐낸 영국 정부와 영국 유니온의 짓입니다."

근거 같은 거 없다. 그냥 그렇게 밀어붙이기로 했다. 아직 공식적인 발표는 하지 않았다. 성형이 직접 영국으로 날아갔다. 현석과 함께 영국 유니온장과 자리를 가졌다. 성형이 따뜻한 홍차를 천천히 한 모금 마셨다.

"유니온장께서 지시하여 이런 짓을 벌이셨더군요. 탐날 만합니다. 인하 길드와 플래티넘 슬레이어가 소지하고 있는 몬스터 스톤 그리고 플래티넘 슬레이어의 능력을 흡수한다면… 그야말로 최강의 전력이 될 테니까요."

영국 유니온장. 장로 에반스 현석의 눈치를 힐끗 살폈다. 아무런 말도 하지 않고 있지만 지금 그는 현석의 눈치를 살필 수밖에 없다. 상대가 플래티넘 슬레이어다. 지금 딱히 화가 난 것 같지는 않았지만 심기를 거슬렀다가는 쥐도 새도 모르게 죽을지도 모른다. 영국 유니온장이고 뭐고 그런 거 없다.

"아닙니다. 절대 그럴 리 없습니다. 저희가 어떻게 그런 생각을 할 수 있겠습니까?"

"그 말은 지금, 영국 장로께서는 이번 일에 전혀 책임이 없다는 뜻입니까?"

"그런 게 아닙니다."

장로 에반스는 식은땀을 흘렸다. 극단적으로만 몰아가는데 딱히 뭐라고 반박할 수가 없다. 무엇보다 옆에서 눈을 지그시 감고 있는 플래티넘 슬레이어가 너무 무섭다.

"플래티넘 슬레이어와의 PRE-하드 던전 슬레잉에서, 여태까지 사망자가 단 한 명도 발생하지 않았었습니다. 근 백 개에 가까운 던전을 클리어하면서요. 그런데 영국에서 이런 불미스러운 일이 발생하여 플래티넘 슬레이어와 인하 길드에 막대한 이미지 타격을 줬습니다. 뿐만 아니라 실제로 플래티넘 슬레이어에게 위해를 가하기도 했죠."

"채, 책임지고 배상하겠습니다."

"배상이요? 어떻게요?"

성형이 씨익 웃었다. 일부러 여기까지 날아왔다. 압박할 만큼 했으니 이제 원하는 걸 얻으면 된다.

〈한&영, 슬레잉 조약 체결.〉

〈한국과 영국. 상호 슬레이어 실력 증진을 위한 최초의 국가간 계약!〉

〈슬레이어의 세계. 국경이 허물어지나!〉

겉으로는 좋게 포장됐다. 그러나 속 내용을 살펴보면 완전히 굴욕적인 계약이었다.

유럽 슬레이어들은 어차피 한국에 가서 슬레잉을 못 한다. 한국 슬레이어들과의 기본 능력치는 물론이고 마인드도 다르다. 한국 슬레이어를 고수라 한다면 영국 슬레이어들은 하수다. 고수들 노는 곳에서 하수가 슬레잉할 수 있을 리가 없다.

하지만 반대의 경우는 가능하다. 고수들이 하수들 노는 곳에서 놀 수 있다. 오크만 잡아도 1억 원이 떨어진다. 그리고 영국은 그런 하급 몬스터들이 꽤 많은 곳이며 클리어되지 않은 던전들도 다수 발견된 상태다. 뿐만 아니라 유럽은 '특수 아이템'을 드롭하는 몬스터들이 많이 생겨나는 곳이다.

물론 문제도 있다. 한국 유니온에서도 분명 인지하고 있다. 특수한 능력을 가진 슬레이어들이 있다고 했다. 현석은 분명히 그 사실을 알렸다. 그러나 성형은 일을 진행 시켰다. 구더기 무서워서 장 못담그는 거 아니다, 라는 논리였는데 사실 그렇게 틀린 말도 아니었다. 그런 슬레이어들의 숫자는 정말로 적을 테니까.

성형으로서는 지극히 냉정한 선택을 한 거다. '더' 이득이 되는 쪽으로 말이다.

한편, 한국 슬레이어들은 신났다.

"우리도 영국 원정 가야 하는 거 아냐? 진영이네도 벌써 준비하고 있던데."

"영국 오크는 한국 오크보다 훨씬 약하다더라."

한국은 경쟁이 너무 치열하다. 최소 수백 명 이상의 슬레이어들이 영국으로 향했다.

"근데 한국 유니온에도 일정 부분 상납을 해야 한다던데?"

"다리를 놔준 게 한국 유니온이잖아. 솔직히 우리 같은 중하급 슬레이어들한테는 땡큐지. 그래 봐야 10프로밖에 더 되냐?"

"그뿐이냐? 거기도 균형자 안 나오잖아. 플슬이 싹 다 정리해줬다던데."

초보존에 고수들이 몰려가기 시작했다. 이득의 10프로는 유니온에 줘야 했는데, 그 수익 중 5퍼센트가 현석의 통장으로 들어갔다.

*　　　*　　　*

현석은 PRE-하드 던전 클리어를 대외적으로는 포기했다. 모르면 몰랐으되 이젠 함부로 움직이기가 어렵다. PRE-하드 던전 내에서 폭탄이 터질 가능성도 배제할 수 없다.

솔직히 그럴 가능성이야 거의 0프로에 가깝다고는 하지만 그렇다고 굳이 PRE—하드 던전에 들어갈 이유도 없다.

에디가 말했다.

"플래티넘 슬레이어가 균형자들의 성을 클리어하고 있다고 했나?"

"예, 맞습니다. 그런데 마음대로 클리어할 수는 없고 순서가 있다고 합니다. 일전에 보고드렸던 어두운 지도가 왕성을 클리어할 때마다 다음 목적지를 알려준다고 알고 있습니다."

균형자들의 본체 웨이브가 3일 뒤면 시작된다. 사람들은 벌써부터 생필품을 사재기했다. 안전한 나라인 한국, 일본, 중국, 영국으로 피난을 떠나는 사람들로 공항이 북적거렸다.

〈하드 모드 진입 이후 첫번째 웨이브. 상대는 균형자.〉

〈미국, 전시태세 돌입.〉

슬레이어들마저 도망가고 있는 판국에 이제 믿을 건 군인들뿐이었다. 폭격기와 전투기, 탱크와 헬기들이 전투준비를 마쳤다.

본체 균형자 웨이브는 인류가 손쓸 수 없는 재앙에 가까웠다. 그나마 지금 빌고 있는 건, 균형자들이 일반 사람들은 건드리지 않기를 바랄 뿐이었다.

균형자 웨이브가 시작됐다. 웨이브 시간은 약 3시간 정도로 매우 짧았다. 그러나 피해 규모는 상상을 초월했다. 전국적으로 전투기 120대 격추. 헬기 400기가 격추됐다. 균형자들을 상대하는 것에는 오히려 전투기나 헬기보다 탱크가 더 유리했다. 탱크는 균형자들의 공격을 적어도 몇 번 정도는 방어할 수 있었으니까. 특히나 레드스톤으로 장갑을 강화한 탱크는 강력한 화력을 자랑하며 균형자와 어느 정도 전투가 가능했다.

어디까지나 전투가 가능했다는 소리다. 불과 3시간 만에 미국이 입은 피해는 수천억 달러를 훨씬 넘는 것으로 추산됐다.

〈시작되는 재앙. 몬스터는 과연 문명 발전의 밑거름이었을까?〉

〈미국에서 시작된 균형자 웨이브. 세계 최강국 미국도 속수무책.〉

미국은 기갑 부대를 위주로 부대를 재편성했고 균형자와의 전투를 준비했다. 거의 전쟁 수준이었다. 몬스터 웨이브가 이토록 위험했던 적은 없었다. TS 길드를 필두로 한 미국 슬레이어들이 뉴욕을 지켰다. 여기는 피해가 상대적으로 적었다. 웨이브가 시작됨과 동시에 공공재 파괴를 감안하고서 폭격이 이어졌고 이후에 슬레이어들이 투입되었다. 상당히 효과적으로 방어해 냈다.

M-20의 미국 대표는 이럴 때야말로 전 세계의 슬레이어들이 힘을 합쳐야 한다고 말했지만 다른 국가 대표들은 소극적이었다. 여태까지 웨이브와 같은 특출 난 이상 현상이 발생되는 곳은 한, 중, 미, 일. 네 곳밖에 없었으니 그럴 만도 했다.

'플래티넘 슬레이어조차도 손쓸 수 없다는 재앙인데…….'

'한 발자국 떨어져서 지켜보는 게 낫겠어.'

그래도 역시 미국은 미국이었다. 비록 단원급들이기는 하지만 본체 균형자 웨이브를 상대로 어느 정도 방어를 해내고 있었고 시민들의 피해는 거의 없었다. 미리부터 준비를 잘 해놨기 때문이다. 대피 시설에는 식량과 식수도 풍족했다.

플래티넘 슬레이어조차도 어쩌지 못하는 재앙이었다. 여태까지 플래티넘 슬레이어가 나서지 않은 걸 보면 그조차도 방법이 없을 것이 분명했다.

사람들은 플래티넘 슬레이어가 나서주길 원했으나 그를 욕하지는 못했다. 그가 미국인들을 구할 의무 같은 건 없다. 본체 균형자 웨이브, 아무리 플래티넘 슬레이어라도 막지 못할 것으로 생각됐다. 균형자 웨이브는 이제 막 시작됐을 뿐이다.

겨우 이틀 지났다.

현석이 말했다.

"이제야 갈 수 있겠네."

종원이 어깨를 으쓱했다.

"갈거야?"

"가야지."

민서가 주먹을 불끈 쥐었다.

"이거 봐봐 기사. 플래티넘 슬레이어도 어쩌지 못하는 재앙이래."

욱현이 풉, 웃었다. 인하 길드원들은 이미 균형자 웨이브를 접해봤다. 왕성에서 그랬다. 수십 마리의 본체가 달려든 적도 있다. 생각해 보면 간단한 일이다. 균형자들의 본거지도 토벌하는 마당에, 겨우(?) 균형자 웨이브를 못 막는다는 건 말이 안 된다.

놀라운 발표가 이어졌다.

〈플래티넘 슬레이어. 미국행 결정!〉

〈고통받는 시민들을 외면할 수 없어.〉

〈불가능에 도전하는 플래티넘 슬레이어의 위대한 행보!〉

불가능에 도전하는 플래티넘 슬레이어가 미국으로 향했다. 세계가 어떻게 생각하든 현석은 이제야 좀 안도했다.

'아… 이제야 간다.'

지난 3일은 지옥이었다. 리나의 존재를 처음 알게 된 민서와 평화, 세영 때문에 아주 힘들었다. 눈을 감았다.

'힘든 2일이었어.'

지난 2일을 회상해 봤다.

*　　　*　　　*

민서와 평화. 그리고 세영은 리나의 존재를 처음 알았다. 예전에 균형자와의 반인류적 계약을 했다며 세상을 떠들썩하게 했던 그 사건 때도 유야무야 잘 넘어갔었다. 리나는 현석 주위에 여자가 있으면 모습을 잘 드러내질 않는다. 저번 왕성 클리어 때도 숨어 있었다. 그런데 이번엔 분노를 참지 못했던 것 같다. 리나의 음성은 현석이 듣기에도 살벌하기 그지없었으니까.

민서가 물었다.

"그래서 그 예쁜 언니는 누구야? 말투 보니까 균형자 같던데."

"민서야."

현석은 진지한 표정을 지었다. 민서가 눈을 반짝였다.

"오빠 클래스명이 뭐지?"

"올 스탯 슬레이어."

"올 스탯 슬레이어는 뭐하는 클래스지?"

"모든 클래스의 장점을 다 취합한 클래스!"

오구, 내 동생 똑똑하네. 현석은 민서의 머리를 쓰다듬었다. 민서가 눈을 가늘게 떴다.

"그래서 그러니까 그 언니 누구냐고?"

"테이밍했어."

사실 테이밍이 아니고 슬레잉이다. 현석은 올 스탯 슬레이어지만 테이머 클래스는 아직 가지지 못했다.

"거짓말, 소환수는 M/P 써서 소환해야 하잖아. 오빤 소환 마법 쓰지도 않았던 것 같은데."

"상황이 좀 그랬잖아. 그래서 조용히 소환한 거야."

민서는 도무지 믿지 못하겠다는 듯 다시 요구했다.

"그럼 그 몬스터 다시 불러내 봐."

민서의 등쌀에 못이긴 현석은 리나를 불렀다. 그러나 리나는 나타나지 않았다.

"무슨 소환수가 소환이 안 돼!"

"그게 아직 내가 레벨이 낮아서 그래."

"오빤 레벨 시스템도 적용 안 되잖아!"

"그게 말이지. 지금 내 스탯이 너무 낮아서 맘대로 소환이 안 되는 거야."

민서만 있으면 그럭저럭 버틸 수 있겠는데 평화는 더 문제였다.

"오빠, 솔직히 말씀해 주세요."

"뭐가?"

"저희한테 비밀로 하고 만남을 유지하셨을 만큼 중요한 사람인가요? 그 사람은?"

"……."

사람이 아닌 균형자다.

"테이밍한 몬스터야."

"테이밍을 하셨다구요? 테이머로 각성했단 말씀 없으셨잖아요."

"그게… 어쩌다 보니……."

현석은 딱히 잘못한 게 없다. 잘못한 건 없는데 리나에 대해 말을 하자니 아무래도 껄끄러웠다.

사람들이 알기로 균형자는 몬스터다. 어쨌든 평화는 이번에 꽤 큰 충격을 받았는지, 대놓고 말했다.

"저 오빠 좋아하는 거 알죠?"

"……."

안다. 인하 길드원들 전부 다 안다. 그러나 평화도 현석도 일부러 약간의 거리를 두고 있다. 세영이 있기 때문이다. 그건 세영도 마찬가지였고.

"세영 언니나 은영 언니라면 어떻게 이해는 해보겠어요. 그런데 몬스터는……."

몬스터는 위험 대상이다. 아무리 아름다워도 본신은 다른 것일거라고 확신했다.

"오빠한테 저 좋아하라고 강요 안 해요. 나만 보라고도 안 해요. 근데 저도 이제 결심했어요."

"뭘?"

"나 이제 오빠한테 대시할 거예요. 멀리서만 바라보는 거 이제 그만 둘래요."

홍세영은 그나마 좀 평온한 반응을 보였다. 겉으로는 그랬다. 언제나와 비슷했다.

"너 싫어."

"또?"

"진짜 싫어."

그런데 평소와는 좀 억양이 달랐다. 평소에 '너 싫어'를 말할 땐 그래도 온기라는 걸 느낄 수 있었는데 지금은 아니었다. 차갑다 못해 살얼음이 낄 것만 같은 말투였다.

민서가 말했는지 은영에게도 소식이 전해졌다. 은영은 아이스 아메리카노를 벌컥벌컥 마셨다. 마치 이온 음료라도 되는 것처럼 말이다.

"나는 신경 안 써. 강한 적이 두 명 있나 세 명 있나. 어차피 내가 이길 테니까. 그때도 이미 봤는데 뭐."

"적은 무슨."

"근데 그 여자 그렇게 예쁘다며? 그땐 워낙 정신이 없어서 제대로 못봤는데도 예쁘다는 건 기억나네. 민서가 그러는데 눈알 튀어나올 뻔했대."

확실히 예쁘긴 예쁘다. 본체가 어떤 걸지 몰라 조금 무섭기는 하지만 그녀에게는 사람같지 않은 그 무언가 미묘한 아름다움이 있었다.

은영은 전혀 논리적이지 않게 대화를 이어갔다.

"야, 그런 의미에서 라면 먹고 갈래?"

"까분다."

"진짜야. 나 오늘 집 비어."

현석이 은영의 머리를 살짝 쥐어박았다. 쥐어박았다기보다는 주먹을 갖다댄 것에 가까웠다.

"아, 왜 때려!"

"가시나가 못하는 말이 없어."

은영은 다분히 과장된 태도로 볼에 바람을 불어넣고서 현석을 노려봤다. 현석은 픕 웃고 말았다.

"31살이 그런 표정 지으면 신고당한다."

누가 31살로 보겠냐마는, 하고 현석은 속으로 헛웃음을 삼켰다. 현석이 보기에 은영은 20대 초중반이라고 해도 믿을 정도였으니까.

"야, 어쨌든 집 빈다고. 안 덮쳐. 누나 못 믿냐?"

현석은 피식 웃었다.

"나 오늘 저녁에 약속 있어."

"여자야?"

"아니, 한국 유니온장님."

"공적인 거야, 사적인 거야?"

"공."

은영은 쳇, 하고 혀를 찼다. 무려 플래티넘 슬레이어와 한국 유니온장이 공적인 일로 만난단다. 엄청난 스케일이 오갈 것이 분명하다고 생각했다.

*　　　　*　　　　*

미국에서 본격적인 균형자 웨이브가 일어나기 하루 전.

남들은 플래티넘 슬레이어와 한국 유니온장이 만나면 우주 정복과 같은 거대 스케일의 얘기를 할 거라고 오해하지만 실상은 그렇지 않다. 물론 커다란 규모의 이야기도 하기는 한다. 그래도 그런 얘기보다는 편안하고도 사적인 얘기를 더 선호한다.

"은솔이 숏컷 하니까 더 예뻐지지 않았냐?"

"그러게요."

"그 균형자도 들통났다며?"

"형님한테까지 그 얘기가 들어갔어요?"

"그렇게 예쁘다던데."

"예쁘기야 엄청 예쁘죠."

선호하기로는 이런 여자얘기를 더 선호한다. 하지만 또 이런 얘기만 하고 있을 수만은 없었다.

성형이 말했다.

"미국 측에서 균형자 웨이브가 발생할 모양이야."

"균형자 웨이브요?"

"습격 퀘스트의 일환인 것 같아. 본체로 변한 균형자들 수십 마리가 떼를 지어 몰려들 것 같더라. 시스템에서 미리 다 말을 해줬다나 봐."

"그렇군요."

"갈 거야?"

"가야죠. 걔네 레드스톤 드롭해요. 애들한테 경험치도 많이 줄 거고."

"그런데 왜 지금 안 가?"

"지금은 조금 쉬고 싶네요."

성형은 어깨를 으쓱했다. 던전에서 있었던 일도 이미 보고 받았다. 확실히 피곤할 만도 했다. 게다가 영국에서 여기까지 날아왔다. 아직 시차적응도 안 됐을 거다.

"그렇게 피곤한 몸 이끌고 용케 은영씨도 만났네."

"그러게요."

"은영 씨로 마음 굳혔어?"

"…모르겠어요. 지금 당장 연애가 급한 건 아니니 천천히 생각해 보려고요."

성형은 녹차를 한 모금 마셨다. 현석을 물끄러미 쳐다봤다.

"현석아. 플래티넘 슬레이어 조루설도 돌고 있더라."

현석이 킥, 웃었다. 커다란 사건들을 해결하고 나면 어김없이 잠수를 타고 있다 보니 그런 소문이 퍼졌다. 힘 좀 쓰면 힘 다 빠져서 못 움직인다나 뭐라나. 이미 알고 있다. 별로 신경은 안 썼지만.

"뭐. 재미있더라고요. 힘을 사용하면 힘을 못 쓴다니. 그런 페널티 있으면 엄청 불편하겠어요."

"그렇겠지."

성형은 무언가를 더 말하고 싶어 하는 눈치였다가는 이내 화제를 돌렸다.

"영국 슬레이어 얘기는 굉장히 흥미롭던데."

"그렇죠. 세상엔 저희가 모르는 게 너무 많더라구요. 폴리모프. 정신계 마법에 이어 체내에 이식 가능한 마법 폭탄이라니. 생각도 못했어요."

"던전 내에서 커다란 충격이 발생하면 던전이 소멸된다는 사실도 밝혀졌지. 레이드는 포기했지만 나름대로는 유용한 정보라고 할 수 있겠어. 문제는 그런 일을 꾸민 게 누구이며, 또 어떻게 기획했으며, 그런 아이템과 정신 마법을 어떤 방법으로 사용했느냐인데……."

일련의 일들과 관련이 있는 것 같기도 하고 없는 것 같기도 했다.

"뭔가 좀 잡힌 건 없어요?"

"모르겠어. 백방으로 알아보고는 있지만 철저하게 음지에서 활동하고 있는 모양이야."

그렇지 않고서야 이렇게 꼬리마저 안 잡힐 수가 없다.

성형은 답답한 듯 인상을 찌푸렸다.

"뭔가 있는 건 맞는데 실체는 없다랄까. 혹시 모르니까 그래도 조심하는 게 좋아."

"그래야죠. 아! 그리고 중요한 얘기 하나 더 있다면서요?"

"그래."

세상에는 많은 변화가 일어났다. 그리고 그 변화는 아직도 진행 중이다. 성형이 말한 사실은 정말 놀라웠다.

"그게 정말이에요?"

"일단 동물 실험에서는 그렇다는 추정치가 나왔어. 아직 사람에게 실험해 보지 못해서 이렇다 할 결과를 내지는 못했지만."

“그게 사람에게도 적용된다면… 엄청난 반향이 일겠네요.”

“그렇겠지. 혹시 모르니 스톤도 지금 넉넉히 확보해 놓은 상태고.”

성형의 말에 의하면 인위적으로 슬레이어를 만들 수도 있게 될 것 같단다. 벌써부터 징후가 포착됐다. 몬스터스톤이 함유된 약은 효과가 좋고 부작용이 없기로 정평이 나 있다. 그런데 그 약을 오랫동안 복용한 사람들이 슬레이어로 각성하는 경우가 일반 사람들이 슬레이어로 각성하는 경우보다 훨씬 높았다.

그것을 토대로 유니온은 실험에 들어갔다. 몬스터스톤을 녹여 동물에 투여하거나 섭취하도록 했더니 동물의 신체 능력이 상당히 많이 좋아지는 것을 확인할 수 있었다.

그런데 성형이 재미있는 가설을 제시했다. 단순히 운동 능력을 높여주는 게 아니라, 슬레이어로서 각성시켜주는 것이 아니겠냐는 가설이었다. 신체 능력이 좋아진 것이 슬레이어로서의 능력을 각성했기 때문일지도 모른다는 말이었다.

현석도 고개를 끄덕였다.

‘아예 가능성 없는 말은 아니겠어.’

현석이 유니온을 나섰다. 현석이 나가고 나서야 성형이 입을 열었다.

“이걸… 언제 발표하느냐가 문제인데.”

“맞습니다. 여기 새로운 결과 보고서가 있습니다.”

성형은 보고서를 훑었다.

“20명 중 20명이 슬레이어 각성에 성공했다라… 부작용도 없었고.”

"예, 그들은 어떡합니까?"

성형은 잠시 눈을 감았다. 고민하는 듯했다. 그러나 고민의 시간은 짧았다.

"불미스러운 일이 발생할 건덕지는 남겨놓지 않는 게 좋겠지."

"알겠습니다."

성형 앞의 남자는 고개를 끄덕였다. 한국 유니온이라고 깨끗하고 좋은 면만 있는 건 아니다. 욱현의 신분 세탁도 앞장서서 해줬었다. 성형이 말을 이었다.

"원동현은 어떻게 됐지?"

"3일 내로 작업을 준비할 것 같습니다."

"좋군."

세상은 계속해서 변화해 왔다. 인간은 그 변화의 흐름 속에 내던져 있었다. 적어도 그 변화의 주체는 아니었다. 그 변화 속에서 어떻게든 저항하고 살아남아보고자 노력할 뿐이다. 지금의 미국이 그러고 있는 것처럼 말이다. 하지만 이젠 약간 다를 거다. 성형은 그렇게 생각했다.

'조만간 새로운 변화가 시작될 거다.'

원동현은 일을 잘 해줄 거라고 생각했다. 한국 유니온장의 입장에서 보면 별거 아닌 직업을 가진, 인터넷 방송 BJ지만 이번 일을 주도하는 데엔 제격이었다.

'부디 네 역할을 잘 해주길 빈다.'

* * *

원동현은 자수성가에 성공했다. 고아였고 보육원에서 가난하게 컸다. 머리가 좋은 편도 아니었고 공부에도 흥미 없었다. 나이를 먹고 나서는 아르바이트로 근근이 생활을 이어갔다.

그러나 인터넷 방송에 눈을 뜨게 되면서 꽤 큰 수익을 얻을 수 있었다.

얕잡아 보는 사람들도 있었지만 그래도 월수입이 거의 200만 원에 달하는 '먹방 BJ'였다. 그에겐 아주 큰 수익이었다.

그런데 그에게 일확천금의 기회가 주어졌다. 부작용이 없다고 확인된 몬스터스톤을 먹으라는 거였다. 왜 이런 거래를 제안했는지 그는 도무지 몰랐다.

'한국 유니온인데 뭐. 나쁜 건 아니겠지.'

그래도 한국 유니온이다. 한국의 큰 축복이라는, 한국 내 그 어떤 기업이나 조직보다도 신뢰도 높은 조직이다.

그는 단순하게 생각했다. 단순하게 생각할 수밖에 없었다. 100억이 약속되었으니까. 100억을 받으면 먹방 BJ도 그만둬도 된다. 왜 100억씩이나 주어지는지에 대해서는 크게 고민하지 않았다. 평생 떵까떵까 먹고 놀아도 되는 돈이다. 눈이 뒤집혔다.

한국 유니온과 거래를 했다. 한국 유니온으로부터 연락이 왔다.

"네네. 준비 잘 되어가고 있어요. 예고밖에 안 했는데 벌써부터 반응이 아주 뜨겁네요."

한편, 미국행 초음속 여객기 안. 회상에 빠졌다가 이내 잠에 빠져들었던 현석이 눈을 떴다. 미국에 도착했다.

*　　　　*　　　　*

플래티넘 슬레이어는 여태까지 기적을 일궈왔었다. 하지만 이번만큼은 어쩔 수 없다고 말했다. 균형자 웨이브는 플래티넘 슬레이어조차도 어떻게 할 수 없는 재앙이라고들 말했다. 어떤 사람은 미국 멸망의 전조라고도 말할 정도였다.

다들 불가능이라고 생각하는데 플래티넘 슬레이어는 결국 움직였다. 중국의 SS 슬레이어는 몸을 사리고 있다. 그러나 플래티넘 슬레이어는 달랐다. 직접 움직였다. 지하 대피소에 대피한 수천만 명의 미국 시민들이 플래티넘 슬레이어의 행보에 만세를 불렀다. 어떤 이는 기쁨의 눈물을 흘렸다. 또 어떤 이는 기뻐하기는 아직 이르다며, 플래티넘 슬레이어라도 균형자 웨이브는 어떻게 할 수 없을 거라고 냉소적인 의견을 보이기도 했다.

현석은 미국에 도착했다.

'여기서 내 능력을 모두 공개할 필요는 없어.'

좋은 의도든, 나쁜 의도든―나쁜 의도일 확률이 매우 높지만―자신을 노리는 세력이 있다는 걸 안다. 미국까지도 건드린 마당에 쉽게 움직일 수는 없겠지만 그래도 자신의 패를 모두 드러낼 필요는 없는 법이다.

'분명 유니온들도 나에 대한 정보를 계속해서 수집하고 있겠지.'

그렇다면 모든 힘을 끌어낼 필요는 없다. 현석이 입을 열었다.

"일단 우리 전원이 뉴욕 쪽 웨이브를 클리어할 겁니다."

모두 현석에게 집중했다.

"저는 각성을 풀지 않고 싸울 거예요. 물론 시간은 더 오래 걸리겠죠. 너무 빨리 끝낼 필요 없어요. 천천히, 최대한 안전하게 싸울 겁니다. 제가 스톰 오브 윈드 커터로 최대한 어그로를 끈 다음 한 마리, 한 마리 집중 공격으로 죽일 거예요. 욱현 형도 어그로가 될 수 있는 광역마법은 지양해 주시고요."

그리고 말을 이었다.

"그러고 나서 바로 균형자들의 성으로 이동할 겁니다."

우연인지 필연인지 어두운 지도가 가리키는 다음 행선지는 미국이었다. 명훈이 고개를 끄덕였다.

"확실히 성을 치면 웨이브는 없어졌지. 그럼 거기서 능력치 개방할 거야?"

"맞아. 그리고 내 생각엔 우리 길드원들도 잔여 스탯 남아 있는 것들 좀 올리면 좋을 것 같다. 지금의 능력치로는 본체 균형자 웨이브와 대놓고 싸우기엔 좀 무리가 있으니까."

다들 동의했다. 모두들 최고 스탯을 1,000 정도로 맞췄다.

뉴욕에 도착했다. TS 길드와 힘을 합치기로 했다. TS 길드원들도 이제 최대 스탯을 기준으로 평균 700은 된다. 인하 길드보다는 조금—사실은 많이—약한 수준이지만 그래도 세계 2인자 길드라고 할 수 있을 법 했다.

"오랜만입니다. 이렇게 와주셔서 감사합니다."

TS의 길드장 에디는 함박웃음을 보였다. 그에게 있어 플래티넘 슬레이어는 거의 우상이었다. TS 길드원들에게도 그랬다. 플래티넘 슬레이어가 도착하자 묘하게 마음이 놓였다.

"곧 시작됩니다."

균형자 웨이브가 시작됐다. 미국 균형자의 본체는 붉은색 사자의 형태였다. 보통 사자의 2배는 넘는 크기의 사자 100여 마리가 생겨나기 시작했다.

플래티넘 슬레이어마저도 어찌할 수 없다고 알려진 재앙 앞에 플래티넘 슬레이어가 한 걸음 앞으로 걸어갔다. 그리고 말했다.

"스톰 오브 윈드 커터."

반경을 최대한으로 늘린 스톰 오브 윈드 커터다. 푸른빛을 머금은 바람의 칼날 수천 개가 시야를 어지럽혔다.

사자의 형태를 한 균형자 중 한마리가 말했다.

"미물이여, 잔재주를 부리는 구나."

TS의 길드원들은 또다시 놀랐다. 플래티넘 슬레이어는 거의 100마리에 가까운 균형자의 시선을 모조리 빼앗는데 성공했다. 100마리에게 동시에 공격을 성공시켰다는 소리다.

대미지 자체는 그렇게 크지 않았다. 실드 게이지를 조금 깎는 수준에 그쳤다. 그마저도 금방 다시 차올랐다. 현석이 대미지 컨트롤을 통해 대미지를 조절하고 있기 때문이다.

하종원이 해머를 들고 뛰었다.

"으랏차! 졸라 강한 슈퍼 근딜 하종원이 나가신다!"

그 옆을 홍세영이 지나쳐갔다. 종&영 콤비의 공격에 이어 정욱현의 블루 등급 파이어 볼이 쏘아졌다. TS의 길드원들도 공격을 시작했다. 에디슨은 플래티넘 슬레이어를 돕기 위해 현석의 옆에 붙었다.

'빠르다…!'

과연 플래티넘 슬레이어의 움직임은 빨랐다.

맨손으로 균형자 웨이브에 대항하는데, 그 몸놀림은 일반인의 눈으로는 제대로 보지도 못할 정도로 빨랐다.

'하지만… 우리도 많이 따라왔다!'

자신감이 조금 생겼다. 예전에는 정말로 넘지 못할 벽이었는데 지금은 그래도 많이 따라온 게 느껴졌다. 그럴 만도 했다. 현석의 현재 스탯은 올 스탯 1,000이다. TS 길드와 겨우 300(?)밖에 안 난다. 물론 엄청난 차이긴 하지만 그래도 예전만큼 현격한 차이는 아닌 것처럼 느껴졌다. 에디슨이 검을 내뻗었다. 현석의 얼굴을 향해 이빨을 내밀던 균형자의 목을 정확하게 찔렀다.

"땡큐."

에디슨과 현석이 등에 맞대고 섰다. 그러나 그것도 잠시. 현석이 허리를 살짝 숙여 사자의 앞발을 피해냈다. 사자의 몸 안으로 파고들어 주먹을 내질렀다.

콰과광!

폭발음이 들렸다.

"가소롭구나. 인간이여. 미물 주제에 제법 발악은 함이니."

그러나 대미지 자체는 크지 않았다. 실드 게이지가 약 20퍼센트 깎여 나갔으나 다시 차오르는 중이다. 현석은 대꾸하지 않고 빠르게 접근하여 계속해서 주먹을 뻗었다.

과거 넘지 못할 하늘이었던 플래티넘 슬레이어의 약한 무력을 보고, 자신감을 얻은 에디슨 달려들었다. 힘 위주의 딜러인 에디슨은 현석보다 움직임이 훨씬 느렸지만 대미지 자체는 그렇게 차이가 많이 나지 않았다. 차이가 있다면 현석의 공격은 100퍼센트 명중했지만 에디슨의 공격은 약간씩 빗나갔다는 것 정도.

에디슨이 민첩은 좀 뒤떨어지지만 힘 자체는 그렇게 떨어지지 않는다는 소리다.

'게다가 이쪽은 무기도 갖고 있다.'

이쪽은 무기를 갖고 있다. 세계 12대 아이템 까진 아니어도 충분히 좋은 검이다. 맨손인 플래티넘 슬레이어와 대미지가 비슷하게 나온다는 건 어찌 보면 자존심 상할 일이기도 했지만 그보다는 오히려 기뻤다.

'그만큼 우리도 많이 성장한 거야.'

단순히 그게 기쁜 게 아니라, 세계의 영웅인 플래티넘 슬레이어와 어깨를 나란히 하고 싸울 수 있다는 것이 자랑스러웠다. 전율이 일었다.

"하찮은 미물 따위가 감히!"

균형자 하나가 레드스톤을 드롭했다. 그때, 에디슨은 벅찬 감동을 느꼈다. 쳐다보지도 못할 것 같았던 벽 플래티넘 슬레이어에게, 적어도 도움을 주면서 슬레잉을 하고 있다. 아들에게도 자랑할 거리가 생겼다. 아들은 플래티넘 슬레이어의 팬이다. 아들의 영웅이다. 그리고 에디슨은 그 영웅과 함께 힘을 합쳐 싸우고 있는 거다. 아들의 얼굴이 떠올랐다. 힘이 불끈 솟았다.

약 2시간이 지났다. 사망자 0명. 부상자 0명. 소요 시간 2시간 23분. 그 누구도 막을 수 없을 것 같았던 미국의 재앙. 뉴욕의 균형자 웨이브가 클리어 됐다.

뉴욕은 축제 분위기에 휩싸였다. 피해를 입고 있는 다른 도시들이 있기는 했지만 그래도 이건 굉장히 고무적인 일이었다. 뉴욕 시민들은 서로를 얼싸안고 기뻐했다. 2시간이 넘도록 사투를 벌였다는 것이 밝혀졌다.

〈살신성인의 플래티넘 슬레이어. 2시간여의 사투!〉
〈미국 시민들을 위한 숭고한 전투!〉

전 세계가 박수를 보내왔다. 힘이 있다고 해서 누군가를 무조건 도와야 하는 건 아니다. 도의적으로라면 돕는 게 좋지만, 안 도와줘도 사실 할 말은 없다. 그런데 플래티넘 슬레이어는 아니었다. 미국에게 무언가 더 요구한 것도 아니었다.

명훈의 입이 벌어졌다.

"이게 다 몇 개냐?"

평화가 대답했다.

"67개요. 10개 정도는 TS 길드 줬어요."

수고했다고 10개 정도는 넘겨줬다. 참고로 인하 길드원의 숫자는 7명이고 TS 길드의 길드원은 24명이다. 비율로 따지자면 인하 길드가 압도적으로 더 많이 가져갔다.

"개당 900억짜리가 67개네?"

"그리고 아이템도 몇 개 건졌어요."

현존하는 최강의 몬스터가 드롭한 아이템이다. 당연히 현존하는 최고의 아이템일 확률이 높았다.

"일단은 제 인벤토리에 있어요. 이번 일 끝내고 정산할 때 다시 설명할게요."

"그래."

다들 별말 안했다. 이것도 사실 이상한 일이다. 인간관계에 있어서 돈이란 건 참 무서운 물건이다. 단돈 몇 십, 몇백만 원에 사람간의 관계 헝클어지고 망가지는 일도 많다.

그런데 이 아이템은 당장 경매장에 내놔도 수억은 우습게 호가하는 물건들이다. 그런 물건들을 바로 분배하지 않고 한 명의 인벤토리에 넣어놓는다? 일반 길드라면 상상도 못할 일이다. 인하 길드니까 가능한 일이다.

한편, 미국 대통령이 직접 성명을 발표했다.

—한국의 플래티넘 슬레이어와 그 소속길드분들께, 미국 국민들을 대표하여 진심으로 감사드립니다.

그리고 놀라운 말도 이었다.

—현재 플래티넘 슬레이어께서는 웨이브를 클리어한 직후, 미국 균형자들의 본거지를 소탕하러 이동 중에 있으며…….

미국 전역이 축제 분위기에 휩싸였다. 아직까지도 공포에 떨던 수많은 사람들이 만세를 불렀다.

—미국과 미국의 모든 시민들을 대표하여 깊은 감사의 뜻을 표합니다. 진심으로 감사드립니다.

한편, 미국 시애틀 내. 지하 대피소. 한 여자의 비명 소리가 지하 대피소 안을 가득 채웠다. 한 여인이 울부짖었다. 그 옆엔

남편인 듯한 남자가 여자의 손을 꼭 잡고서 안절부절하지 못한 채 주위 사람들에게 도움을 요청하고 있었다.

"조금만 참아. 조금만……!"

대피한 시민들 중, 자신이 의사라며 다가온 남자가 있었다. 그의 안색이 급격히 나빠졌다.

"수술을 해야 할 것 같습니다. 이대로는……."

이대로는 위험했다. 골반의 구조상, 자연분만으로 아이를 낳기가 너무 어려울 것 같다. 운이 좋아 낳을 수도 있겠지만 그보다 산모와 아기가 모두 죽을 확률이 더 높았다.

그때, 미국 대통령의 감사 인사가 전파를 탔다.

—현재 플래티넘 슬레이어께서는 웨이브를 클리어한 직후, 미국 균형자들의 본거지를 소탕하러 이동 중에 있으며…….

남편인 존슨은 두 손 모아 기도했다.

'제발… 제발 빨리 좀 부탁드리겠습니다.'

남편인 존슨은 간절했다. 균형자 웨이브는 3시간 정도 진행된다. '본체 웨이브'는 그렇다. 그러나 본체로 공격하는 것이 3시간이고 그 시간이 지나면 인간형 형태로 도시를 누빈다. 지금도 시애틀 지상에는 균형자들이 어슬렁거리고 있다.

존슨에게는 지금 플래티넘 슬레이어가 유일한 희망이었다. 아내의 뱃속에 잉태된, 축복이어야만 하는 하나의 생명과, 사랑스런 아내, 그리고 그 자신의 희망이었다.

지하 대피소 내의 사람들은 두 손 모아 기도했다.

"플래티넘 슬레이어가 움직였다고 해요. 분명 잘 될 거예요."

"힘내요."

"조금만 참으면 플슬이 균형자들의 본거지를 소탕해줄 겁니다."

지하 대피소 내의 사람들이 응원의 말을 건넸다. 한편, 현석은 미국의 왕성. 사자성 앞에 도착했다. 피식 웃었다.

"약한 척하면서 싸울 라니까 이것도 일이네."

욱현이 팔을 들어 올려 자신의 우람한 팔뚝을 매만졌다.

"이제 길장님 본 실력 발휘하면 되겠네요."

알림음이 들려왔다.

[미개척 지역. 사자성. 진입하시겠습니까? Y/N]

*　　*　　*

시애틀, 지하 대피소 안.

여자의 비명 소리가 터져 나왔다. 죽을 것 같다며 하소연했다. 아무리 힘을 줘도 아이는 나오지 않았다. 위험한 상태였다.

"균형자들 사라진 것이 확인 완료되었습니다! 상황이 급박하니 산모와 보호자, 그리고 의사에 한하여 바깥으로 나가는 것을 허가합니다!"

플래티넘 슬레이어는 아직 돌아오지 못했지만 일단 균형자는 사라졌다. 많은 사람들의 걱정 어린 시선을 받으며 존슨은 대피소 밖으로 나갔다. 자원한 의사와 함께 병원으로 향했다.

*　　　*　　　*

6층. 명훈이 몇 번이나 집중 탐색을 해서 샅샅이 뒤졌더니 6층에 숨겨진 금고가 하나 있었다. '골드바'가 쌓여 있었다. 1kg 골드바였는데 개수를 세어보니 약 30개쯤 됐다. 아이템도 아니었다. 아이템이었으면 인벤토리에 들어갔을 거다. 민서는 신기하다는 듯 만지작거렸다.

"오빠, 이거 진짜 금일까?"

"글쎄. 가져가 봐야 알겠지."

"나 이런 거 처음 봐. 영화에만 있는 거 아냐? 이거 막 깨물어 보고 그래야 하는 거 아냐?"

욱현이 피식 웃었다.

"시대가 어느 시댄데 무식하게 깨물어서 확인하냐? 갖고 나가서 확인하면 되지."

"다른 사람은 몰라도 오빠한테 무식하단 말 들으니까 되게 자존심 상하네요!"

"그게 왜 상해?"

"그걸 진심으로 모른다는 것부터가 자존심 상해요!"

가벼운 소동이 있었다. 현석의 페널티 기간도 풀렸다. 그래서 이왕에 온 거, 보스 룸도 탐색하고 가기로 했다. 보스 룸에도 금고가 있었다. 명훈은 흥분했다.

"금고다!"

아무래도 이 균형자들은 황금을 아주 좋아하는 것 같았다.

단장급은 30개를 갖고 있었다. 혹시 몰라—혹시라도 리젠될 수 있으므로—현석을 대동한 상태로 보스 룸도 뒤져 봤는데 왕급은 300개를 가졌다.

민서가 고개를 갸웃했다.

"근데 이게 만약 진짜 금이면 얼마야?"

명훈이 대답했다.

"금 시세에 따라 다르지. 요즘 시세로 하면 하나에 대충 5천만 원쯤 될 걸."

"그럼 5천만 원짜리 300개면……."

민서는 손가락을 접어가면서 계산해 봤다. 기대에 부풀었다.

"5천만 원이 3개면 1억 5천이고… 30개면 15억? 그럼 300개면 150억. 음……."

다들 비슷한 생각을 했다. 민서가 고개를 갸웃하며 말했다.

"얼마 안 되네? 왕인데 되게 가난해."

다들 좀 실망했다. 보스 룸에서 나온 물건인데 그래도 좀 뭔가 있지 않을까 싶었다. 그런데 겨우 150억 밖에 안 하는 황금이란다. 물론 황금은 단순히 화폐 이상의 가치를 지니기는 했지만 그래 봐야 별로 크게 느껴지지는 않았다.

보스몹인 사자왕 '팔트 P. 바릴새인'은 리젠되지 않았고 인하 길드는 미국 내 사자왕성을 무난히 클리어하여 밖으로 나왔다. 플래티넘 슬레이어의 무사 귀환 소식이 알려졌다.

미국, 시애틀, 산부인과.

의사가 환하게 웃었다.

"정말 위험했습니다. 몇 분만 늦었어도… 어떻게 됐을지 모릅니다."

존슨은 정말 기뻐했다. 그토록 바라던 딸아이였다. 응애! 응애! 요란한 울음소리가 고요한 시애틀을 깨웠다.

"플래티넘 슬레이어가 무사히 귀환했다는 소식도 알려졌습니다."

그럼 이제 지하 대피소에서 사람들도 올라올 거다. 존슨은 아이를 안아들면서 뜨거운 눈물을 흘렸다. 다행히도 아이는 건강했고 산모도 휴식은 필요하겠지만 괜찮다고 했다. 존슨은 딸을 쳐다봤다. 세상의 빛을 처음 본 딸은 눈을 제대로 뜨지도 못하고 울고 있었다. 존슨의 눈에서도 눈물이 찔끔 새어 나왔다.

'고맙습니다…….'

어디 있을지 모를 플래티넘 슬레이어를 향해 고개를 숙여 보였다.

'언젠가… 은혜를 꼭 갚을 수 있는 날이 왔으면 좋겠습니다.'

그에겐 구세주나 다름없었다. 아내가 살았고 딸도 살았다. 플래티넘 슬레이어가 아니었다면 모두 잃었을 지도 모를 일이었다.

지금의 이 세상을 플래티넘 슬레이어가 선물해준 것 같은 기분마저 들 정도였다. 딸아이를 안고 있는 지금은 행복했다. 아내의 손을 꼭 잡아주었다.

"수고했어, 여보."

아내는 너무 힘들었는지 아무 말도 못했다. 입술을 어찌나 세게 깨물었는지 피가 엉겨붙어 있었고 눈물 자국때문에 화장이 잔뜩 번져서 못나 보였다.

존슨의 눈에는 그마저도 정말 아름다워 보였다. 아내의 이마에 키스했다.

"Thank you. And I love you."

고맙고 사랑한다고 말해줬다. 아내는 고개를 정말 힘겹게 끄덕였지만 환하게 웃었다.

*　　　　*　　　　*

사자왕성 내.

평화는 인벤토리에서 아이템들을 꺼냈다. 시간이 남으니 TS 길드와 함께 본체 균형자 웨이브를 클리어하면서 얻었던 아이템들에 대한 브리핑을 하기로 했다.

"아이템은 총 5개에요."

아이템 목록은 다음과 같았다.

[실피드의 신발.]

[덱스링.]

[현자의 목걸이.]

[피닉스 스태프.]

[봉인 팔찌.]

인하 길드원들은 아이템을 하나하나 살펴봤다.

평화가 실피드의 신발을 가리켰다.

"이건 누가 봐도 언니 거네요. 다들 어떻게 생각하세요?"

길드원들 모두가 동의했다. 이동 속도를 높여주는 '실피드의 신발'은 세영이 갖기로 했다. 공격 속도를 10퍼센트 높여주는 장신구 아이템—장신구 아이템은 굉장히 희귀하며 아주 비싼 값에 거래된다—인 덱스링은 종원이 갖기로 했다. M/P 절대량을 300가량 높여주는 현자의 목걸이는 평화가 갖게 됐다.

"그리고 드디어 욱현 오빠한테도 알맞는 아이템이 하나 생겼네요."

피닉스 스태프. 화염 계열 공격력을 15퍼센트 증가시켜 주는 스태프였다. 장신구 형태와 마찬가지로 스태프 역시 굉장히 희귀한 아이템이다. 간혹 물량이 풀린다고 해도 쥐도 새도 모르게 누군가 채갈 정도로 희귀한데, 이번에 운 좋게 스태프가 나왔다. 마음에 드는 아이템을 얻게 된 욱현은 싱글벙글 웃었다.

민서와 명훈은 아무런 아이템도 얻지 못했지만 그것에 딱히 불만이 있지는 않았다. 인하 길드여서 가능한 진풍경이다. 레이드에 같이 참여했는데 누구는 아이템을 얻고 누구는 아이템을 못 얻는다는 건, 체계적으로 관리되고 운영되는 길드라면 절대 불가능한 일이다. 그러나 인하 길드는 가능하다. 겨우(?) 몇 억, 몇 십억 혹은 몇 백억 하는 아이템으로 의가 상하는 일은 없다.

그런데 봉인 팔찌는 좀 애매했다. 명훈이 인상을 찌푸렸다.

"이건 도대체 어따 쓰는 물건이야? 뭐 이런 쓰레기 템이 다 있어?"

설명을 살펴봤다.

[봉인 팔찌]

—퀘스트를 스스로 만들어 저장하는 팔찌. 60일 이내에 스스

로 만든 퀘스트를 클리어하지 못하면 슬레이어로서의 능력이 영구적으로 봉인됩니다.

아무리 봐도 도통 효용성을 모르겠다. 뭔가 좋은 게 있는가 하고 열심히 살펴봤지만 그런 건 없는 것 같았다. 가끔 그런 게 있다. 설명에는 나타나지 않지만 뭔가 특별한 효능이나 기능이 있는 아이템들 말이다. 그런데 이건 그런 것 같지도 않다.

평화가 말했다.

"이건 일단 제가 가지고 있을게요."

모두 동의했다. 3일이 지났다. 슬슬 바깥으로 나갈 때가 됐다. 그 3일 사이에 세상이 또 변해 있었다. 그러나 여태까지와는 약간 달랐다.

여태까지는 세계가 저절로 변했고 인간이 거기에 발맞추어 순응해 나갔다면 이번엔 인간이 변화를 주도했다. 세계가 변한 이래로 거의 처음 이라 할 수 있는 인간 주도하의 변화였다.

*　　　*　　　*

3일이 흘렀다. 플래티넘 슬레이어가 생환했다. 그 소식이 전해지자 전 세계가 들썩거렸다. 세계가 열망하고 갈망하는 영웅의 모습이 아닌가. 그리고 미국 대통령이 다시 한 번 공식으로 감사를 표명하고 조만간 한국을 찾아 직접 감사의 뜻을 전하겠다고 밝혔다. 그런데 그런 것보다도 더 중요한 게 있었다. 예전 성형이 잠깐 언급했던 적이 있었다.

"인위적으로 슬레이어를 만드는 것에 성공했다고요?"

"그래. 더 알아보니까 몬스터스톤이 함유된 약을 먹는 것만으로도 간혹 슬레이어로 각성하곤 하더라고."

"임상 실험은요? 안전하다는 걸 확인하려면 꽤 걸릴 텐데. 부작용 알려진 건 없어요?"

"아직 밝혀진 게 없어."

현석이 새로운 사실을 떠올렸다.

"형님, 그런데 애기들은 거의 필수적으로 백신 맞잖아요."

몬스터 디지즈 때문에라도 몬스터 스톤을 함유한 백신을 맞아야 했다.

"몇 년 지나면… 어린 아이들의 대부분이 슬레이어일 확률이 높다는 거지."

실제로 발견되고 있다. 5세 이하 어린 아이들은, 슬레이어로서 자각도 별로 없고 퀘스트를 진행할 능력도 없지만 어쨌든 슬레이어로 각성되었다는 보고가 점점 늘어나고 있는 추세였다.

현석은 잠시 동안 멍하니 섰다. 또 다른 게 떠올랐다.

"저번에 흰 쥐로 실험할 때, 몬스터스톤의 등급에 따라 강해지는 정도가 달라진다면서요?"

"그렇지."

"그럼 마찬가지로 그린스톤 백신을 맞은 아이들은……."

"그걸 모르겠어. 그린스톤으로 각성한 것과 상위 등급으로 각성한 것. 그 둘 사이에 차이점이 있는지는 좀 더 알아봐야 해."

"그래서… 발표는요?"

"우리 말고도 이미 이런 현상에 대해 많이들 알고 있을 거야.

여태까지 몬스터스톤의 숫자가 너무 적어서 제대로 연구를 진행하지 못했을 뿐이지."

그런 의미에서 한국은 훨씬 더 유리한 고지를 차지하고 있었다. 그러나 최근 PRE-하드 던전들이 클리어되면서 타국, 특히 미국과 일본이 한국의 뒤를 추격했다.

"아무래도 사람을 대상으로 하는 거라 쉽게 발표하지는 못할 거야. 부작용에 대해 밝혀진 게 없으니까."

그런 줄 알았는데 일은 의외의 곳에서 터졌다.

이름은 원동현. 아프리카 방송에서 '먹방'을 찍어 월 수익 200만 원 이상을 올리는 BJ였다.

최근에는 '몬스터스톤'을 녹여 먹겠다고 약속을 해서, 그쪽 세계에선 한 차례 이슈가 되었었는데 실제로 화이트스톤을 녹여서 꿀꺽꿀꺽 삼켰다. 전 세계에 실시간으로 방영이 됐고 그날 하루 만에 그는 2,000만 원을 벌었다. 그런데 그가 재미있는 주장을 하기 시작했다.

몬스터스톤을 녹여서 먹으면 슬레이어로 각성할 수 있다는 주장이었다. 유니온에도 문의 전화가 빗발쳤고 인터넷에 '나도 그렇게 슬레이어가 됐다'라고 주장하는 사람들이 늘어나기 시작했다.

결국 유니온 측에서도 공식적으로 발표했다. 몬스터스톤을 먹거나 혈액에 투여하면 슬레이어로 각성할 수 있으나, 부작용에 대해선 아직 밝혀진 것이 없으니 조심하라는 얘기였다.

성형이 말했다.

"그린스톤 가격이 순식간에 10억으로 뛰었어."

"원래 1억이었잖아요."

"수요가 엄청 뛰었거든."

"10배나 폭등했네요."

그리고 세상은 또 한차례 커다란 변혁을 맞이했다. 부작용이 있을 수 있다고 분명 경고했음에도 불구하고 슬레이어가 기하급수적으로 늘어나기 시작했다.

한국의 슬레이어 숫자가 10만을 넘어섰다. 당연한 말이지만 화이트스톤의 가격도 껑충 뛰었다.

그런데 참사가 벌어졌다. 원동현의 몸이 폭발하여 죽었다는 것이 밝혀졌다. 유니온과 경찰이 협조하여 사건을 조사했다. 재미있는 결과가 나왔다.

유니온이 가지고 있는 특수한 정제 방식으로 정제하지 않고, 몬스터스톤을 몸에 직접 투여하면 일정 확률로 몸이 폭발할 수도 있다는 것이었다. 전국적으로 약 20명의 사람들이 같은 증상을 보이며 사망했다.

순식간에 세계는 아수라장이 됐다. 자신의 몸이 터지면 어떡하나, 불안감에 시달렸다. 한국 유니온에서 그에 대한 대책을 내놓았다. '중화제'라 이름 붙인 약을 판매하고 나선 거다.

급하게 만들어서 안정성이 완전히 검증된 건 아니지만 그래도 사람들은 너도나도 할 것 없이 중화제를 사다 먹었다.

〈한국 유니온. 또 한 차례 위대한 업적을 남기다!〉

한국의 거대한 축복인 한국 유니온이 또 큰일을 해낸 셈이다.

중화제를 본격적으로 판매하고 난 이후부터는 그런 피해가 없었으니까.

한국 유니온과 제휴를 맺은 ㈜소리가 전 세계에 '각성제'를 팔기 시작했다. 없어서 못 팔 지경이었다. 당연한 말이지만 ㈜소리는 또 돈방석에 앉게 됐다.

"문제는 슬레이어가 지나치게 많아지면서 몬스터들이 없다는 거지. 뭐, 어쨌든… 네 번째 왕성 클리어하러 갈 거지?"

"예. 내일쯤 출발하려고 합니다."

다음 행선지인 러시아로 향했다. 러시아 역시 플래티넘 슬레이어의 방문을 반겼다. 러시아의 하드 모드 슬레이어를 지켜줄 수 있는 거의 유일하다시피 한 방안이 도착했으니 반길 법도 했다. 현석은 러시아의 왕성도 무난하게 클리어했다.

역시 그 안에서 3일의 시간을 끌었다. 페널티가 풀리고 나서 다시 바깥세상으로 나왔는데, 또 그 3일 사이에 세상이 많이 변해 있었다.

CHAPTER 6

슬레이어의 숫자가 급증한 것과 마찬가지로 몬스터의 숫자도 급증했다.

동물형 몬스터가 주를 이뤘으며 초식동물 형태의 동물형 몬스터는 대부분 비선공습성을 가지고 있었다.

말 그대로 온라인 게임처럼 되어버렸다. 거리에서도 슬레잉하는 모습을 찾아볼 수 있게 됐다.

서울 시내.

"잡아!"

"도망가잖아! 길목을 틀어막아야 한다고!"

호루라기 소리가 들려왔다. 경찰이 호루라기를 불면서 달려왔다.

"에이씨, 튀자."

"거의 다 잡았는데?"

"아, 빨리 튀어!"

슬레잉에는 라이센스가 필요하다. 그런데 슬레이어들의 숫자가 급증하면서 라이센스 없이 무면허로 슬레잉하는 사람들이 많아졌다.

뿐만 아니라 안타까운 소식들이 계속해서 전해졌다. 무리한 슬레잉으로 인해 목숨을 잃는 사람들 역시 급증했다.

하루 100명 이상이 자신의 수준에 맞지 않는 무리한 슬레잉으로 죽었다.

현석이 말했다.

"화이트스톤으로도 각성은 가능해."

종원은 쇼파에 다리를 꼬고 앉았다.

"근데 좀 약하다며?"

"그런데 그 이상의 스톤은 너무 비싸. 그러니까 사람들이 일단 너 나 할 것 없이 화이트스톤부터 시작하고 보는 거지. 몬스터 숫자도 많아졌고 화이트스톤도 굉장히 많이 드롭되고 있는 모양이야."

욱현이 종원 옆에 철푸덕 앉았다. 종원은 찔끔 놀랐다. 좋게 말해서 놀란 거고 솔직히 말하면 쫄았다.

"우, 욱현 형. 뭐 이렇게 거칠게 앉아요? 폭력 쓰는 줄 알았네."

"시끄러 마. 네가 나보다 더 세거든?"

욱현이 말을 이었다.

"난리도 아니네요. 정신이 없어요, 정신이. 슬레이어 공략법인지 뭔지도 엄청 떠돌고 있는 모양이고. 플래티넘 슬레이어가 되는 법, 뭐 이런 것도 나왔고. 길장님이 책 하나 쓰면 전 세계적 베스트셀러될 텐데. 해보시죠? 부자 되겠네."

부자. 좋다. 그런데 이미 부자다. 슬레이어의 숫자가 늘어난다는 말은 현석의 수입이 늘어난다는 것과 거의 같다고 보면 된다.

그들도 언젠가는 누군가로부터 쩔을 받게 된다.

그리고 그 누군가는 현석의 손을 거쳤을 확률이 매우 높다.

일명 다단계 쩔. 현석 밑에 TS 길드가 있고 TS 길드 밑에 몇 개의 길드가 있고, 그 밑에 또 몇 개, 그리고 그 밑에 또 몇 개가 있다.

도합 수백 개의 길드가 현석의 밑에 있는 셈이다.

국가들은 이러한 변화에 발맞추어 라이센스 제도를 더욱 확립하고 무면허 슬레잉에 대한 단속을 강화했다.

또한 사망자가 계속해서 증가함에 따라, 슬레잉 교육기관이 있어야 한다는 여론이 높아졌고 각국 정부는 미리 준비라도 했던 것처럼 발 빠르게 교육기관을 설립하기 시작했다.

한국은 일단 시범적으로 대학교에 '슬레잉 과'를 개설했다. 일단은 대학교부터 시작하여 고등학교에도 확대하기로 했다.

그리고 그 이후에 독립적인 교육기관을 만드는 것을 검토하고 있다고는 했는데 아직 확실히 정해지진 않았다.

어쨌든 전국적으로 총 5개의 대학에 슬레잉 과가 개설됐다. 지원자가 몰렸다. 경쟁률은 무려 1400:1.

민서가 노크했다. 현석의 침대에 엉덩이를 걸치고 앉았다.

"오빠."

"응?"

"나도 들어가면 안 돼?"

"무슨 소리야?"

책상에 앉아 다음 행선지에 대한 계획을 짜던 현석은 고개를 들었다. 의자를 돌려 민서를 쳐다봤다.

"나도 대학교 가고 싶어."

"학교를? 별로 생각 없었잖아."

현석 입장에선 쌍수를 들고 환영할 일이다. 다만 선뜻 말하지 못했을 뿐이다.

"가기 싫은 건 아니었지. 가고 싶었는데 슬레잉도 하고 싶은 거고. 만약에 오빠가 나 슬레잉은 하지 말고 대학교만 가라고 하면 안 갈 거야."

현석은 잠자코 민서의 말을 들었다.

"나 친구들 만나면 좀 소외받는 느낌이 들 것 같아. 나랑 얘기 통하는 게 없어."

슬레이어의 숫자는 분명 많아지고 있다.

지금 이 순간에도 늘어나고 있다.

지금은 약 10만 명쯤 된다. 분명 많은 숫자지만 전체 인구에 비하면 턱없이 적은 숫자다.

슬레이어의 숫자는 늘어나도 내 주변의 사람이 슬레이어가 되는 경우는 그렇게까지 흔하지 않았다.

"그리고 나름 캠퍼스 라이프에 대한 환상도 있고. CC같은 것도 해보고 싶어."

"너 수능도 안 쳤잖아."

"그래서 이번에 슬레잉 과에 지원해 보려고 해. 지원해도 돼?

인하 길드 슬레잉에는 방해 안 되도록 스케줄 잘 조정할게."

민서는 우물쭈물 현석의 눈치를 살폈다. 20살이라고는 해도 이제 갓, 19살을 벗어났을 뿐이다.

아직 성인이라는 자각이 거의 없을 시기였다. 현석이 심각한 표정을 지었다.

눈을 살짝 감고 흐음… 소리를 냈다. 다분히 과장된 행동이지만 민서는 찔끔 놀랐다.

"아… 안 돼?"

"문제가 있어. 아주 심각한 문제."

"응?"

"널 누가 가르쳐?"

슬레잉 과는 아주 기초적인 것들을 가르칠 예정이다. 현석도 그 내용을 얼추 알고 있다. 유니온과 정부에서 이미 오래전부터 기획하고 있었다.

튜토리얼 클리어에서부터 옐로우 등급 이하의 몬스터들의 특징과 효과적인 슬레잉 방법 및 전술 등을 가르치게 될 거다.

그런데 민서는 옐로우 등급은 고사하고 블루, 레드, 퍼플 등급까지도 슬레잉한다.

민서가 긴장하고 있는 모습을 보며 현석은 저도 모르게 피식 웃었다.

"학교 갈 준비해. 학교에서 추억도 많이 쌓고. CC는… 조심해야 할 거야. 남자들은 오빠 빼고 다 늑대거든."

대중에 알린 건 아니지만 전 세계 톱급 헬퍼. 민서의 입학이 결정됐다.

*　　　*　　　*

독일에서 몬스터 웨이브가 시작됐다.

한, 중, 미, 일에 국한되었던 이상 현상이 이제 전 세계로 뻗어 나가고 있는 추세다.

시작된 건 오크 웨이브. 그러나 오크 웨이브는 더 이상 재앙이 아니었다.

금 같은 그린스톤을 뿌려주는 아주 훌륭한 이벤트였다.

웨어울프 웨이브쯤 되면 위험하겠지만 그땐 M—arm을 적극적으로 투입하면 된다.

"우리도 미리미리 준비해야 합니다."

"이미 한국에서 선례를 보여줬습니다. 얼마 지나지 않아 싸이클롭스는 물론이고 자이언트 터틀 같은 상위 급 개체들도 나타날 겁니다. 블리자드 또한 마찬가지고요."

"상위 급 몬스터 웨이브 역시 등장할 겁니다."

타국은 이미 선례를 봐왔다. 덕분에 효과적으로 대비를 할 수 있었다. 그래도 단연코 앞서 나가고 있는 건 한국, 미국, 중국, 일본. 이 네 국가였다.

이들의 슬레잉 수준은 타국에 비해 이미 압도적인 수준이었으며 이들에게 슬레잉을 배우려고 오는 해외 슬레이어들도 굉장히 많았다.

이 국가들에는 공통점이 하나 있었다. 플래티넘 슬레이어에게 젙을 받았다는 거다.

〈이른바 플래티넘 슬레이어 효과.〉

〈플래티넘 슬레이어 효과. 슬레잉의 수준 엄청나게 끌어 올려!〉

〈각국 정상. 플래티넘 슬레이어에게 러브 콜.〉

그런데 재미있는 건 플래티넘 슬레이어가 있는 한국보다 중, 미, 일의 슬레잉 수준이 더 높아지고 있다는 거다.

물론 '최상위 급'얘기는 아니다. 한국에서 '최상위 급 슬레이어'라 하면 전 세계에서도 최상위 급이라는 소리다.

한국 상위 급 슬레이어의 수준은 이미 최고라 해도 과언이 아니었다. 그러나 중간 이상의 실력자 층은 중, 미, 일이 더 두터웠다. 기본적으로 숫자도 더 많았고 말이다.

현석이 말했다.

"다음 행선지는 필리핀이야. 이거 깨고 나서 균형자 웨이브가 발생하지 않는 한 며칠은 한국 던전 돌 거야."

명훈이 고개를 갸웃했다.

"한국 던전?"

"응. 명훈이 능력이 더 높아졌으니 이제 하드 모드 던전도 찾을 수 있을 거야. 강남 스타일 길드원 쩔 좀 해줘야지."

"그리고 다단계하고?"

평화는 넋 놓고 현석을 바라봤다.

'아무리 봐도 멋있어.'

아무리 봐도 멋있다. 그냥 멋있는 게 아니고 부자이기까지 하다.

지금 인하 길드의 자산은 평화가 맡아서 관리하고 있다. 조만간 금융 전문가를 초빙해서 관리해야 할 것 같다.

지금 이렇게 숨 쉬는 순간에도 얼마씩 쌓이고 있다.

정확히 얼마인지는 평화도 모른다. 왜냐하면 이 숫자가 실시간으로 계속 바뀌고 있기 때문이다.

다만 한 가지 알 수 있는 건, 숨 몇 번 쉬면 평생 살 돈을 모을 수 있다는 것 정도.

필리핀의 왕성도 클리어했다. 몇 번 해봤더니 이제 쉬웠다. 클리어 후, 한국으로 돌아왔을 때 성형으로부터 요청이 왔다.

"아, 그거요. 안 그래도 생각 중이었는데."

—응?

성형은 전국 5개 대학으로부터 엄청난 접대를 받는 중이다. 거절하고 필요 없다 말하지만 그래도 소용 없었다. 5개 대학은 지금 치열한 경쟁 중이다.

슬레잉 과가 새로이 개설됐고, 한국 내 관심이 쏟아지고 있다.

이중 가장 높은 자리를 차지하는 학교가 향후 '명문'이 되느냐 되지 않느냐를 결정할 수도 있다.

"안 그래도 민서가 입학 때 한 번 연설이라도 해주면 안 되겠냐고 그러더라고요."

—아.

로비고 뭐고 없다. 성형은 현석이 동생을 얼마나 아끼는지 안다.

가끔은 그 정도가 지나칠 때도 있어 보이긴 했지만 어쨌든 동생을 아끼는 마음은 진짜였다.

동생이 입학하고, 입학하는데 연설 한 번 해달라고 했다. 이

거 별로 어려운 일도 아니다.

"폴리모프 스크롤은 일본한테 받으면 되니까 뭐. 딱히 어려운 문제도 아니고요. 유니온에도 문제될 건 없죠?"

—없지. 다만… 명목상으로라도 우리는 그 학교를 중점적으로 지원할 수밖에 없어. 우리 유니온의 얼굴인 네가 갔으니까.

"그리고 민서도 있으니까요."

그 간단한 전화에 한국 최고의 대학교가 결정됐다.

*　　　　*　　　　*

11번째 균형자성은 체코에 위치하고 있었다. 11번째 균형자성도 클리어 직전에 이르렀다.

보스 룸에 들어서기 전에 잠깐 전열을 가다듬는데 평화가 문득 한 가지 특이점을 생각해 냈다.

"그러고 보니 아프리카 쪽에는 저희가 간 적이 없네요."

다른 대륙은 많이 돌아다녔는데 딱 한 곳. 아프리카 대륙에는 왕성이 없었다.

현석이 고개를 끄덕였다.

"그러게."

"뭔가 이유가 있을까요?"

세계를 공포에 떨게 했던 균형자들의 본거지를 소탕하면서 이런 저런 사소한 얘기를 나눴다.

그러다 보니 보스 룸에 진입하게 됐다.

본격적인 레이드가 시작되기 전에 왕이 말하는 시간이 주어진다.

그 시간 동안은 공격을 할 수 없다. 말을 들어야만 한다. 11번째 왕 프론토 K. 알렉스가 말했다.

"도무지 이해할 수가 없습니다. 여왕이여, 동족 살해자여. 어째서 이런 선택을 하고 계신 겁니까?"

현석 옆에선 리나는 아무런 대답도 하지 않았다.

"정녕 여왕께선 그런 험난한 가시밭길을 가실 생각입니까?"

"…그렇다. 내가 선택한 일. 그대는 더 이상의 언급을 피하라."

"그날이 머지않았습니다. 분명 후회하실 겁니다."

"후회하지 않는다. 나는 약속을 받았다. 그러니까 후회할 일은 없을 터."

프론토 K. 알렉스는 한참을 멍하니 서 있다가 현석을 쳐다보며 말을 이었다.

"앞서 10명의 왕이 그대에게 목숨을 잃었다는 건 알고 있다. 그럼에도 불구하고 우리는 그대를 협공하지 않았다. 우리의 마지막 긍지 때문이다."

"아."

어차피 왕들을 NPC처럼 생각하고 있는 현석이다. 대충 흘려들었다.

"그러나 우리의 마지막 긍지 때문에 우리의 여왕께서 힘드실 것을 생각하면 나는 후회를 할 수밖에 없다. 우리는 차라리 협공을 해서라도 그대를 죽였어야만 했다."

알렉스는 현석에게 가까이 걸어왔다. 더 정확히 말하자면 리나 앞에 섰다. 그리고 한쪽 무릎을 꿇었다.

"여기서 미리 작별 인사를 드립니다. 앞서 10왕이 죽은 바. 플래티넘 슬레이어는 저 역시 죽일 수 있겠지요."

허리를 세워 몸을 일으켰다.

"오라. 나는 전심을 다해 그대를 죽일 것이다. 그날에 나의 여왕께서 괴로워하지 않도록."

현석은 인상을 찡그렸다. 이제 본격적인 레이드가 시작되려는 모양이다. 언제나처럼 레이드는 쉽게 끝이 났다.

그리고 며칠 뒤.

현석은 균형자들이 말하는 '그날'이 무엇인지 알 수 있었다. 아니, 솔직히 알고 있었다. 애써 부정했을 뿐이다. 그리고 그 부정했던 사실과 직면하게 됐다.

현석은 멍하니 앞을 쳐다봤다. 멍하니 쳐다보며 말했다.

"리나……."

*　　　*　　　*

2일 전.

리나는 약간 묘한 존재다.

갑자기 나타나고 또 갑자기 사라진다. 인하 길드원들과는 대화도 나누지 않는다. 있는 듯, 없는 듯 있다고 하기에도 좀 그렇고 없다고 하기에도 좀 그렇다.

그리고 이렇게 늦은 시각. 그러니까 밤 12시가 넘어서 현석의 침대 앞에 서는 거의 유일한 여자이기도 했다. 현석은 저도 모르게 눈을 떴다. 리나가 움찔했다.

"깨웠다면 미안하다."

리나가 황급히 손을 추슬렀다.

"무슨 일이야?"

"그대의 얼굴에 손을 대보고 싶었다. 깨울 생각은 아니었는데."

리나는 현석을 뚫어져라 쳐다봤다.

"그대여."

현석이 몸을 일으켰다. 평소의 리나와는 약간 다른 느낌이었다. 무엇이 다른지 콕 짚어 말할 수는 없지만 하여튼 달랐다.

"인간 여성들은 제법 재미있는 걸 하더군."

"……."

갑자기 이게 무슨 말인가 싶었는데.

"아잉."

리나가 높낮이가 전혀 없는 말투로 '아잉'을 말했다. 이건 애교가 아니다. 현석은 순간 소름이 돋을 뻔했다.

아름다운 건 아름다운 거지만, 저토록 무미건조하고 근엄 넘치는 표정으로 '아잉'을 말하면 별로 애교 같은 느낌이 안 든다.

"갑자기 왜 그래?"

"애교라는 것이다. 그대는 모르는군."

"……."

현석은 황당해졌다.

"그대와 잠시 바람을 쐬고 싶다. 잠시만 내게 시간을 허락해 줄 수 없는가?"

무슨 일인가 했더니 갑자기 바람을 쐬러 나가잔다.

"오늘따라 왜 이래?"

"그저 나도 인간 여성들처럼 데이트라는 걸 해보고 싶었다."

밤거리를 걸었다. 리나는 현석의 손을 살짝 잡고 몸을 밀착시켰다. 아카이사 꿀같이 달콤한 향기가 현석의 코를 간지럽혔다. 날씨는 굉장히 추웠다.

"그대는 나의 이 파렴치한 땡깡을 잘도 받아주는구나. 그대의 호의와 배려. 마음속에 영원 간직하겠다. 그대의 온기가 느껴지는 이 밤거리가 내겐 최고의 선물이다."

*　　　*　　　*

현석 덕분에 균형자 웨이브는 더 이상 걱정하지 않아도 됐다. 균형자 웨이브가 멈췄다.

살신성인의 슈퍼 히어로 플래티넘 슬레이어가 제 몸을 돌보지 않고 강행군을 했다고 알려졌다.

사실 그런 거 아니다. 왕성을 클리어하면 수입이 매우 짭짤하다. 황금도 황금이지만 하더 규격의 몬스터답게 업적을 쏟아부어줬다.

현석이 하더 모드에 진입하게 되면서 그린 등급 이상의 업적이 뜨지는 않았지만 어쨌든 현존하는 최고의 업적 보상거리라는 것은 틀림없는 사실이었다.

그리고 마지막 12왕성에 도착했다. 위치는 우크라이나. 처음 왕성에 들어갈 때 엄살을 잔뜩 부렸던 명훈도 이젠 엄살을 부리지 않았다. 이젠 당연히 클리어하는 곳이구나, 하고 생각했다.

명훈도 인하 길드원들도. 그리고 현석도 그랬다.

명훈이 안내를 시작했다.

"얼른 클리어하고 나갑시다."

미개척지 하더 던전에 입성했다. 그때 여태까지와는 다른 알림음이 들려왔다.

[12개의 미개척지 발견 완료.]

['어두운 지도' 등급 업 조건 클리어.]

활이 크게 불타올랐다.

—주인님! 어두운 지도가 변화해요!

종원이 호들갑을 떨었다.

"뭐야? 그거 그냥 지도 아니었어?"

알림음이 계속 들려왔다.

[위대한 업적으로 인정됩니다.]

[개척자의 칭호가 부여됩니다.]

어두운 지도가 갱신됐다.

[개척자의 칭호 확인 완료.]

['어두운 지도'가 '개척자의 지도'로 업그레이드됩니다.]

개척자의 칭호를 얻었다. 칭호 효과는 '개척자의 지도'를 획득 및 운용할 수 있다는 것이었다.

'개척자의 지도?'

상태창을 확인해 봤다.

—개척자: 어두운 지도 등급업 조건 달성(개척자의 지도 획득 및 운용 가능).

종원이 현석을 툭툭 쳤다.

"야, 뭐야? 뭐가 어떻게 된 건데?"

"기다려봐."

인벤토리를 열었다.

[개척자의 지도]

—미개척지 탐사 시 지도를 자동으로 기억하는 지도. 지나온 길을 자동으로 기록하며 보관합니다.

—사용 조건: 개척자 칭호 획득.

개척자의 지도에는 여태까지 클리어했던 미개척지 11곳. 그러니까 '왕성'들에 대한 기록이 남아 있었다. 지나쳤던 곳. 그리고 지나치지 않았던 곳이 색깔로 구분됐다. 전략 시뮬레이션 게임을 할 때에 활용하는 미니 맵과 비슷한 기능인 것 같았다.

명훈이 말했다.

"그럼 이거 미니 맵이네. 혹시 몬스터가 있는지 그런 것도 확인되냐?"

"아니, 그런 기능은 없는 것 같아."

현석이 이상한 점을 한 가지 발견했다.

"그런데… 이거 이 지도에 따르면 이 던전 내에서 다른 왕성으로 이동할 수 있는 모양인데."

"뭐라고? 그런 길이 있다고?"

명훈이 눈을 크게 떴다.

"그게 무슨 말이야?"

"아니, 탐사를 해봐야 확실히 알 것 같지만……."

상태창이나 인벤토리 같은 건 육안으로는 보이지 않는다. 해당 슬레이어의 머릿속에 이미지가 그려진다.

그래서 명훈에게 보여주기는 힘들었다.

"그냥 네가 확인해 봐."

개척자의 지도를 넘겨줬다.

"야, 이거 대박이다. 너 이거 진짜 대박이야."

현석도 고개를 끄덕였다. 명훈이 무슨 말을 하는지 알 것 같다. 명훈이 흥분해서 말을 이었다.

"이 정도면… 거짓말 조금 보태서 걸어서라도 다닐 수 있겠네. 일단 가봐야 알겠지만."

욱현이 고개를 갸웃했다.

"아니, 길장님. 도대체 뭔 말들을 그렇게 하고 있습니까? 뭐가 그리 대박이죠?"

명훈은 흥분했다.

"욱현 형, 생각을 해봐요. 여기는 우크라이나죠? 당왕성 입구는 한국에, 웅성은 중국에 있죠? 그런데 그게 걸어서 다닐 수 있다니까요? 그림 안 그려져요?"

"아니 씨팔, 나 그림 못 그린다고 무시하냐? 나도 어릴 적엔 미술학원 다녔어!"

명훈이 감탄에 감탄을 더했다.

"뭐야 이게. 비행기 따윈 저리가라 할 정도의 엄청난 운송수단이잖아. 이거 진짜 대박이다. 진짜 대박이야."

현석이 명훈의 말을 잘랐다.

"일단 여기 클리어부터 신경 쓰자."

지도에 관한 문제는 나중에 논의하기로 하고 일단 이곳을 클리어하기로 했다.

왕성에 도착했다. 여태까지의 왕성과는 달랐다. 명훈이 말했다.

"아무것도 없네."

보통 왕성은 단원, 단장급으로 하여 7층. 그리고 8층에 보스룸이 있다. 11개의 왕성이 그랬다. 그런데 이 성에는 관문이 총 13개가 존재했다. 명훈이 계속해서 안내했다.

"여기가 13층. 그런데 역시 아무것도 없어. 어라. 14층이 보스룸이다."

보스 룸이 14층에 있었다. 그리고 여태까지와 역시 달랐다.

[여왕성. 보스 몬스터 룸에 진입합니다.]

진입하시겠습니까? 라는 질문이 없었다. 가끔 있다. 강제력을 발휘하는 퀘스트나 강제력을 갖고 무조건 입성해야만 하는 던전들. 아무래도 그런 경우가 아닌 듯싶다.

[참여 인원을 1명으로 제한합니다.]

어차피 보스 몬스터 레이드에 참여하는 건 1인 뿐이다. 현석 혼자서 여태까지 다 클리어해 왔다. 현석에게만 알림음이 들려왔다.

[보스 룸 진입 대상으로 설정됩니다.]

현석은 자기 의지와는 상관없이 보스 룸에 진입하게 됐다. 횃불이 일시에 켜졌다. 바닥에 깔려 있는 레드 카펫, 황금색 의자 그리고 그 위에 앉아 있는 보스 몬스터.

"그대여."

"리나."

현석은 크게 놀라지 않았다. 리나가 12번째 왕이라는 걸 짐작은 하고 있었다. '타 왕'이라는 말도 자주 했고 여태까지 클리어해왔던 11마리의 보스 몬스터가 모두 리나를 알고 있었다.

리나가 몸을 일으켰다. 천천히 걸어왔다. 현석은 봉인을 해제하고 각성 상태에 접어들었다.

'리나는 내가 24시간 후면 약해질 거라는 걸 알고 있을 거야.'

리나가 아무리 강하더라도, 지금의 현석에게 위해를 가하지는 못한다. 리나는 현석에게 걸어와 현석을 안았다.

"나는 그대에게 말했었다. 나는 그대의 호의와 배려를 영원히 간직하겠다."

"무슨 뜻이야?"

"나는 죽음이 두렵다. 그러나 그대에게 죽는 것은 두렵지 않다. 다른 이가 아니라 그대이니까."

"……."

리나는 현석을 안았던 팔을 풀었다.

"그대는 이 날이 오면 내게 잠시 어깨를 빌려 주겠다 약조했다. 그대는… 분명 내게 약속했었다."

현석은 마음이 복잡해졌다. 리나는 몬스터이며 슬레잉 대상이다. 게다가 12왕 중 1인이며 그린 등급의 결코 불가능한 업적을 주는 개체다.

"나를 죽이면 그대에겐 커다란 보상이 있을 것이다."

리나가 현석의 손을 잡고 자리에 앉혔다. 힘은 분명 현석이 더 강하다.

그런데 어쩐 일인지 자리에 앉게 됐다. 리나가 현석의 어깨에 머리를 기대고 앉았다.

리나가 차분히 말을 이었다.

"24시간이 지나기 전에 그대는 나를 죽이라. 그대와 함께한 시간은 비록 짧았지만 행복했었다."

현석이 리나의 머리를 살짝 들어 올렸다. 그리고 일어섰다. 리나는 눈을 감았다. 아무런 말도 하지 않았다. 오히려 활이 당황했다.

—주, 주인님?

"……."

활이 현석의 옷자락을 잡고 마구 흔드는 시늉을 했다. 그래

봐야 실체가 없는 불덩어리가 현석의 옷은 움직이지 않았지만.

—주인님! 물론! 최상위 등급 상점 구매를 이용하는 건 엄청 좋은 특혜지만. 그래도 그건 그러니까 그게 음, 하여튼 별로 좋은 거 같지는 않은 것 같은 기분이 든다고나 할까, 물론 저렇게 예쁜 경쟁자가 사라지는 건 좋은 거지만 그렇지만 그게, 그게… 그게 그러니까!

활은 횡설수설하다가 이내 울음을 터뜨렸다. 그러고는 말했다.

—언니 죽이지 마요! 언니 죽이면 주인님 미워… 하지는 못하지만 어쨌든 하여튼 그러니까 그게…….

결국 말을 잇지 못하고 으아앙! 울었다. 현석은 리나를 물끄러미 쳐다봤다. 예전에, 각성 상태에 이르기 전에 현석은 리나에 비하면 훨씬 약체였다. 리나가 마음만 먹었으면 현석은 죽었을 거다. 그리고 미국에서도 리나가 구해준 적이 있다.

뿐만 아니라 프리온과 만났을 때에도 리나가 없었으면 죽었을지도 모른다. 특수 스킬 위압에 당해 꼼짝도 하지 못했었다. 아니, 프리온은커녕 그 밑의 단장이 루타포에게 죽었을지도 모를 일이다.

'아니. 잔여 스탯을 미리 올렸더라면 리나가 없었다고 해도 괜찮았을 거야.'

리나는 그린 등급의 결코 불가능한 업적을 주는 개체이며 12왕 중 1인이다. 퍼플스톤 1개 이상을 드롭한다. 이대로면 퍼펙트 슬레이어의 칭호도 업그레이드될 가능성이 매우 높았다.

리나가 말했다.

"…그대는 어서 나를 죽이라. 나는 그대에게 모든 것을 바치겠다 약속했으니"

* * *

현석은 현석 나름대로 고민을 많이 했다. '12왕성'을 하나의 묶음 퀘스트라고 생각한다면 마지막 왕인 리나를 슬레잉하면 어떤 값어치 있는 보상이 나올지 모른다.

최상급 상점도 이용이 가능해진다. 퍼펙트 슬레이어의 칭호가 업그레이드될 가능성도 있다.

그러나 현석은 그만뒀다.

"…그대는 어째서 나를 죽이지 않는가?"

"……."

"그대는 나를 죽여야만 한다. 나는 그대의 걸림돌이 되고 싶지 않다. 나는 그대가 날개를 활짝 펼치는 것을 원한다. 나는 그대에게 나의 모든 것을 바치기로 약속했다."

하다못해, 자기 좋다고 따라다니는 애완견만 해도 쉽사리 죽일 수 없는 게 인간이다. 그런데 리나는 본체마저도 인간 형태의 균형자다. 현석은 한참을 고민하다가 입을 열었다.

"지금이 아니라도… 언제든 죽일 수 있으니까."

리나가 현석을 물끄러미 쳐다봤다.

"그대여. 지금 나는 너무나 혼란스럽다. 나는 그대를 위해 죽어야 하는 게 맞다. 그러나 또 한편으로는 그대와 함께 할 수 있는 시간이 늘어난다는 그 기대감이 나를 행복하게 만든다. 그대를 위해 죽어야 한다는 사명감과 그대를 향한 기대감이 치열하게 싸우며 나를 괴롭힌다. 나는 어찌해야 좋은 것인지 모르겠다."

"죽는 거 싫다고 했잖아."

"그렇지만 그대에게 죽는 것은 좋다. 몹시 이중적인 태도라는 건 인정할 수밖에 없지만 나는 그럴 수밖에 없다. 나는 그렇게 태어난 존재다."

현석은 한숨을 내쉬고서 리나에게 손짓했다. 리나는 쭈뼛쭈뼛 현석에게 가까이 걸어갔다.

"이거 좋다며?"

현석은 리나의 머리를 두어 번 쓰다듬었다. 리나의 몸이 움찔 떨렸다.

"그럼 좋은 거 하면 되잖아."

"그대여… 그대는 어찌……."

"내가 언젠가 최상급 상점을 꼭 사용해야 할 날이 온다면… 그때 내가 알아서 할게. 그러니까 지금은 그냥 살자."

현석은 머리를 긁적거렸다.

"무엇보다도 죽이기 싫어."

이런저런 이해득실을 따지기 전에, 죽이기가 싫다.

사람은 보상이나 돈, 이해득실로만 움직이는 게 아니다. 애초에 이성적이기만 한 사람은 없다.

"…그대를."

자신을 위해 실제로 목숨을 바치겠다 한 여자는 처음이라 좀 당황스럽다. 리나는 어깨를 살짝 떠는가 싶더니 이내.

—어, 어, 어, 언니가 우, 울어요?

울먹거리기 시작했다. 활의 몸집이 굉장히 커졌다.

7살 어린아이의 형태인 건 맞는데 그 크기가 3미터까지 커졌다.

"언니 울지 마요! 우는 건 안 좋은 거란 말이어요!"

라고 말하면서 활도 울음을 터뜨렸다. 리나는 울먹거리면서 가느다랗게 떨리는 목소리로 말했다.

"…그대를 목숨 바쳐 사랑하겠다. 나, 리나 J. 알리세인 퓨리티어는… 그대를 나의 목숨보다 더욱 사랑하겠다."

*　　　*　　　*

인하 길드원들도 리나를 슬레잉하지 않은 것에 수긍했다.

애초에 현석의 결정에 불만을 가지지도 않았을 뿐더러 만약 불만을 가졌다고는 해도 어차피 현석 없으면 12왕성을 클리어하지 못한다.

한국 유니온. 성형이 말했다.

"클리어 국가에 대해 다시 한 번 확실한 약속을 받아야겠네. 문서 다시 한 번 검토하고."

"예. 그래야 할 것 같네요."

미개척지 12왕성은 서로 연결이 되어 있다.

전 세계 열두 곳을 이어줄 수 있는 통로라는 뜻이다. 아프리카를 제외한 모든 대륙이 연결되었다. 성형이 다시 한 번 확인했다.

"던전에서 나온 모든 물품. 플래티넘 슬레이어 및 그와 동행한 슬레이어들이 슬레잉한 모든 것에 대한 소유권을 가진다."

성형은 직접 한국을 제외한 11개국—우크라이나의 여왕성은 건재하지만 여왕성의 균형자들은 우크라이나의 슬레이어들을 공격한 적이 없고 대외적으로는 클리어했다고 발표됐다—을 돌아다니면서 이 내용을 확실히 짚고 넘어갔다. 그에 따라 유니온과 정부들이 수읽기에 들어갔다.

미국 유니온장 에디는 성형이 떠나고 나서 크리스에게 물었다.

"도대체 한국 유니온장이 왜 새삼스레 이 건을 가지고 얘기를 하러 온 걸까?"

"제가 파악하기로 일본 측에서 클레임을 걸었답니다. 플래티넘 슬레이어의 몫이 너무 큰 거 아니냐고."

"에이. 설마. 그럴 리가 없잖아."

"그렇죠. 그럴 리가 없죠. 일본이 한국에게 클레임을 걸 수 있을 리가 없습니다. 그래서 이상한 겁니다. 그럴듯한 구색은 일본이 마련해 줬고. 한국 유니온이 노리고 있는 게 뭔지 모르겠습니다."

크리스가 아무리 똑똑해도 던전이 서로 연결되어 있다는 사실은 모른다. 하더 모드 던전에 진입도 못 해봤다.

"그래도 분명 뭔가가 있기는 있습니다. 이를테면 균형자들의 성 내에 석유가 있다든가."

"그래서 던전의 소유권도 짚고 넘어간 건가? 에이. 그래도 석유는 너무했다. 그 안에서 채굴도 불가능할 텐데. 입구도 좁잖아."

던전 안에 중장비 가지고 들어갈 수 있었으면 벌써 가지고 들어갔다.

"확실한 건, 뭔가 있기는 있는 겁니다. 한국 유니온장이 괜히 발품 팔아가며 전 세계를 돌아다니고 있는 게 아닐 테니까요."

다들 머리를 굴리기 시작했다. 유니온들과 정부들은 바빠졌다. 머리가 아파오는데 현석은 한가로웠다.

균형자의 습격 퀘스트는 완벽하게 클리어되지는 않았다. 1왕이 남았기 때문이다. 그러나 균형자들의 공격은 더 이상 이루어지지 않았다.

슬레이어들의 숫자는 계속해서 늘어났다. 그에 따라 하급 몬스터들도 많아졌다. 그리고 레드 스카이가 시작되기 전, '2차 평화기'가 도래했다.

종원이 물었다.

"원래는 균형자 때문에 쩔쩔매고 있어야 하는데 네가 다 씨를 말려서 평화로운 거 맞지?"

명훈이 대신 대답했다.

"그렇지. 세계 평화는 나 홀로 지킨다. 이거 아니냐?"

민서는 괜히 자기가 자랑스러운 듯 응응, 하며 고개를 끄덕였다. 얼굴에는 한가득 미소를 지었다. 기분이 좋으면 언제나 그렇듯 오빠를 세 번 끊어 불렀다.

"오.빠? 오.빠? 오.빠?"

저만치 앞에서 분홍색 앞치마를 두르고 설거지를 하던 육현이 고개를 번쩍 들었다. 하지만 그 '오빠'가 자신이 아님을 알고 나서 쳇, 하고 짧게 혀를 차고선 다시 설거지를 시작했다. 좀 슬퍼졌다.

*　　　*　　　*

한국 유니온은 던전에 대한 소유권을 확실히했다. 어차피 현석 아니면 발견도 못했고 클리어도 못 했다.

균형자들의 습격으로부터 안전도 보장받았다. '왕성'은 현석의 소유로 인정받게 됐다. 각 나라와 유니온들도 동의했다.

성형이 말했다.

"사실 동의 안 하면 어쩌겠어. 상대가 넌데."

"그런가요?"

성형은 어깨를 으쓱하고서 의자에 앉았다.

"균형자보다 강한 개체가 확률은 거의 백프로야. 앞으로도 세상은 계속 변화하겠지. 그런데 일반적인 슬레이어들은 세상이 변하는 속도보다 빠르게 강해지지 못하고 있어. 그런 상황에서 자기들은 이용도 할 수 없는 던전에 대한 소유권은… 넘길 수밖에 없는 거지."

"…예."

현석은 누군가에게 자신이 플래티넘 슬레이어임을 내세워 압박하거나 소위 말하는 '갑질'을 행한 적은 별로 없다. 아예 없는 건 아니지만 또 그렇다고 나서서 갑질하는 걸 즐기는 편도 아니다.

그런데 갑질을 하지 않아도 갑질을 한 것 같은 기분이 든다.

현석은 은솔이 타다준 커피를 홀짝이고선 말했다.

"소유는 저로 하고, 운영은 한국 유니온과 소리에서 맡아서 하기로 했었죠?"

"그래. 일단은 전 세계 배낭 여행족들을 위한 게이트를 열거야. 일단 이름은 워프 게이트라고 했는데. 어때?"

"이름이야 아무렴 어때요. 알아들을 수만 있으면 되지."

"지금은 중장비 같은 건 이동 못 해. 그래서 인간 외에 다른 건 움직이기가 힘들어."

그래서 던전 속에선 도보밖에 불가능하다. 그래도 한국에서 영국까지 가는데 걸어서 1시간도 안 걸린다. 비행기보다도 훨씬 빠르다.

"게다가 아이템은 사용이 가능하니까. 탈 것 아이템들도 있어. 느리고 불편해서 사용은 잘 안하지만 그거야 폴리네타에 맡겨서 강화하면 될 거고. 전 세계의 공간, 시간적 제약이 많이 사라질 거야."

이름하여 '워프 게이트'는 첫 출발부터 대박을 쳤다. 전 세계의 젊은이 300만 명이 일시에 몰렸다.

전 세계에 12개의 워프 게이트가 열렸다. 각국과도 이미 계약을 마친 상태다. 각 국가에 일정 부분 수수료를 떼어 주는 대신 워프 게이트의 관리를 맡겼다.

〈완전히 새로운 타입의 이동 수단. 워프 게이트.〉

〈던전. 워프 게이트로 탈바꿈하다.〉

단순히 배낭 여행객들만 늘어난 게 아니다.

〈국가 간 슬레이어들의 이동과 교류 활발해져!〉

〈한&영 조약과 같은 조약을 확대시켜야.〉

〈거부할 수 없는 슬레잉의 글로벌화 흐름.〉

국가 간 이동이 훨씬 자유로워지면서 슬레이어들의 이동도 굉장히 쉬워졌다.

각 사냥터, 몬스터마다 약간씩 특징이 있다.

어떤 슬레이어들에게는 어려운데 또 어떤 슬레이어들에게는 쉬운 몬스터들도 있다. 그래서 슬레이어들은 자신이 사냥하기에 좋은 몬스터들을 찾아 사냥터를 이동해 다녔다.

사람들은 이를 일컬어 슬레잉의 글로벌화라고 표현했다.

각 국가들은 자국의 사냥터를 지키고 타국의 슬레이어들에 대한 규제를 하려고 노력했지만 이건 어쩔 수 없는 시대의 흐름이었다.

한&영 조약과 같은, 조약들을 맺어야 한다는 목소리도 높아졌다. 벌써부터 미국, 일본 등은 서로 조약을 맺는다는 말이 있을 정도였다.

그런데 문제들도 있었다. 아무리 철통같은 경비를 서도 불법적인 일들. 이를테면 마약의 밀매 같은 일들이 던전 속에서 성행하기 시작했다. 그리고 개방되지 않은 구역에 발을 들이게 되면서 사망하는 사람들의 숫자도 늘어나기 시작했다.

성형이 말했다.

"네가 말했던… 클리어하지 않은 성 쪽으로 접근한 사람들이 계속 시체로 발견되고 있어. 생각보다 파장이 크네."

"분명히 못가도록 통제했잖아요. 거긴 균형자들이 남아 있는데."

균형자뿐만 아니라 성으로 들어가는 오솔길에도 몬스터가 있는 경우가 있다. 코뿔소도 그랬다. 일반인들이 그런 상위 급 몬스터와 마주치면 죽기 십상이다.

"하지 말라고 해도 하는 인간들이 꼭 있거든."

찬반 논쟁이 뜨겁게 일기 시작했다. 안정성이 검증되지 않은 워프 게이트를 이용하지 말아야 한다는 목소리도 높아졌다.

현석이 말했다.

"그냥 닫아버려요."

"뭐?"

"그거 제 소유잖아요. 쓰기 싫으면 쓰지 말라고 해요."

관리도 제대로 못하면서 괜히 열어놨다느니, 플래티넘 슬레이어도 결국 돈 좋아하는 속물이었다느니. 그런 소리 들으면 아무리 현석이어도 기분 좋지 않다.

이 돈 없다고 죽는 것도 아니다.

워프 게이트는 하루에도 수백만 명이 이용하고 하루 수백억 이상의 벌이가 되기는 하지만 이제 그런 숫자는 현석에게 별로 의미가 없으니까.

그랬더니 침묵하고 있던 사람들과 슬레이어들이 들고 일어섰다.

"플래티넘 슬레이어가 욕먹는 거 기분 나빠서 폐쇄했다더라. 사실 말이야 말이지, 플래티넘 슬레이어가 그거 개방한다고 뭐

얼마나 이득이 있겠어."

이득이 있기는 있다. 슬레이어들의 수준이 높아지면 현석도 돈을 많이 번다.

12개국에 다단계 작전을 펼쳐 놨으니까. 그것 말고도 따로 워프 게이트 이용료로 하루 6백억 정도의 순익이 생기고 있다.

"그러니까. 이용료도 완전 싸더만. 솔직히 플슬은 선한 의도로 게이트를 열었다고 봐. 호의를 베풀었더니 권리인 줄 아는 새끼들이 플슬 욕을 하는 거지."

"그래도 그 안에서 사망자가 발생하고 불법 거래가 성행하고 있는 것도 틀린 말은 아니잖아."

"야, 사고가 무서워서 수학여행을 보내지 말아야 한다고 주장하는 것과 뭐가 달라? 솔직히 워프 게이트 덕분에 국가 간 슬레잉도 훨씬 자유로워지고 무역도 활발해졌잖아. 뭔 개새끼들이 자꾸 지껄이는 거야?"

오히려 각 국가에서 안달이 났다.

특히 관광수입을 크게 올리고 있던 필리핀은 직접 사람을 보내 제발 게이트 사용을 허가해 달라고 싹싹 빌 정도였다.

"근데 솔직히 이제 워프 게이트 위치도 밝혀졌겠다, 그냥 몰래 이용하면 안 돼?"

"플래티넘 슬레이어가 밝힌 길 외에 다른 길로 움직이면 실종되는 거 몰라서 하는 말이야?"

"다른 길이 있을 수도 있지."

"뭔 소리야? 거긴 던전이야. 우리들이 뭐 던전에 대해 알기나 해? 플래티넘 슬레이어 허가 없이 마음대로 돌아다니다가, 막말로 살해당해도 증거 같은 거 없어."

한국 유니온장 박성형이 커피를 한 모금 마셨다.

"흔적은 남기지 않았겠죠?"

"예, 도합 62명 정도 죽였습니다."

"생각보다 적네요."

더 많은 수가 몰래 이용했을 것 같았는데 겨우 62명밖에 안 되었단다.

"놓친 사람은 없죠?"

"예. 전부 죽였습니다."

"그래요. 앞으로도 수고해 주시기 바랍니다."

한편, 미국 유니온장 에디가 말했다.

"재미있는 건… 워프 게이트의 개방과 폐쇄로 인해 슬레이어들의 반발이 굉장히 심해졌다는 거지."

"그렇죠. 그들은 이미 단물을 봤습니다. 아무리 단속을 하고 있다 하더라도 국가 간 사냥터의 의미가 많이 퇴색했죠. 그러니 워프 게이트에 더 목을 매달 수밖에요."

박성형이 던전에 대한 소유권을 확실히 할 때부터 뭔가 있다고는 생각했지만 설마 전 세계 12개의 던전이 연결되어 있을 거라고는 전혀 생각하지 못했다.

크리스가 말을 이었다.

"그리고 이번 일로 인해 한&영 조약과 같은 조약을 확대시켜야 한다는 목소리가 커지고 있습니다. 지금 불만을 토해내는 시류와 함께 그들의 목소리가 증폭되고 있어요."

"목소리를 낼 기회를 얻었다 이거군."

"그렇습니다. 슬레이어들에게 있어서 국가 간 자유 슬레잉이 허용되면 슬레이어 개인들에겐 무척 좋겠죠. 하지만 유니온 전체나 국가로 보면 손해입니다. 세금 문제도 애매해지는 데다가… 한국의 슬레이어들이 너무 앞서나가고 있습니다. 수준 차이가 나면, 아무래도 뺏는 것보다 빼앗기는 게 많을 수밖에 없죠."

"미국에게도 그런가?"

크리스는 고개를 저었다.

"다행히 미국은 플래티넘 슬레이어에게 젖을 받았었죠. 결국 손해는 아닙니다. 우리는 빼앗길 것보다 빼앗을 것이 많아요."

에디가 고개를 끄덕였다.

"그럼 이 일은 진행시켜야겠군."

"플래티넘 슬레이어가 있는 이상 1인자는 어려울 겁니다. 격차가 너무 큽니다. 하지만 2인자는 차지할 수 있을 겁니다."

"한국과도 조약을 맺어야 할까?"

"한국과의 슬레잉 조약은 손해입니다. 그러나 또 따지고 보면 그렇지 않아요. 한국 슬레이어들은 숫자가 적습니다. 병아리들 말고, 진짜 슬레이어들은 그렇습니다. 전 세계로 아마 원정을 다니겠죠. 미국말고도 만만한 곳이 아주 많습니다. 미국이 아닌 다른 곳으로 원정을 떠날 겁니다. 대신 우리는 한국과 조약을 맺게 되면서, 명분을 얻을 수 있을 겁니다. 세계 슬레이어들의 발전을 위한 조약이라는 명분을요."

미국이 앞장섰다. 한국과 미국이 한&미 슬레잉 조약을 체결했다.

워프 게이트의 개방과 동시에 새로운 바람이 불기 시작했다.

* * *

미국 유니온장 에디가 조심스레 얘기했다.

"설마 이 모든 걸 예상하고 있었을까? 플슬의 계획인 걸까?"

"그럴 확률이 매우 높습니다."

에디는 주위를 둘러봤다. 아무도 없었다. 그래도 목소리를 좀 더 낮췄다.

"플슬 진짜 무서운 놈이네. 우리가 적극적으로 움직일 것도 예측했을 거야."

그때 노크 소리가 들려왔다. 보고를 들은 에디가 벌떡 일어섰다.

"하드 던전들이 생겨나고 있다고?"

"예. 계속해서 생겨나고 있습니다. 강제 진입 던전도 있고 일반 던전도 있습니다."

"트랩퍼가 탐색하는 게 아니라 그냥 나타났다는 거지?"

"예. 마치 그 자리에 원래 있던 것처럼 그냥 나타났습니다. 형태도 제각각입니다. 건물의 형태도 있고 동굴의 형태도 있으며 홀의 형태도 있습니다."

던전들이 생겨나기 시작했다. 트랩퍼가 발견을 해야 하는 던전이 아니었다. 육안으로도 확인이 가능했다.

〈모습을 드러내는 하드 던전.〉

<강제 진입형 던전에 갇혔던 슬레이어 60명. 12일 만에 클리어 완료!>

슬레잉의 국제화를 한국과 미국이 앞서서 선도했다.

그 시기에 하필이면 육안으로 바로 확인 가능한 던전들이 생겨났다. 클리어를 해도 없어지지 않는, 이른바 '상시 던전'이 생겼다.

시간이 지나면 지날수록 상시 던전의 공략법이 조금씩 밝혀지고 어떤 아이템이 드롭되는지, 어떤 몬스터가 나오는지도 알려지게 됐다.

국가 간 슬레잉 협약을 요구하는 슬레이어들의 목소리가 점차 높아졌다.

각 국가마다 난이도 차이는 물론이고 드롭되는 아이템의 종류도 조금씩 달랐다.

하드 던전 뿐만 아니라 그보다 낮은 난이도의 PRE—하드, 노멀, 이지 등의 던전도 생겼다.

현석은 혼자서 중얼거렸다.

"슬레이어가 많아지자 몬스터의 숫자가 급증했고, 그리고 또 던전들이 생겨났어."

마치 누군가 난이도를 조절하고 있는 것처럼 말이다. 그에 따라 석유같은 지하자원에 대한 의존도가 점차 줄어들기 시작했다.

출토되는 스톤이 많다 보니 에너지를 대체할 스톤의 절대량 역시 많아졌다.

'하지만 부작용도 만만치 않아.'

슬레이어들이 많아진 건 좋다. 클리어해도 없어지지 않는 상시 던전이 늘어난 것도 좋다. 그러나 슬레이어와 던전이 늘어나면서 범죄도 같이 급증했다.

던전 내에서는 살인을 저질러도 증거가 남지 않는다. 재입장한다고 해서 시체가 남아 있는 게 아니다. 던전이 계속 유지될 뿐, 새로이 들어가면 모든 상황이 리셋되어 있다.

한국 유니온, 유니온장 집무실.

성형이 말했다.

"PK가 엄청나게 늘어나고 있어요. 정확하게 집계되지 않을 뿐."

플래티넘 슬레이어 전담 팀 팀장 고강준이 인상을 살짝 찡그렸다.

"던전 내에서 PK시 아이템 드롭율도 높고 경험치도 많이 주는 것도 한몫하고 있죠."

"해외 슬레이어들에 대한 국내 슬레이어의 만행에 관한 규제도 마련해야만 하겠습니다."

한국 슬레이어들은 전체적으로 수준이 높은 편이다.

세계 간 이루어지고 있는 자유 슬레잉 조약을 통해 가장 많은 혜택을 본 슬레이어들이 바로 한국 슬레이어들이다.

뛰어난 실력으로 전 세계의 몬스터와 던전들을 공략할 수 있게 됐으니까.

한국 외 다른 나라라고 놀기만 하는 건 아니다.

타국 슬레이어가 자국의 던전 혹은 몬스터 슬레잉 시, 자국의 슬레이어와 함께 슬레잉을 해야 한다는 조항이 있다.

보통, 슬레잉 후진국에서 많이 취하는 제도다.

상위 급 던전과 몬스터를 내주기는 하지만, 플래티넘 슬레이어가 그랬던 것처럼 자국의 슬레이어들을 성장시키려는 목적이다.

“그게 너무 악용되고 있죠, 지금.”

그런데 그걸 악용하는 슬레이어들도 늘어나고 있는 추세다. 슬레이어들은 일반인들보다 죽음에 훨씬 가까운 사람들이다.

잘 죽고, 또 잘 죽인다. 그런데 ‘잘 죽인다’의 개념이 ‘사람’에게까지도 확대되고 있는 추세다.

조약으로 인해 타국의 상위 급 길드와 함께 입성해야만 하는 하위급 길드들을, 상위 급 길드가 PK하는 경우가 생기고 있었다.

성형이 한숨을 쉬었다.

“그 잠깐의 이득이 결국 훨씬 큰 부메랑이 되어 돌아온다는 걸 왜 생각을 못하는지.”

“어떻게 하실 겁니까?”

“글쎄요. 생각을 더 해봐야지요. 다들 현석이 같은 성격 정도만 가졌어도 좋을 텐데.”

“그건… 그렇죠.”

세상에 알려진 것과는 약간 다르다.

그렇지만 또 플래티넘 슬레이어라고 해서 타인을 무시하거나 타인의 권리를 함부로 빼앗는 몰상식한 행위는 하지 않는다.

거들먹거리지도 않는다. 고강준이 생각하는 플래티넘 슬레이어의 성격은 그냥 특별히 모난 데 없이 무난하고 평범한 성격이다.

‘아니. 그런 힘을 갖고 그런 성격을 유지할 수 있다는 것도 신

기하긴 하지.'

흔히들 자리가 사람을 만든다고 한다. 지금 살인을 저지르는 슬레이어들도 처음부터 살인자는 아니었을 거다.

다만 몬스터를 죽이며 뭔가를 죽인다는 것에 익숙해지는데 돈이 생기고 이득이 생기니 살인에도 조금씩 무덤덤해졌을 거다.

성형이 물었다.

"플래티넘 슬레이어의 위치는요? 파악하고 계시죠?"

"예. 지금 영국에 있답니다. 하드 던전을 클리어하고 있다고 합니다. 거기에 제법 재미있는 아이템이 드롭된다고 해서요."

성형이 고개를 끄덕였다.

"아, 정령석말이군요."

"예. 플래티넘 슬레이어는 올 스탯 슬레이어니까요."

많은 말이 생략 되었지만 성형은 무슨 말인지 이해했다. 저도 모르게 씨익 웃었다.

"그렇군요. 정령석이라……."

* * *

강남 스타일은 요즘 바쁘다.

소속 길드원이 무려 3명이나 고려대의 교수로도 출근하고 있고 다들 부자가 된지라 여가 생활을 즐기기도 바쁘다.

강남 스타일의 길드장 김상호 말했다.

"1주일 뒤에 영국으로 출발합니다. 다들 약속 비우고 시간 비우세요."

"…예."

다들 바쁘지만 공식적인 길드 슬레잉에 빠질 수는 없는 노릇이다. 그리고 지금 강하다고 놀면 안 된다. 다른 길드에게 추월당한다.

어차피 놀고먹으려면 평생 놀고먹을 수 있겠지만 그런 마인드를 갖고 있었으면 애초에 골드 등급 슬레이어도 못 됐다. 다들 슬레잉에는 욕심을 낸다.

1주일이 흘렀다.

강남 스타일과 함께할 한국 길드의 이름은 '초신성'이었다.

딜러진이 제법 탄탄한, 한국 내 중상 이상의 길드였다.

그리고 영국 던전 클리어를 함께 진행할 영국의 길드 이름은 '젠틀맨'이었다.

초신성의 길드장 김석환이 강남 스타일의 길드장 김상호에게 잠시 시간을 내달라 부탁했다.

"젠틀맨 길드는 짐만 될 텐데요."

"그래서 일부러 딜러진이 탄탄한 초신성 길드와 제휴를 맺은 겁니다. 저들이 없었으면 저희끼리 클리어했을 겁니다."

김상호는 불편한 기색을 여과 없이 내비쳤다. 초신성 길드는 사실 평판이 좋은 길드는 아니었다.

실력은 좋지만 자기보다 약한 슬레이어들을 대놓고 무시한다는 소문이 있었다.

김상호는 소문을 맹신하는 편은 아니지만 오늘 김상호가 본 김석환은 역시 그랬다.

김석환이 잠시간 뭔가를 생각하는 듯하다가 조심스레 말했다.

"짐 떼기는 어떠세요?"

짐 떼기.

슬레이어들 간의 은어. 타국 슬레이어들을 던전 안에서 몰살시키는 걸 말한다.

은어가 있기는 있지만 대놓고 활성화된 건 아니었고 그저 루머처럼 여겨지고 있는 일인데 실제로도 이 일이 심심치 않게 일어나고 있는 중이었다.

특히나 하드 던전같이 난이도가 높은 곳에서는 사망이 굉장히 빈번하게 일어난다.

트랩에 걸려 몰살당했다고 하면 그런가 보다 할 정도였으니까.

김상호가 대놓고 인상을 찌푸렸다.

"거절합니다."

"짐 떼기는 확실히 우리에게도 좋습니다."

이해는 안 되는 일이었지만 던전 내에서 PK를 했을 경우, 던전 클리어 보상도 더 많이 준다.

보너스 스탯 10 줄 것을 12 정도 준다. PK를 하면 아이템 드롭률도 높다. 경험치도 많이 준다.

"우리는 슬레이어지 살인자가 아닙니다."

강력하게 경고를 하려다가 말았다. 이번 한 번, 슬레잉을 진행하고 다시는 상종하지 말아야겠다고 생각했다.

"혹시라도 그런 짓을 하려고 한다면 결코 가만히 있지 않을 겁니다."

김석환은 담담하게 고개를 끄덕였다.

"…알겠습니다."

그러나 속으로는 생각했다.

'위선자 새끼. 어차피 짐 떼기는 우리한테 이득이잖아? 뭘 그렇게 착한 척을 하는 거야? 강남 스타일의 길드장이라고 해봐야 속 좁은 밴댕이새끼였어.'

그날 밤. 김석환이 다시 김상호를 찾았다.

"저희 길드원들 중 무려 8명이 물갈이로 고생하고 있습니다. 당분간 슬레잉은 힘들 것 같은데… 어떡하죠?"

의외로 김상호는 고개를 끄덕였다.

'우물 안 개구리 같은 놈.'

김석환이 핑계를 대고 있는 걸 안다. 아마 다른 길드와 제휴를 맺기 위해 저러는 걸 거다.

그리고 던전 안에서 PK를 할 가능성이 매우 높다. 김상호도 찝찝하던 차였다.

어차피 이렇게 된 거 그냥 저 핑계를 받아들이기로 했다.

"어쩔 수 없죠. 몸 관리 잘 하시면 좋겠습니다. 저희는 현지에서 팀을 따로 구해 내일 슬레잉을 진행하도록 하겠습니다."

"죄송합니다."

김석환은 주먹을 불끈 쥐었다. 이러라고 찾아오긴 했는데 너무 쉽게 놔주니 자존심 상했다.

'병신 찌질이 새끼. 그래, 너희가 언제까지 그렇게 잘 나가나 두고 보자.'

김상호가 고개를 저었다.'

"아뇨. 괜찮습니다. 아무쪼록 쾌차들 하시길 빕니다."

*　　　　*　　　　*

명훈이 투덜거렸다.

"아오씨. 정령석 나오는 게 맞긴 맞아? 던전을 옮겨볼까?"

현석이 말했다.

"평화 생각은 어때?"

"제 생각에도 다른 던전을 클리어해보는 게 어떨까 싶어요."

종원이 발끈했다.

"야! 왜! 내 의견은 무시하고 평화한테만 묻냐!"

"전체적인 스케줄 관리는 평화가 하잖아. 평화한테 묻는 게 당연하지."

평화의 얼굴이 조금 붉어졌다. 뭐랄까. 인정받고 있는 것 같은 기분이라 기분이 좋았다.

방긋 웃었다. 그러나 그 웃음은 오래가지 못했다. 다른 던전도 10번 넘게 클리어했는데 정령석은 나오질 않았다.

명훈도 투덜거렸다.

"야, 그냥 사면 안 되냐? 그거?"

그랬으면 진작 샀다.

지금 시중에 풀린 정령석이 있다면 말이다.

"이건 뭐 상시 던전은 업적도 안 주고 줘봐야 보너스 스탯 1이나 줄까 말까고. 어떻게 PRE—하드 보다도 보상을 안 주냐? 힘들기만 힘드네."

그때, 욱현이 말했다.

"확 마, 그냥 던전 자체를 뽀개 버리면 뭐 어떻게 안 되나? 어우, 승질 나네."

『올 스탯 슬레이어』 8권에 계속…